AF413744

El regreso de Moriarty

Primera edición: septiembre de 2023
Título original: *The Last of August*

© Brittany Cavallaro, 2017
© de la traducción, Marina Rodil Parra, 2023
© de esta edición, Futurbox Project, S. L., 2023
Todos los derechos reservados.

Diseño de cubierta: Taller de los Libros
Imagen de cubierta: Michael Hinkle | Shutterstock
Corrección: Loreto Ramírez

Publicado por Wonderbooks
C/ Roger de Flor n.º 49, escalera B, entresuelo, despacho 10
08013, Barcelona
www.wonderbooks.es

ISBN: 978-84-18509-11-7
THEMA: YFCF
Depósito Legal: B 15818-2023
Preimpresión: Taller de los Libros
Impresión y encuadernación: Liberdúplex
Impreso en España – *Printed in Spain*

BRITTANY CAVALLARO

EL REGRESO DE MORIARTY

Traducción de
Marina Rodil Parra

Para Emily y para mí, en Berlín

«¿Sabes qué es el amor? Te lo diré: es todo aquello
que aún puedes traicionar.»

El espejo de los espías, John le Carré

HOLMES

(Para Jamie, porque insistió)

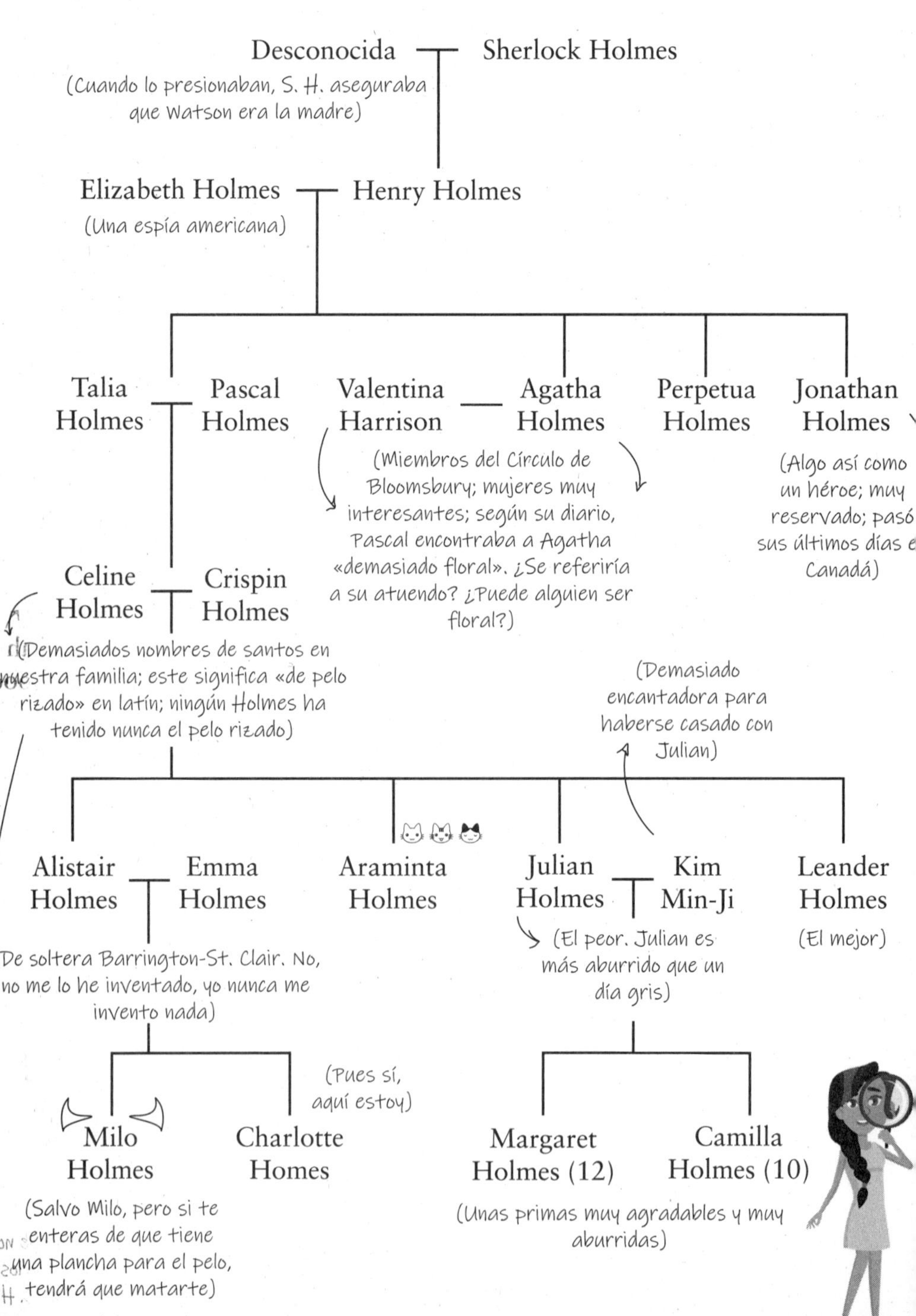

MORIARTY

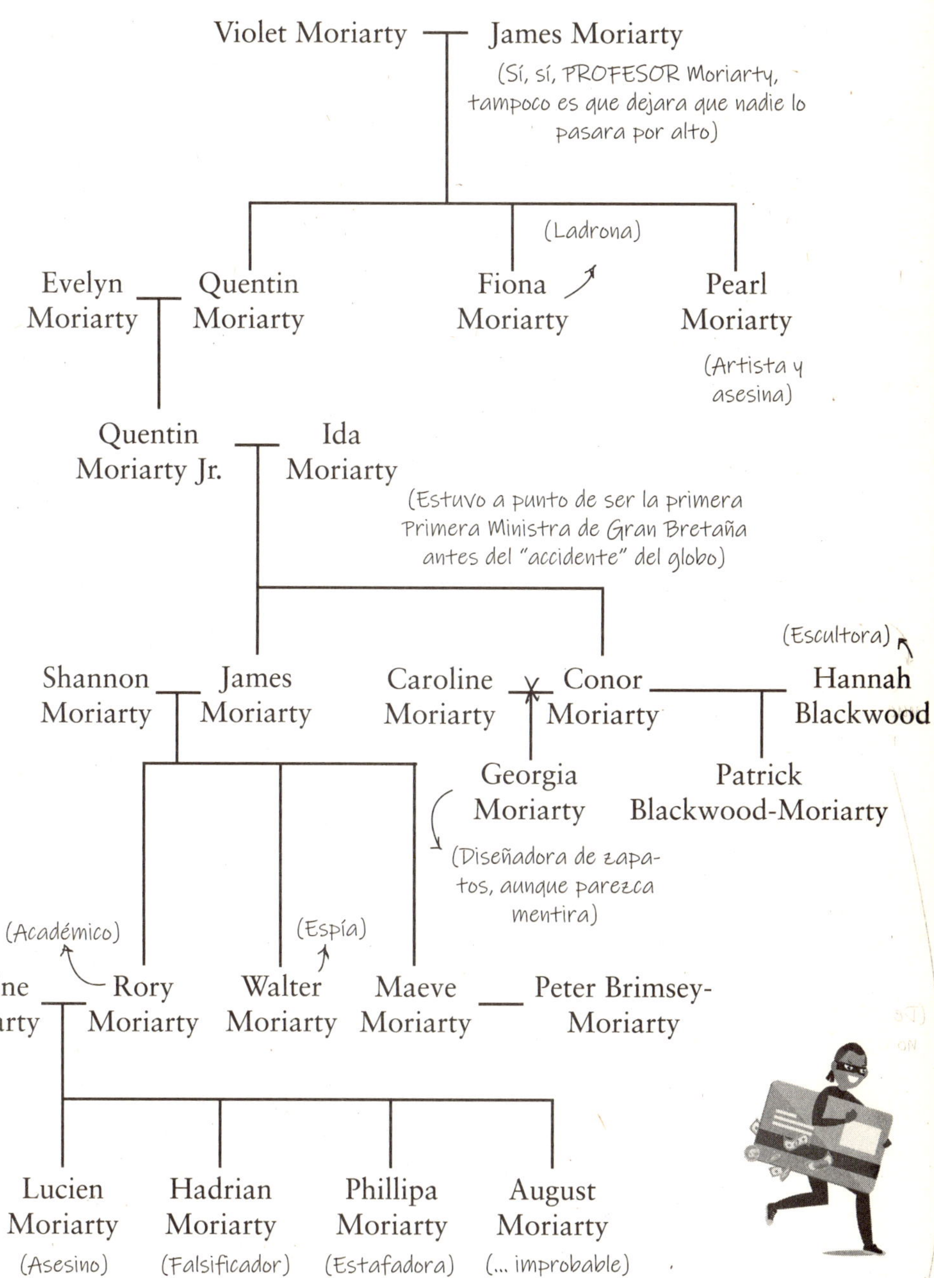

Ahí los tienes. Dime por favor que no tienes intención de enmarcarlos.
—C. H.

Capítulo 1

Estábamos a finales de diciembre en el sur de Inglaterra y, aunque solo eran las tres de la tarde, el cielo que se veía a través de la ventana del dormitorio de Charlotte Holmes estaba completamente oscuro, como lo habría estado el del círculo polar ártico. De alguna forma, me había olvidado de ello durante los meses que había residido en Connecticut, en la escuela Sherringford, a pesar de haberme criado con un pie a cada lado del Atlántico. Cuando pensaba en el invierno, imaginaba las noches de Nueva Inglaterra, más lógicas que estas, pues surgían puntualmente al terminar la cena y desaparecían al convertirse en el azul de la mañana, cuando te despertabas. Las noches británicas eran distintas. Aparecían en octubre, como armadas con una escopeta, y te tomaban como rehén durante seis meses.

En resumidas cuentas, habría sido mejor si hubiera visitado a Holmes por primera vez en verano. Su familia vivía en Sussex —un condado que abrazaba la costa meridional de Inglaterra—, y, desde lo alto de la casa que se habían construido, se veía el mar. O eso ocurría si disponías de unas gafas de visión nocturna y una vívida imaginación. La oscuridad del mes de diciembre en Inglaterra habría sido suficiente para ponerme de mal humor, pero la propiedad de la familia Holmes se asentaba como una fortaleza sobre una colina. Deseaba que un rayo rasgara el cielo sobre ella, o que un pobre mutante torturado saliera tambaleándose de su sótano, con un científico loco que le pisara los talones.

El interior tampoco me ayudó a disipar la sensación de estar en una película de miedo. Salvo porque en este caso era otra clase de película de terror: escandinava y de autor. Había unos largos sofás oscuros e incómodos que no habían sido diseñados para sentarse. Las paredes eran blancas y de ellas colgaban cuadros abstractos del mismo color. Un piano de media cola acechaba en una esquina. En resumen, la clase de sitio en el que viven los vampiros; unos muy bien educados. Y el silencio se extendía por todas partes.

Las habitaciones del sótano, que pertenecían a Holmes, eran el vivo y desorganizado corazón de aquella fría casa. Su dormitorio tenía paredes oscuras, estanterías industriales y libros por doquier, ordenados alfabéticamente sobre las baldas o tirados por el suelo con las páginas abiertas. En la habitación contigua, una mesa de laboratorio estaba repleta de matraces y quemadores. También presentaba varias plantas suculentas, retorcidas y protuberantes, en sus pequeñas macetas, que Holmes alimentaba todas las mañanas con una mezcla de vinagre y leche de almendras a través de un cuentagotas. («Es un experimento» —me explicó cuando la critiqué—. «Intento acabar con ellas. ¡No lo consigo con nada!»). A pesar de que el suelo estaba lleno de papeles, monedas y colillas, en todo aquel desorden infinito no había ni una sola mota de polvo o suciedad. Era todo lo que esperaba de Holmes, salvo, quizá, por su reserva de galletas de chocolate y la edición completa de la *Enciclopedia Británica,* en tapa dura, que había colocado en la pequeña estantería que utilizaba como mesita de noche. Al parecer, le gustaba leerla con detenimiento mientras estaba en la cama con un cigarrillo entre los dedos. Hoy tocaba el tomo C, la entrada de «Checoslovaquia» y, por alguna razón desconocida, había insistido en leérmelo en voz alta mientras me paseaba de un lado a otro por delante de ella.

Bueno, puede que sí que hubiera una razón: era una forma de no hablar de nada que fuera real.

Mientras Holmes leía, yo intentaba no dirigir la mirada hacia las novelas de Sherlock Holmes que se amontonaban sobre los tomos de la D y la E. Eran las ediciones de su padre; se las había robado de su despacho. Habíamos perdido las suyas ese otoño en la explosión del laboratorio, junto con sus experimentos químicos, mi bufanda favorita y una gran parte de mi confianza en la raza humana. Esas historias de Sherlock Holmes me recordaban cómo era esta chica cuando nos conocimos, cuando me moría de ganas por saber de ella.

En los últimos días, nos las habíamos arreglado para alejarnos de nuestra cómoda amistad y volver al antiguo territorio de la desconfianza y el desconocimiento. Me ponía enfermo y me hacía querer subirme por las paredes solo de pensarlo. Tenía ganas de soltárselo todo a la cara para que pudiéramos arreglarlo.

Pero me contuve. En su lugar, como era tradición en nuestra amistad, discutí por otra cosa completamente distinta.

—¿Y dónde está? —pregunté—. ¿Por qué no me dices dónde está?

—Hasta 1918, Checoslovaquia no se liberó del Imperio austro-húngaro para convertirse en el país que conocemos en el siglo xx. —Echó la ceniza de su Lucky Strike sobre la colcha—. Después, una serie de acontecimientos que sucedieron en la década de 1940…

—Holmes. —Agité una mano frente a su rostro—. Holmes, te he preguntado por el traje de Milo.

Apartó mi mano y siguió hablando.

—… durante la que el estado no existió precisamente como lo había hecho hasta entonces…

—El traje que claramente no me valdrá y que cuesta más que la casa de mi padre. El que me obligas a llevar.

—… hasta que ese territorio se cedió a la, por entonces, Unión Soviética en 1945. —Bajó la mirada hacia el libro con el cigarrillo entre los dedos—. No distingo lo que viene ahora. Debí derramar algo encima de esta página la última vez que la leí.

—Así que sueles releer este artículo a menudo, ¿eh? Un poco de Europa del Este antes de acostarse es tan bueno como Nancy Drew.*

—¿Como quién?

—Nadie. A ver —dije, cada vez más impaciente—, entiendo que quieras que me «vista para cenar», y que pronuncies esas palabras con seriedad porque creciste con este nivel de pijerío insoportable y asfixiante y, yo que sé, a lo mejor te gusta que me sienta incómodo…

Parpadeó, un poco dolida. Todo lo que salía hoy por mi boca sonaba más cruel de lo que pretendía.

—Vale, está bien —dije, y di marcha atrás—. Estoy teniendo un ataque de pánico muy a la americana y las habitaciones de tu hermano están más blindadas que el Pentágono…

—Por favor… Milo tiene más instalaciones de seguridad que ese sitio —replicó—. ¿Necesitas el código de acceso? Puedo escribirle para pedírselo. Lo cambia en remoto cada dos días.

---

* Popular personaje creado por el escritor estadounidense Edward Stratemeyer en la década de 1930 que, a lo largo de los años, ha contado con varias series de novelas. Nancy Drew es, como Charlotte Holmes, una detective adolescente que resuelve crímenes. *(N. de la T.)*

—El código de la habitación de su infancia. Lo cambia. Desde Berlín.

—Bueno, es el jefe de una empresa de mercenarios. —Cogió el móvil—. No puede permitirse que nadie encuentre al señor Meneítos. Los conejitos de felpa necesitan la misma protección que los secretos de Estado, ¿sabes?

Me reí y ella me sonrió, y por un instante olvidé que no nos llevábamos bien.

—Holmes —pronuncié su nombre de la forma en que lo había hecho a menudo en el pasado: por instinto, con puntuación final, sin haber pensado lo que añadiría a continuación.

Dejó que el momento durará más de lo normal y, cuando por fin dijo «Watson», lo hizo con indecisión.

Pensé en las preguntas que quería hacerle, en todas las cosas horribles que podía decir en su lugar. Pero lo único que añadí fue:

—¿Por qué me estás leyendo lo de Checoslovaquia?

Su sonrisa se tensó.

—Porque mi padre ha invitado a cenar al embajador checo esta noche además de al nuevo conservador del Museo del Louvre, y he pensado que no estaría de más ir preparados por si acaso, porque dudo que sepas nada sobre Europa del Este sin mi orientación y tenemos que demostrarle a mi madre que no eres un idiota. ¡Oh! —exclamó cuando le sonó el móvil—. Milo ha cambiado el código solo para nosotros: 666. Encantador. Ve a por tu traje, pero date prisa. Todavía tenemos que hablar de la Revolución de Terciopelo de 1989.

En ese momento, era yo el que quería alzarse en armas. ¿Conservadores? ¿Embajadores? ¿Su madre creía que era estúpido? Como de costumbre, me sentía sobrepasado.

Para ser justos, mi padre había insinuado que sería un viaje complicado, aunque no creo que se imaginara los detalles. Cuando le conté mis planes unos días después de que el asunto de Bryony Downs se resolviera —primero pasaríamos unos días en mi casa y después en la de Holmes—, dijo que mi madre detestaría la idea, lo que constituía una advertencia inútil, porque era evidente que así sería. Mi madre odiaba a los Holmes, a los Moriarty y los misterios. Estoy seguro de que aborrecía las capas de *tweed* solo por una cuestión de principios. Pero, después de lo que había pasado este otoño, a quien más odiaba en el mundo era a la propia Charlotte Holmes.

—Bueno —había continuado mi padre—, si insistes en pasar unos días con ellos, estoy seguro de que… te lo pasarás bien. La casa es preciosa. —Había hecho una pausa, claramente en busca de algo más que añadir—. Y los padres de Holmes son… Bueno. ¿Sabes? He oído que tienen seis cuartos de baño en esa casa. ¡Seis!

Lo siguiente fue una corazonada:

—Leander también estará —contesté yo, un poco desesperado por encontrar algo que me hiciera ilusión. El tío de Holmes era el antiguo compañero de piso de mi padre y su mejor amigo desde siempre.

—¡Claro! Leander. Muy bien. Seguro que Leander actuará como amortiguador entre tú y… cualquier cosa para la que puedas necesitarlo. Fantástico.

Después balbuceó que mi madrastra lo necesitaba para algo en la cocina, colgó y me dejó con un nuevo sinfín de dudas sobre las navidades.

En cuanto Holmes me planteó la idea de pasar las vacaciones juntos, nos imaginé en algún lugar como el apartamento de mi madre en Londres. Jerséis y un chocolate, quizá viendo un especial del *Doctor Who* junto a la chimenea; Holmes, con un sombrero de lana con un pompón, estaría separando los gajos de una naranja de chocolate. En realidad, ya estábamos tumbados en el sofá del salón de mi casa cuando me dijo que dejara de eludir el asunto y le preguntara a mi madre si podía ir a Sussex (había evitado esa conversación a toda costa).

—Sé diplomático —me indicó, y luego hizo una pausa—. Con eso me refiero a que pienses en lo que quieres decirle y después te lo calles.

Fue inútil. Holmes y mi padre habían profetizado la reacción de mi madre con bastante exactitud. Cuando le conté nuestros planes, habló tan alto sobre Lucien Moriarty que incluso la habitualmente impertérrita Holmes retrocedió hacia una esquina.

—¡Casi *mueres*! —exclamó mi madre—. Los Moriarty casi te *matan*. ¿Y quieres pasar las navidades en la fortaleza de su enemigo?

—¿Su fortaleza? ¿Qué te crees que es esto? ¿Batman? —Me eché a reír. Al otro lado de la habitación, Holmes enterró la cabeza entre las manos—. Mamá. Estaré bien. Soy casi un adulto. Creo que puedo decidir qué hacer durante mis vacaciones. Le dije a papá que no te contara que casi muero porque exagerarías, y así ha sido.

Se produjo un largo silencio y, después, los gritos se escucharon mucho más alto.

Cuando se rindió —aunque con unos fuertes prejuicios—, tuvimos que pagar el precio. Nuestros últimos días en Londres fueron horribles. Mi madre me criticaba por todo, desde la limpieza del salón hasta la forma en que había recuperado mi acento marcadamente británico con mi vuelta a Londres. «Es como si esa chica incluso te hubiera arrebatado la voz», comentó. Tal vez me había pasado un poco con mi madre; desde luego, no estaba contenta con que hubiera llevado a Holmes de visita, y creo que habría sido un alivio para las dos si Charlotte no hubiera venido. Pero yo quería dejar algo claro: estaba harto del desprecio que mostraba mi madre hacia una persona que no conocía. Una persona que era importante para mí. Mi madre debería ser capaz de aceptar, por mí, a mi mejor amiga como la chica brillante y apasionante que era.

Aquello funcionó tan bien como podéis imaginar.

Así que Holmes y yo pasamos mucho tiempo fuera de casa.

La llevé a mi librería favorita, donde le llené las manos con novelas de Ian Rankin, y ella me presionó para que comprara un libro sobre caracoles europeos. Fuimos a la tienda de *fish and chips* de la esquina, donde me distrajo con un informe detallado y, probablemente, absurdo de la vida sexual de su hermano (drones, cámaras, la piscina de su azotea), mientras se comía todo mi pescado frito y dejaba su plato intacto. También la llevé a dar un paseo por la ribera del Támesis, donde le mostré cómo lanzar una piedra para que rebotara y casi le hace un agujero a un pontón que pasaba. Fuimos a mi restaurante indio favorito. Dos veces. En un día. En su cara había aparecido, con los párpados caídos, tal expresión de dicha al probar el primer bocado de *pakora,*[*] que dos horas más tarde decidí que necesitaba contemplarla de nuevo. Era tan maravilloso verla feliz, que compensó la vergüenza que sentí aquella noche cuando la descubrí mientras utilizaba la mancha de *curry* de mi camisa como ejemplo para enseñar a mi hermana Shelby la mejor forma de blanquear manchas de sangre.

* El *pakora* son verduras rebozadas en harina de garbanzo, un plato típicamente indio y paquistaní. *(N. de la T.)*

En resumen, fueron los mejores tres días de mi vida (a pesar de mi madre) y una semana más o menos normal con Charlotte Holmes. Mi hermana, ajena a este fenómeno, estaba completamente abrumada. Se había pegado a Holmes como una lapa; vestía de negro, se alisaba el pelo y la arrastraba para enseñarle cosas de su habitación. Yo no tenía ni idea de qué sería, pero por la música rítmica y vivaz que se colaba por debajo de la puerta, tenía el presentimiento de que su banda sonora eran los L.A.D., el grupo de música de chicos que le gustaba a Shelby en aquel momento. Supuse, además, que le estaría enseñando sus cuadros. Mi madre me había dicho que mi hermana se había convertido en una apasionada del arte mientras yo estaba fuera pero que, hasta entonces, le había dado mucha vergüenza mostrarle a nadie lo que hacía.

Tampoco es que yo hubiera sabido qué decirle al respecto. No sabía demasiado de arte. Sabía lo que me gustaba, lo que me hacía sentir algo: los retratos, habitualmente. Me gustaba todo aquello que parecía un secreto. Las escenas ambientadas en una estancia oscura. Los libros o botellas misteriosas, una chica con el rostro vuelto. Cuando me preguntaban, repetía que mi cuadro favorito era *Lección de anatomía* de Rembrandt, aunque, para ser sincero, había perdido la habilidad de recordarlo con claridad. Pasaba demasiado tiempo con mis cosas favoritas, las quería hasta desgastarlas. Después de un tiempo, se convertían en un sinónimo de quién era yo más que en cosas con las que disfrutara realmente.

—Shelby quería que la aconsejara y sé lo bastante como para darle mi opinión —anunció Holmes. Le había preguntado si había hablado con mi hermana sobre sus pinturas. Era nuestra última noche en Londres; partiríamos hacia Sussex la tarde siguiente. Mi madre había transformado mi dormitorio en un estudio, así que nos encontrábamos donde habíamos pasado toda la semana: en un par de colchones abatibles colocados en el salón, con nuestras bolsas de viaje apiladas detrás como si fueran una barricada. El cielo empezaba a clarear. Una de las desventajas de hacerte amigo de Holmes era dormir. Nunca más volvías a hacerlo.

—¿Lo bastante? —pregunté.

—Mi padre creía que era una parte importante de mi educación. Puedo hablar sin parar sobre el color y la composición gracias a él y a… —Frunció el ceño—… mi viejo tutor, el profesor Demarchelier.

Me incorporé sobre un brazo.

—¿Pintas? —Entonces, me percaté de lo poco que sabía de ella, y de que todos los hechos anteriores a ese septiembre relacionados con su vida me habían llegado, o bien por medio de otros, o bien de forma fragmentada y a trompicones. Había tenido una gata llamada Ratona y su madre era química, pero desconocía cuál había sido el primer libro que se había comprado, si alguna vez había querido ser bióloga marina, o cómo era de verdad cuando los crímenes no la reclamaban. Al tocar el violín, supuse que también habría probado con otras formas de arte. Traté de imaginarme cómo sería un cuadro pintado por Holmes. «Una chica en una habitación oscura» —pensé—, «con el rostro vuelto al espectador». Mientras la observaba, inclinó la cabeza para mirarme.

—No tengo la habilidad necesaria y no le dedico tiempo a las cosas que se me dan mal. Pero hago críticas objetivas. Tu hermana es bastante buena. Tiene un buen sentido de la composición y hace un uso interesante de los colores. ¿Ves? Ahí lo tienes: sé hablar de arte. Aunque sus temas son limitados. He visto unos treinta cuadros del perro de vuestro vecino.

—Ladridos suele dormir en el patio —aclaré con una sonrisa—. Es un objetivo fácil.

—Podríamos llevarla a la Tate Modern mañana antes de irnos. Si te apetece. —Estiró los brazos por encima de la cabeza. En la penumbra, su piel se parecía a la nata. Volví a mirarla a la cara. Era tarde y, cuando eso ocurría, me ponía a divagar de esta manera.

Bueno, para ser sincero, tenía esos deslices a todas horas. Solo que, a las cuatro de la mañana, estaba dispuesto a admitir su existencia.

—La Tate —repetí mientras volvía a centrarme. Su propuesta parecía sincera—. ¡Claro! Si de verdad quieres que vayamos, iremos. Te has portado muy bien con Shelby. Creo que ya has escuchado suficiente L.A.D. para el resto de tu vida.

—Me encanta ese grupo —comentó, inexpresiva.

—A ti te gusta ABBA —le recordé—. Así que no sé si eso era una broma. Lo siguiente que voy a descubrir a este paso es que usas riñonera en verano o que, cuando tenías once años, había un póster de Harry Styles colgado en tu cuarto.

Holmes titubeó.

—¡Imposible!

—En realidad, era del príncipe Harry —me corrigió mientras se cruzaba de brazos—, y tenía mucho estilo para vestir. Siento devoción por la ropa bien confeccionada. Además, tenía once años y estaba sola y, si no dejas de soltar risitas, iré hasta ahí y...

—Sí, estoy seguro de que sentías devoción por su ropa bien confeccionada y no por su...

Me golpeó con una almohada.

—Y pensar que... —añadí con la boca llena de plumas de ganso—, eres una Holmes. Tu familia es famosa. Podrías haberlo hecho realidad: la princesa Charlotte y el segundón del chico malo. Sabe Dios que eres lo bastante guapa como para lograrlo. Ya me lo imagino: tú con una tiara, saludando como si pusieras una bombilla en la parte trasera de un descapotable.

—Watson.

—Deberías dar discursos. A los huérfanos y en las asambleas generales. Y te harían fotos con perritos.

—Watson.

—¿Qué? Te estoy tomando el pelo y lo sabes. No tengo ni idea de cómo te criaste. —Era consciente de que divagaba, pero estaba demasiado cansado para pisar el freno—. Ya has visto mi casa. Es como un armario con pretensiones. Has sido testigo de lo rara y callada que se queda mi madre cuando hablas de tu familia. Creo que le preocupa que vaya a Sussex Downs y que los decadentes y misteriosos Holmes me atrapen y no vuelva nunca. Y tú sonríes con educación y reprimes lo que sea que en realidad pienses de ella, de mi hermana y del sitio en el que vivimos. Lo que, seamos sinceros, habrá supuesto un gran esfuerzo por tu parte, porque no eres especialmente maja. Y no tienes que serlo. Eres sofisticada, Charlotte Holmes. Repite después de mí: «Soy sofisticada y Jamie Watson es un campesino».

—Creo que a veces no me otorgas ningún crédito —comentó.

—¿Cómo? —Me senté—. Yo solo... Vale, a ver, puede que esté un poco aturdido porque es tarde, pero no quiero que sientas que debes actuar de una forma determinada o que tienes que impresionar a alguien. Ya estamos sorprendidos. No finjas que te gustan mi madre, mi hermana o el sitio en el que vivo.

—Me gusta tu casa.

—Es del tamaño de tu laboratorio en el colegio…

—Me gusta tu casa porque es donde creciste. —Me miró con firmeza—. Me gusta comerme tu cena porque es tuya y eso la hace mejor que la mía. Me gusta tu hermana porque es lista; además, te adora, lo que significa que es muy lista. Me he fijado en que hablas de ella como si fuera una niña, pero el hecho de que intente explorar su naciente sexualidad escuchando a una panda de chicos con voces mustias de soprano no es algo por lo que deberías tomarle el pelo. Lo que hace es mucho más seguro que la alternativa.

La conversación había dado un giro inesperado. Aunque, tal vez, debería haberlo visto venir desde el momento en que las palabras «eres guapa» habían escapado de mi boca.

Se incorporó para mirarme a los ojos. Tenía las sábanas enrolladas alrededor de las piernas, el pelo alborotado y el aspecto de haber salido de alguna película francesa sobre sexo ilícito. Cosa en la que no debería haber estado pensando en ese momento. Mentalmente, repasé la lista de cosas familiares que me resultaban menos eróticas: mi abuela, la fiesta de mi séptimo cumpleaños, *El rey león*…

—¿La alternativa? —repetí.

—Es bastante mejor meter un dedo del pie antes de que te trague la corriente.

—No tenemos que hablar de esto…

—Perdona si te estoy haciendo sentir incómodo.

—Iba a decir si no quieres. ¿Cómo hemos llegado a este tema?

—Estabas echando por tierra tu infancia y yo la defendía. Me gusta estar aquí, Jamie. Después iremos a casa de mis padres y todo será distinto. Yo seré diferente.

—¿En qué?

—Deja de ponerte intenso —soltó—. No te pega nada.

Para que conste, no estaba poniéndome intenso. Intentaba, una y otra vez, darle una salida a Holmes. Estaba evitando un asunto del que nunca hablábamos: la habían violado y la asesina de su violador nos había tendido una trampa. Dado que los sentimientos que Holmes pudiera tener hacia mí habían quedado atrapados en ese trauma, los míos, sin importar cuáles fueran, debía esperar, al menos por el momento. A pesar de que a veces pensaba en lo hermosa que era, nunca había expresado esos pensamientos en voz alta. Aunque le había ofrecido la oportunidad de hablar de nosotros, nunca la había presionado. Lo más cerca que habíamos estado eran estas conversaciones elípticas al amanecer en las que dábamos vueltas alrededor del tema hasta que yo decía algo inapropiado y ella se cerraba en banda por completo. Después pasaba horas sin mirarme.

—Solo intentaba decirte que no entraré en el tema si no quieres que lo haga —dije, y con «el tema» me refería a «Sussex», a «Lee Dobson, al que a menudo imagino desenterrando para volver a matarlo», a «hablar de nosotros dos, para lo cual, sinceramente, no me siento capacitado» y a que «a pesar de que tu pelo no deja de rozarte la clavícula y te humedeces los labios cuando estás nerviosa, no pienso en ti de esa manera, de verdad que no, lo juro por Dios».

Lo mejor y lo peor de Holmes era que escuchaba tanto lo que no le decía en voz alta como lo que sí.

—Jamie. —Lo pronunció en un susurro, con tristeza, o quizá había demasiado silencio como para que yo lo distinguiera. Para mi sorpresa, alargó el brazo, tomó mi mano y se llevó la palma a los labios.

¿Y esto? Nunca había sucedido hasta ahora.

Sentí su aliento cálido, la caricia de su boca. Contuve un sonido que se había formado en lo más profundo de mi garganta y me quedé quieto, aterrado por si la espantaba o peor, por si esto nos hacía pedazos a los dos.

Me deslizó un dedo por el pecho.

—¿Es esto lo que quieres? —preguntó, y con eso, mi autocontrol desapareció por completo.

No podía responderle, no con palabras. En su lugar, coloqué las manos sobre su cintura con la intención de besarla de la forma que deseaba desde hacía meses: con pasión y anhelo. Le deslizaría una mano por su pelo y la tendría tan cerca de mí como si yo fuera la única persona que existía en el mundo.

Pero, cuando la toqué, retrocedió. Un temor repentino cruzó mi rostro. La observé mientras ese miedo se convertía en rabia y, después, en algo parecido a la desesperación.

Nos miramos el uno al otro durante unos minutos insoportables. Sin mediar palabra, Holmes se alejó y se tumbó en su colchón de espaldas a mí. Detrás de ella, los colores azulados del amanecer empezaban a filtrarse por la ventana.

—Charlotte —dije en voz baja, y alargué el brazo para tocarle el hombro. Me apartó la mano y, aunque no podía culparla por ello, algo se revolvió en mi pecho.

Por primera vez me di cuenta de que quizá mi presencia era más una maldición que un consuelo.

Capítulo 2

Aquella no era la primera vez que pasaba algo entre nosotros.

Nos habíamos besado. Una vez. Había sido breve, una pincelada. En aquel momento me encontraba al borde de la muerte, así que el beso podría haber sido por pena; haber surgido por un errado sentimiento de alivio, ya que estábamos al final de nuestra investigación por asesinato. De cualquier modo, yo no lo había visto como una promesa de nada y ella tampoco lo había manifestado. Y aunque hubiera querido tener algún tipo de relación romántica conmigo, no era difícil ver que lidiaba con una tonelada de daño psicológico. Como he dicho, no tenía intención de presionarla. No sabía si yo mismo quería ir más allá, si haría añicos esa cosa extraña y frágil que habíamos puesto en marcha entre nosotros o si acabaríamos en peores condiciones que antes. Después de lo de la noche anterior, parecía que así sería.

No fuimos a la Tate a la mañana siguiente. No nos escabullimos como los días anteriores para desayunar tras haber dormido un par de horas. Hicimos las maletas en silencio —Holmes pálida, en bata y calcetines—, y, cuando nos despedimos de mi madre y de mi llorosa hermana pequeña, nos dirigimos a la estación, también en silencio. Fuimos a Sussex en un compartimento privado, su rostro vuelto con tenacidad hacia la ventana. Yo fingí que leía una novela, pero paré enseguida. Ni la engañaba a ella ni a nadie.

Cuando nos bajamos del tren en Eastbourne, un coche negro nos esperaba en la calle.

Holmes se volvió hacia mí con las manos en los bolsillos.

—Todo irá bien —murmuró—. Tú estarás allí, así que todo irá bien.

—Creo que este asunto de que «todo irá bien» funcionaría mejor si, no sé, habláramos. —Intenté sonar tan dolido como me sentía en realidad.

Parecía sorprendida.

—Yo tengo ganas de hablar contigo en todo momento. Pero te conozco —dijo—, siempre quieres que las cosas vayan bien y no sé si el hecho de que estemos hablando ahora mismo, hará otra cosa que no sea empeorarlas.

Mientras el conductor daba la vuelta para recoger nuestro equipaje, Holmes me dio unas palmaditas en el hombro con su distanciamiento habitual y bajó para saludarlo. Yo me quedé allí, con la maleta en la mano y enfadado con ella por haber decidido que el silencio era la única manera de afrontar esto. Por tomar todas las decisiones. Me trataba como si fuera su mascota, pensé, y esa especie de desamparo que quebraba el mundo en dos y que no sentía desde hacía meses, se apoderó de mí en oleadas.

Era el mismo sentimiento que, para empezar, me había metido en el lío que suponía la combinación de Charlotte Holmes con Jamie Watson, y no estaba tan ido como para no apreciar la ironía.

* * *

Sus padres no nos esperaban cuando llegamos a la casa, lo que me pareció estupendo. No creía que pudiera mostrarme amable, ni con ellos ni con nadie. En su lugar, nos recibió el ama de llaves, una mujer arreglada y callada de la edad de mi madre. Tomó nuestros abrigos, nos condujo a las habitaciones de Holmes y había atardecido para cuando nos terminamos la comida que nos había llevado en una bandeja.

Esa noche, tras mi improvisada clase de historia europea, la misma mujer, con una cinta métrica sobre el hombro, sacó una caja de madera para que me subiera a ella y me midió el bajo de los pantalones de Milo, que me estaban demasiado largos. Era la única persona que había en la habitación de Holmes cuando volví con el traje puesto. Mientras intentaba no moverme, traté de imaginar dónde se habría escondido Charlotte. Quizá estuviera jugando en la sala de billares, o dejándose llevar por sus sensaciones con los ojos vendados en alguna carrera familiar de obstáculos, como a las que se rumoreaba que los Holmes recurrían para entrenar a sus retoños. O tal vez estuviera comiéndose unas galletas de chocolate en el armario.

—Ya está —anunció por fin el ama de llaves. Se levantó y revisó su trabajo satisfecha—. Está muy guapo, señorito Jamie. El cuello abierto le queda bien.

—Ay, Dios —dije mientras me tiraba de los puños—. Por favor, no me llame así. ¿Sabe dónde está H… Charlotte?

—Supongo que arriba.

—Arriba es un concepto muy extenso aquí. —Me imaginé deambulando sin rumbo fijo por la casa vestido con un traje prestado… Hablando de carreras de obstáculos—. ¿En la segunda planta? ¿La tercera? ¿La cuarta? Eh… ¿hay una cuarta?

—Pruebe en el despacho de su padre —respondió y sostuvo la puerta abierta—. Tercera planta, ala este.

Creo que me habría llevado menos tiempo ir de Londres a Sussex, pero logré encontrar el despacho al final de una galería de retratos con ventanas con parteluz. Esta ala parecía más antigua y oscura que el resto de la casa. Los cuadros me fulminaban con la mirada. En uno de ellos, el padre de Holmes y sus hermanos se amontonaban alrededor de una mesa con pilas de libros. Alistair Holmes era idéntico a su hija: serio e introvertido, con las manos entrecruzadas delante de él. El de la sonrisa era claramente Leander, pensé. Me pregunté si habría llegado ya y deseé que así fuera.

—Pasa de una vez —dijo una voz amortiguada al otro lado de la puerta del despacho, a pesar de que no había llamado. ¡Pues claro que sabían que estaba ahí! Había secretos en esa casa, estaba claro, pero yo no sería capaz de guardar ninguno de los míos.

Acerqué la mano al pomo y me detuve. No me había fijado en el último cuadro. A mi lado, Sherlock Holmes aparecía sentado, con los labios fruncidos y una lupa en la mano, claramente molesto por el proceso que conlleva que te retraten, dado que debía representarse a sí mismo lo mejor posible para beneficio de otra persona. El doctor Watson, mi trastatarabuelo, estaba de pie detrás de él; una mano descansaba con tranquilidad sobre el hombro de su amigo.

Podría habérmelo tomado como una señal de que todo iría bien, pero miré esa mano durante un largo minuto y me pregunté cuántas veces habría intentado Sherlock Holmes sacudírsela de encima. «Los Watson» —pensé—, «masoquistas generación tras generación», y abrí la puerta.

La habitación estaba poco iluminada y mis ojos tardaron unos segundos en acostumbrarse. Un escritorio enorme ocupaba el centro y, tras él, varias estanterías se extendían como si fueran alas. Sentado delante de aquel cúmulo de conocimiento estaba Alistair Holmes con sus astutos ojos fijos en mí.

Me cayó bien al instante, aunque sabía que no tendría que haber sido así. Sin lugar a dudas, había llevado a su hija hasta casi la muerte con su entrenamiento y sus expectativas. Pero él me conocía. Me di cuenta de ello por la forma en que me clasificaba con la mirada, idéntica a la que había visto en el rostro de Charlotte Holmes una y otra vez. Me veía tal y como era: un chico nervioso de clase media con un traje prestado. Aun así, no me juzgó. Sinceramente, creo que mi clase social no le importaba en absoluto. Tras la montaña rusa emocional de los últimos días, resultaba agradable dar con algo de impasibilidad.

—Jamie —me saludó, con una sorprendente voz de tenor—. Por favor, siéntate. Es un placer conocerte al fin.

—Lo mismo digo. —Me acomodé en el sillón que había frente a él—. Muchas gracias por permitir que me quede con ustedes.

Agitó una mano y dijo:

—Pues claro. Has hecho muy feliz a mi hija.

—Gracias —respondí, aunque eso no era cierto del todo. Sí, la había hecho feliz, o eso creía, pero también la había hecho desgraciada. La había abrazado mientras nuestro escondite ardía bajo el fuego. Me había desmayado a sus pies, demasiado débil como para permanecer erguido, mientras Lucien Moriarty se mofaba de ella a través del móvil rosa y brillante de Bryony Downs. «Esta partida era de prueba. Quería averiguar qué era importante para ti, ver cuánto confiaba en ti este mocoso estúpido. Yo lo amenazo y tú le besas, ¡que entre la música, que suenen los aplausos!». Y ahora la había llevado a esconderse en alguna parte de esta inmensa casa junto al mar, mientras su padre mantenía conmigo la clase de cháchara insulsa que ella siempre había odiado tanto.

—¿Te ha gustado el último cuadro del pasillo? ¿El de nuestros antepasados comunes? He oído que te parabas a observarlo.

—Usted se parece mucho a Sherlock Holmes. A las imágenes que he visto de él, al menos —comenté. Asintió y me descubrí a mí mismo deseando dejar atrás los cumplidos y pasar a algo más real—. Me ha hecho pensar en cómo han terminado las cosas. Me refiero a Charlotte y a mí corriendo aventuras. Hemos resuelto un caso de asesinato y hemos descubierto que había un Moriarty en el otro extremo. Es como si la historia se repitiera.

—Hay muchos negocios familiares en el mundo —dijo, y colocó sus dedos largos bajo la barbilla—. Hay hombres que legan sus zapaterías a sus hijos; abogados que envían a sus hijas a los internados y después les ofrecen un trabajo en sus despachos. Quizá tengamos ciertas afinidades que les transmitimos a nuestros hijos, ya sea a través de la genética o según la forma en que les enseñamos a pensar, pero no creo que se escape al cien por cien de nuestro control. No somos los vástagos de Sísifo, condenados a empujar su roca colina arriba para siempre. Fíjate en tu padre.

—Se dedica a las ventas —añadí e intenté seguir su razonamiento.

El padre de Holmes enarcó una ceja.

—Y la mujer que pintó ese cuadro que admirabas en el pasillo era la hija del profesor Moriarty. Se lo presentó a nuestra familia como disculpa por las fechorías de su padre. Las acciones del pasado pueden repetirse, pero no deberías pensar que estamos predestinados a ellas. Aunque a tu padre le guste resolver misterios, desde que se mudó a Estados Unidos, parece ser más feliz comportándose como un mero espectador. Imagino que también le ayudó alejarse de la influencia de Leander. Mi hermano es un verdadero agente del caos.

—¿Sabe cuándo llegará? ¿Leander?

—Entre esta noche y mañana. —Comprobó su reloj—. Uno nunca puede acertar del todo con él. El mundo debe plegarse a sus deseos. En ese sentido se parece mucho a Charlotte. Ni se contenta con observar ni con repartir justicia. Trabajar en beneficio de los demás nunca ha sido la meta de ninguno de los dos.

Me incliné hacia delante. Alistair Holmes, por su lenguaje formal y su mirada fija y decidida, era como una reliquia de un pasado muy lejano. Era casi hipnótico y no me resistí a su embrujo.

—Entonces, ¿cuáles cree que son las metas de Charlotte y Leander?

—Reivindicar su lugar en el mundo o, al menos, eso me ha parecido siempre. —Se encogió de hombros—. No les vale con estar entre bambalinas; se las ingenian para participar en la obra. Supongo que en ese aspecto se parecen más a Sherlock que cualquier otro miembro de la familia. Tenía afán de ser mago. ¿Sabes que durante años me deslomé en el Ministerio de Defensa (fui el arquitecto de algunos pequeños conflictos internacionales), y, aun así, no conseguí salir de la oficina? No me importaba trasladar ejércitos teóricos por campos de batalla también teóricos y dejar que otros hicieran realidad mis ideas. Mi hijo Milo se dedica a algo similar. En muchos sentidos, para lo bueno y lo malo, se ha hecho a sí mismo de esa pasta.

—Pero ¿es ese el mejor método? —pregunté. No quería desafiarlo, simplemente se me escapó—. ¿No le parece mejor ver las consecuencias de nuestros actos de primera mano para que aprendamos de ellas y tomemos decisiones más acertadas en el futuro?

—Eres un chico muy reflexivo —dijo, aunque no me quedó claro si era un comentario sincero—. ¿Crees que tendría que haber insistido en que Charlotte se quedara y se enfrentara a los efectos colaterales de sus acciones tras la debacle con August Moriarty, en lugar de enviarla lejos para que empezara de cero?

—Yo…

—Hay muchas formas de aceptar la responsabilidad y no siempre tenemos que pagar con sangre nuestros pecados o sacrificar nuestro futuro. Pero oigo que Charlotte se aproxima por el pasillo, así que será mejor cambiar de tema. —Entrecerró los ojos para mirarme—. ¿Sabes? No eres como te había imaginado.

—¿Qué se esperaba? —pregunté, y me sentí cohibido de repente. No estaba hecho para esta clase de conversaciones profundas que parecían salidas del turbio fondo marino.

—Menos. —Se levantó y caminó hacia la ventana, donde dirigió la mirada más allá de las oscuras colinas que descendían hacia el agua—. Es una lástima.

—¿El qué? —pregunté, pero Holmes ya estaba llamando a la pesada puerta.

—Mi madre me va a matar —anunció cuando la abrí—. Hace cinco minutos que deberíamos estar abajo. Hola, papá.

—Lottie —dijo sin darse la vuelta—. Bajaré enseguida. ¿Por qué no acompañas a Jamie al comedor?

—Claro. —Enlazó nuestros brazos con total naturalidad. ¿Seguíamos enfadados? ¿Acaso nos habíamos peleado? Estaba cansado de este hilo de pensamientos y, de cualquier modo, aquí, en la extensa casa de su familia, en pleno invierno, no importaba. Empezaba a sentir que, sin Holmes actuando como mi traductora, no sobreviviría a esta semana.

—Estás muy guapa —le dije, porque era verdad; con su vestido largo, los labios oscuros y el pelo recogido en un moño.

—Lo sé. —Suspiró—. ¿A qué es terrible? Acabemos con esto.

* * *

Emma Holmes no me hablaba. Bueno, en realidad, no hablaba con nadie. La mano izquierda le brillaba, repleta de anillos, mientras se rascaba la nuca. La otra sostenía una copa de vino. Nada de esto sería un problema si no fuera porque, si el comedor de los Holmes fuera un continente —por el tamaño lo parecía—, yo estaba sentado en Siberia.

Me habían colocado entre la madre de Holmes y la silenciosa y huraña hija del embajador checo, una muchacha llamada Eliska, que me echó un vistazo rápido de arriba abajo y dirigió los ojos al techo con una mirada de súplica. O podía oler mi carencia de un fondo fiduciario o esperaba encontrarse con un Jamie Watson más alto y fuerte, uno que se pareciera más a un bombero voluntario que a un bibliotecario voluntario. De cualquier modo, me habían situado allí para que charlara de cosas sin importancia con la madre de Holmes mientras Eliska suspiraba sobre su plato.

Holmes —mi Holmes, si es que lo era— no me sirvió de ayuda alguna. Había amontonado toda la comida en su plato y estaba ocupada reorganizándola, pero, por la mirada distante en sus ojos, me di cuenta de que le preocupaba la conversación que había al otro extremo de la mesa. La única, en realidad; algo sobre el precio que alcanzan los bocetos de Picasso. Alistair Holmes estaba corrigiendo al conservador del museo, que presentaba un aspecto escurridizo. El señor Holmes, por supuesto, sabía más de arte que cualquier persona que trabajara en el Louvre. No fui capaz de reunir tanta energía como para mostrarme sorprendido.

31

De hecho, no reuní demasiada en general. No hacía más que esperar que la amenaza que suponía este lugar se hiciera realidad, que surgiera algo que pudiera ver u oír, algo que pudiera contrarrestar. Había imaginado una bienvenida más fría: los Holmes se pisoteaban unos a otros por ver quién me ponía en mi lugar en términos intelectuales. Quizá incluso un auténtico aro en llamas… Pero, en su lugar, me había encontrado con una comida buenísima y una conversación críptica con el padre de Holmes. Recordé la advertencia que me había hecho antes de llegar y fui incapaz de encontrarle sentido alguno.

—¿Sherringford? Menudo espanto de escuela —decía Alistair—. Sí, es cierto que ha sido una pequeña decepción, pero no nos cabía duda de que Charlotte lograría exonerarse a pesar de las circunstancias.

Charlotte sonrió leve y fríamente.

—Lamento estar tan callada, James —me indicó su madre en voz baja—. Estoy pasando por una mala racha. No dejo de entrar y salir del hospital. Espero que estés disfrutando de la cena.

—Está estupenda, gracias. Y siento que no se encuentre bien.

Tras aquello, Holmes volvió a centrar su atención en mí de golpe.

—Madre. —Dejó el tenedor sobre el plato—. Podrías hacerle a Jamie alguna pregunta normal y corriente. No es tan difícil seguir el guion: ¿le gusta el colegio?, ¿tiene alguna hermana?, etcétera, etcétera.

Su madre se ruborizó.

—Claro. ¿Habéis tenido una buena estancia en Londres? A Lottie le encanta estar allí.

—Sí, nos lo pasamos muy bien —respondí mientras lanzaba una mirada de odio a su hija. Su madre parecía estar esforzándose. Me sentía mal por ella. Estaba vestida de etiqueta en aquella habitación ridícula cuando era evidente que deseaba meterse en la cama—. Paseamos por el Támesis, visitamos muchas librerías… Nada demasiado especial.

—Siempre he pensado que es agradable tomarse un respiro tras un semestre complicado. Y, por lo que he oído, el vuestro lo ha sido con creces.

Me reí.

—En realidad eso es quedarse corto.

Su madre asintió; tenía la mirada perdida.

—Ayúdame a recordar. ¿Por qué mi hija y tú fuisteis sospechosos del asesinato de ese chico desde un principio? Tengo entendido que él la atacó pero, ¿por qué te viste envuelto en ello?

—No me presenté como sospechoso voluntariamente, si eso es lo que pregunta. —Intenté mantener un tono afable.

—Bueno, la razón que me han dado es que has desarrollado alguna clase de enamoramiento absurdo por mi hija, pero, aun así, no entiendo por qué eso exigía de tu participación.

Me sentí como si me hubiera abofeteado.

—¿Qué? Yo...

Charlotte no dejaba de reorganizar su comida. Su expresión no había cambiado.

—Es una pregunta sencilla —añadió su madre todavía en voz baja—. Otra más complicada sería: ¿por qué continúas siendo su sombra si la situación ya se ha resuelto? No comprendo cómo puedes serle de utilidad ahora.

—Estoy bastante seguro de que es porque le gusto —articulé bien las palabras. No por rencor, sino porque me aterraba tartamudear—. Somos amigos que pasan tiempo juntos durante las vacaciones de Navidad. No es nada fuera de lo común.

—Ah. —Había una abundancia de significados en aquella sílaba: duda, mofa, una buena dosis de menosprecio—. Pero mi hija no tiene amigos. Apenas influye que seas atractivo o que vengas de una familia venida a menos. Imagino que la seguirías a cualquier parte. Esa combinación debe ser como la hierba gatera para una chica como Lottie. Un acólito prefabricado. Pero ¿qué ganas tú?

Si hubiéramos estado en otra parte, con otras personas, Holmes se habría entrometido a toda prisa en la conversación, como un tanque armado. Yo sabía defenderme, pero estaba tan acostumbrado a su rápido e intrépido ingenio que, ante su ausencia, me quedé mudo.

Y, en efecto, estaba ausente. Tanto su ingenio como ella misma. Sus ojos se habían oscurecido y estaban distantes, su tenedor seguía trazando diseños en el plato. ¿Cuánto tiempo llevaba Emma Holmes planeando aquello? ¿O fue algo que se le ocurrió en el momento, un castigo para Charlotte por haber sido grosera con su madre?

Emma Holmes volvió sus grandes ojos como linternas hacia mí.

—Si planeas algo, si trabajas para alguien, si le pides cosas que no puede darte...

—No tienes que... —Su hija habló, por fin. Y justo entonces la interrumpió.

—Si le haces daño, acabaré contigo. Eso es todo. —Emma Holmes alzó la voz para que el resto de la mesa la escuchara—. Y sobre ese tema, Walter, ¿por qué no nos hablas de la exposición en la que estás trabajando? Me ha parecido oír el nombre de Picasso.

No era un castigo. Era el amor que sentía por su hija y resultaba aterrador.

Observé a Charlotte mientras un escalofrío me recorría los hombros. Si las comidas siempre eran tan tumultuosas, no me extrañaba que nunca tuviera apetito.

Al final de la mesa, el conservador se limpió la boca con la servilleta.

—Picasso, sí. Alistair me hablaba de vuestra colección privada. La tenéis en Londres, ¿verdad? Me encantaría verla. Picasso fue bastante prolífico, como bien sabéis, y regaló tantos bocetos que no dejan de aparecer obras nuevas.

La madre de Holmes sacudió una mano. Reconocí el gesto porque su hija también lo hacía.

—Llama a mi secretaria —dijo—. Estoy segura de que podrá organizar un visita guiada por nuestra propiedad.

Después de aquello, me disculpé y me levanté. Necesitaba llevar a cabo ese cliché tan cinematográfico que es echarte agua fría por la cara. Para mi sorpresa, Eliska dejó caer la servilleta en su silla y me siguió por el pasillo.

—Jamie, ¿sí? —preguntó con acento extranjero. Cuando asentí, miró por encima de su hombro para asegurarse de que estábamos solos—. Jamie, esto es... una mierda.

—Sí, es una buena definición.

Entró con paso decidido al baño para mirarse en el espejo.

—Mi madre... *ella me dice* que estaremos en Gran Bretaña *por un año*. Que no es tiempo suficiente para *echar de menos a amigos* de Praga. Que ya haré otros nuevos, pero todo el mundo tiene mil años, es idiota o no habla.

—No toda la gente de aquí es así —dije—. Yo no lo soy. Y Charlotte Holmes tampoco... por lo general.

Con un dedo, Eliska se limpió una manchita de pintalabios.

—A lo mejor en otro ambiente se encuentre mejor. Pero asisto a estas cenas familiares en estas *casotas* y los adolescentes están callados. La comida está muy buena, eso sí. Donde *yo vivo*, la comida es terrible pero los jóvenes son mucho más divertidos. —Me miró por encima del hombro y me estudió—. Mi madre y yo nos volvemos en una semana. Tiene un nuevo trabajo *en gobierno*. Si vas a Praga, ven a verme. Me das… ¿cómo podría expresarlo?… pena.

—Nunca rechazo una buena invitación por pena —repliqué, algo desanimado. Eliska se dio cuenta de ello. Me dedicó una sonrisa y se marchó.

Cuando volví a la mesa, Emma Holmes ya se había ido a la cama. Habían servido el postre —una porción arquitectónica de tarta de queso del tamaño de un pulgar— y Alistair Holmes hacía a su hija una serie de preguntas sencillas sobre Sherringford: «¿Qué has aprendido en tus clases personalizadas de química? ¿Te gusta tu profesor? ¿Cómo crees que podrás aplicar esos conocimientos a tu trabajo deductivo?». Holmes le respondió con monosílabos.

Tras un minuto, comprendí que no podía seguir escuchando las preguntas. No podía. No cuando Charlotte Holmes estaba empleando uno de sus trucos de magia justo frente a mí. No sacaba un conejo de una chistera invisible ni se estaba transformando en una desconocida. En esta ocasión, sin mover ni un solo músculo, estaba desapareciendo por completo en su silla de terciopelo con respaldo alto.

*　*　*

No la reconocía. Aquí no. No en esta casa. Ni siquiera me reconocía a mí mismo.

A lo mejor esto era lo que pasaba cuando construías una amistad basada en el desastre mutuo; que colapsaba en cuanto las cosas se enderezaban solas y te desesperabas por que llegara el siguiente terremoto. Yo sabía que, en el fondo, había algo más que eso en nuestra relación, pero quería una solución fácil. Desear que un caso de asesinato cayera a nuestros pies era terrible, pero lo quería igualmente.

Holmes abandonó el comedor sin decirme nada. Cuando la alcancé, ya había cerrado la puerta de su dormitorio con llave.

35

Llamé durante unos cinco minutos sin obtener respuesta alguna. Durante un largo y absurdo instante, me quedé allí parado en el pasillo. En el piso de arriba se escuchaba una voz masculina que gritaba: «¡No pueden hacernos esto! ¡No nos lo pueden arrebatar!»; y, a continuación, se oyó un portazo.

—Esto no lo consiento —dijo una voz detrás de mí. Brinqué. El ama de llaves me había descubierto en medio del pasillo como si fuera un pobre perro abandonado. Me acompañó a mi habitación. Por sus modales, amables e impersonales, me dio la sensación de que debía estar acostumbrada a encontrar gente perdida vagando por la casa.

Pasé aquella noche en una cama gigante, al otro lado de unos grandes ventanales que repiqueteaban cada vez que soplaba el viento. «Pasar la noche» era la expresión correcta; decir que había dormido sería mentir. No pegué ojo. Ahora sabía que no era el único que deseaba que ocurrieran cosas espantosas. Cada vez que cerraba los ojos veía a Holmes, al otro lado de la mesa del comedor, con los hombros caídos y dispuesta a borrar su existencia de la faz de la Tierra. Esa imagen me mantenía despierto porque sabía que, si se le metía en la cabeza, era lo bastante decidida como para llevarla a cabo. Como para tomar un puñado de pastillas y dar la espalda al mundo. Ya la había visto hacerlo una vez, bajo el porche de mi padre. No podía volver a ver cómo sucedía.

En aquel momento la detuve, pero no creía que pudiera repetirlo ahora. Me había convertido en la última persona en la que ella buscaría consuelo porque era un chico, su mejor amigo, que tal vez quería ser algo más que eso para ella y, con cada hora que pasaba, Holmes añadía un ladrillo más al muro que estaba levantando entre nosotros.

A las dos de la madrugada, me levanté y cerré las cortinas. A las tres y media, las abrí de nuevo. La luna flotaba en el cielo como un farol, tan brillante que me cubrí la cabeza con la almohada. Entonces me dormí y soñé que estaba despierto mientras observaba los campos de Sussex.

A las cuatro me desperté, pero pensaba que seguía soñando. Holmes estaba sentada a los pies de mi cama. En realidad, estaba encaramada sobre mis pies y me tenía eficazmente atrapado. Podría haber sido *sexy* salvo porque llevaba puesta una camiseta gigante con la frase «La química es para los enamorados», lo que resultaba absurdo, y porque, por su rostro, parecía que había estado llorando, lo que resultaba aterrador.

De forma involuntaria, repasé la lista de normas para lidiar con los Holmes que mi padre había elaborado: «28. Si estás molesto, Holmes es la última persona a la que deberías pedirle que te haga sentir mejor, a no ser que quieras que te reprendan por tener sentimientos. 29. Si Holmes está molesto, esconde todas las armas de fuego y pon una cerradura nueva en tu puerta». Maldije y me revolví para intentar apoyarme en los codos.

—Para —me ordenó en un tono fúnebre—. Cállate y escúchame durante un minuto, ¿vale?

Pero me sentía demasiado herido para hacerlo.

—¡Oh! ¿Ya nos hablamos? Porque creía que estábamos permitiendo que tu familia nos destripara durante la cena, para después dejarnos allí tirados sin mediar palabra. O quizá debería intentar besarte otra vez, para que vuelvas a hacerme el vacío...

—Watson...

—¿Quieres dejar de ser tan dramática? Ya no hace gracia. Esto no es un juego. No estamos en el maldito siglo XIX. Me llamo Jamie y no hace falta que actúes como si formáramos parte de un relato; solo necesito que actúes como si yo te gustara. ¿Todavía te gusto? —Me avergonzó que mi voz se quebrara—. ¿O solo soy... un accesorio de la vida que desearías tener? Porque no sé si te has fijado, pero ahora estamos de vuelta en la vida real. Lucien Moriarty está en Tailandia, Bryony Downs, en un agujero negro en alguna parte, y la peor amenaza a la que nos enfrentamos es desayunar con la loca de tu madre mañana por la mañana, de manera que agradecería que afrontáramos un poco la realidad.

Arqueó una ceja.

—En realidad, el ama de llaves nos traerá una bandeja.

—Te odio —dije, con sentimiento—. Te odio tanto.

—¿Ya? ¿Has terminado con esta pequeña producción teatral? ¿O también quieres rasgarte las vestiduras?

—No. Estos pantalones me gustan.

—Vale, está bien —contestó, e inspiró despacio—. Quiero cosas de ti, en el plano intelectual, que no quiero en el físico. Me refiero a que podría quererte... de esa forma, pero ahora no. Quiero... cosas que no deseo. —Noté que se movía—. Y, tal vez, solo las quiero porque creo que tú deseas que te las dé y temo que te levantes y te vayas si no las consigues No tengo ni idea. En cualquier caso, si saber que he perdido el control de mis propias reacciones no fuera ya lo bastante malo, también sé que te estoy haciendo daño. Aunque, con toda sinceridad, ahora mismo no es mi mayor preocupación porque lo nuestro no puede ser. Pero me siento mal por ello. Y tú también. Cada vez que me miras, te encoges de dolor. Y estoy bastante segura de que mi madre lo ha interpretado como si tuvieras planes perversos reservados para mí. Y después, cuando te ha machacado en la cena, me he sentido bien porque estoy frustrada contigo y no puedo expresarlo. Watson, todo esto, esta rueda… es tedioso, y no veo otra salida que no sea liberarnos el uno al otro, pero esa opción no me sirve.

—A mí tampoco.

—Lo sé. —Su boca se curvó—. Supongo que eso significa que vamos a compartir esta prisión.

—Sabía que tarde o temprano terminaríamos en una. —La luna se escondió tras una nube y la habitación se sumió en la oscuridad. Esperé a que dijera algo. Un buen rato. Y ella me contempló mientras yo la observaba. Éramos el espejo del otro, siempre lo habíamos sido.

Pero el ambiente que nos rodeaba no estaba cargado de la misma forma que antes. Y tampoco era asfixiante.

—¿Y ahora qué? —pregunté—. ¿Tú consigues un psicólogo y yo me vuelvo a Londres?

—Odio la psicología.

—Bueno, creo que es posible que ahora la necesites.

Para mi sorpresa, se dejó caer junto a mí; el pelo oscuro se desparramó sobre sus ojos.

—Watson, ¿qué te parece si hacemos un experimento?

—La verdad es que no me entusiasma.

—Serás tonto. Es un experimento sencillo —insistió con la cabeza hundida en una almohada.

—Vale, dispara.

—Necesito que me toques la cabeza.

Con cuidado, le di unos golpecitos en el cuero cabelludo.

—No —protestó, me tomó la mano y la colocó sobre su frente como si fuera a tomarle la temperatura—. Así.

—¿Por qué estoy haciendo esto?

—Es una demostración de cómo es el contacto no sexual. Es parecido a como acariciaría un padre a su hijo. Cuando estuviste enfermo el semestre pasado, me sentía bien cuando me metía en tu cama porque sabía que no podía pasar nada. Mira, no retrocedo. Ni quiero golpearte. —Sonaba contenta—. Debería anotar mis conclusiones, en serio.

—Espera —dije—. La otra noche, ¿querías pegarme?

Holmes levantó la cabeza de la almohada.

—Siempre quiero pegarle a todo el mundo.

—Lo siento.

—Debería apuntarme al equipo de *rugby* —añadió, nerviosa. Evasiva—. Yo… Esto… Quiero que… me toques el rostro. Como lo habrías hecho la otra noche si hubiéramos seguido adelante.

La miré durante un buen rato.

—Quiero ayudarte a llevar a cabo… lo que quiera que sea esto, pero no pienso ser tu conejillo de Indias.

—No quiero que lo seas. Espero que lo entiendas.

Por alguna razón, respirar me parecía peligroso y dejé de hacerlo. Permanecí todo lo quieto que pude, salvo por la mano que desplacé desde su suave y brillante cabello hasta la mejilla. Su pálida piel destacaba en medio de la oscuridad, pero mientras paseaba el pulgar por su pómulo, era evidente que se había sonrojado. Me mordí el labio y ella abrió la boca; y, sin pensarlo si quiera, la verdad, me permití acariciarle la boca con un dedo. Entonces ella deslizó las manos sobre mi pecho, tiró primero de la camiseta y después del cuello de la misma y me acercó a ella hasta que sentí que la presionaba contra el colchón. Moví la nariz contra su cuello y ella se rio. Exhaló; su respiración era suave y algo penetrante. Introduje los dedos en su cabello, de la forma que llevaba meses deseando —había querido eso desde hacía tanto tiempo— y ella ladeó la cabeza como si estuviera a punto de besarme…

Y entonces me clavó el codo en el estómago y me apartó de ella.

—¡Mierda! —dijo, mientras yo me esforzaba por tomar aire. Volvió a maldecir, con fluidez, y se cubrió la cara con la almohada.

—Ha sido una idea terrible. —Necesitaba vomitar. Y darme una ducha fría. A lo mejor podría hacer las dos cosas en la bañera. Parecía una idea estupenda, en realidad. Me esforcé por ponerme de pie.

Asintió. Lo noté porque la almohada se movió arriba y abajo.

—Vuelve aquí —me pidió.

Me pasé las manos por el pelo.

—Dios… ¿por qué?

—Tú solo…

—Holmes, ¿estás bien? Lo digo en serio, ¿estás bien? —Era una pregunta estúpida, pero no se me ocurría otro modo de hacérsela.

—¿No crees que debería ser al contrario? ¿Que siempre me lo preguntara mi familia y no tú?

—¿Sinceramente? Lo pienso a todas horas.

Nos miramos el uno al otro.

—Ellos creen que no debería pasarme nada de esto —susurró—. No a una persona tan… competente como yo.

—Esto no es culpa tuya —declaré con ferocidad—. ¡Por Dios! ¿Nadie te ha dicho que no lo es? De todas las familias de mierda del mundo…

—Con esas palabras no. Se daba por hecho.

—Como si eso lo mejorara. —Miré al suelo—. Sé que no te gusta hablar del tema, pero ¿has pensado en…?

—Ir a terapia no es la panacea. Ni las drogas tampoco. Ni desear que desaparezca. —Cuando levanté la vista para mirarla, había una pequeña sonrisa triste en su rostro—. Watson. Vuelve aquí.

—¿Por qué? No, dame una respuesta de verdad.

Con un gruñido, se colocó la almohada sobre el pecho.

—Porque, a diferencia de cómo he reaccionado, en realidad no quiero que te vayas. —Me contempló con hosquedad—. Además no quiero… que lo repitamos. Solo deseo dormir y, si no me equivoco, será mucho más sencillo para los dos que hablemos como lo hacemos normalmente si primero no tenemos que repasar las formalidades de mañana.

Me senté, despacio.

—Sigo pensando que eso no tiene ningún sentido.

—Me parece bien. —Bostezó—. Está amaneciendo, Watson. Duérmete.

Me metí con cuidado entre las sábanas y me aseguré de dejar unos centímetros entre los dos. «Deja que corra el aire», pensé medio histérico. No había estado en la iglesia desde que era pequeño, pero quizá las monjas habían hecho bien su trabajo.

—¿Estás calculando el espacio que hay entre nosotros?

—No, yo...

—No tiene gracia —dijo, pero ya amanecía, estábamos agotados y me percaté de que se esforzaba por no reírse.

—Lo que nos hace falta es un buen asesinato —declaré sin preocuparme por lo terriblemente mal que había sonado—. O un secuestro. Algo entretenido para, ya sabes, sacarnos todo esto de la cabeza.

—¿Todo esto? ¿Te refieres al sexo?

—Da igual.

—Lena no deja de escribirme. Quiere marcharse de la India y que vayamos de compras.

—Eso no es una distracción. Es una razón para tirarme al mar. Necesito una explosión o algo así.

—Eres un chico de dieciséis años —apuntó—. Creo que lo que nos hace falta es un asesino en serie.

Leander Holmes se presentó al día siguiente. Tres días más tarde, desapareció. Y durante semanas y semanas me pregunté si, al desearlo, no habríamos provocado nosotros mismos todo lo que nos ocurrió después.

Capítulo 3

Cuando desperté, Charlotte estaba a mi lado y otra persona descorría las cortinas.

A pesar del fulgor repentino y de saber que había un extraño en la habitación, no lograba abrir los ojos. Me sentía como si hubiera dormido menos de cinco minutos —quizá fueran cinco minutos en los últimos cinco meses— y mi cuerpo estaba marcando los límites.

—¡Largo! —masgullé, y me di la vuelta.

La lámpara se encendió.

—Charlotte —dijo una voz baja y lenta—, cuando te regalé esa camiseta, no pretendía que la interpretaras al pie de la letra.

Ante aquellas palabras, abrí un ojo de golpe, pero el hombre estaba a contraluz y era difícil distinguirlo.

—Tampoco creo que pensaras que fuera a ponérmela —señaló Holmes a mi lado, aunque sonaba contenta. No sé cómo, pero no parecía cansada; al contrario, estaba sentada, con las rodillas bajo la camiseta y alargando las palabras: «La química es para los enamorados»—. La verdad es que es el peor regalo de Navidad que me han hecho nunca, y eso es decir mucho.

—¿Peor que aquella vez que Milo te compró una Barbie? —La figura chascó la lengua—. Debo de ser un monstruo. Vamos, gansa, preséntame a tu novio, a no ser que quieras que siga fingiendo que es invisible, en cuyo caso os seguiré el juego.

Holmes hizo una pausa.

—¿No me echarás un sermón?

Leander, porque tenía que ser Leander, se rio.

—Has hecho cosas peores y, de cualquier modo, está bastante claro que no habéis mantenido relaciones sexuales. Quizá esté siendo poco delicado, pero esas sábanas no están lo bastante arrugadas. Así que no estoy muy seguro de sobre qué debería soltarte un sermón.

Decidido. Aprobaría una ley que prohibiera a la gente hacer deducciones antes del desayuno.

Mientras me sentaba y me frotaba los ojos, Leander se pasó al otro lado de la cama y por fin conseguí distinguirlo bien. Nos habíamos visto una vez, en la fiesta de mi séptimo cumpleaños. Me había regalado un conejo. Lo único que recordaba de él era a un hombre alto, de espaldas anchas, que se había pasado la mayor parte del tiempo riendo con mi padre en una esquina.

Aquella impresión era verídica, aunque el hombre que había frente a mí en ese instante vestía de manera impecable, dadas las horas —el reloj que tenía al lado marcaba las 7:15; el mundo intentaba acabar conmigo—. Llevaba una americana y los zapatos brillaban tanto que parecían espejos. Bajo el pelo peinado hacia atrás, sus ojos mostraban unas líneas de expresión debidas a la sonrisa. Me tendió la mano para que se la estrechara.

—Jamie Watson —dijo—. ¿Sabes? Tienes el mismo aspecto que tenía tu padre cuando lo conocí. Lo que hace que todo esto sea un poco extraño para mí, así que ¿podrías hacer el favor de salir de la cama que compartes con mi sobrina?

Me puse en pie de un salto.

—Nosotros no… yo no… Es un placer conocerlo. —Detrás de mí, Holmes se reía con disimulo y me volví hacia ella—. ¡Venga ya! ¿En serio? Algo de apoyo no estaría de más.

—¿Quieres que le dé los detalles?

—¿Y tú quieres que te traiga una pala para que sigas excavando el hoyo en el que me estoy hundiendo?

—Qué va —replicó—, prefiero mirar. Después de todo, estás haciendo un buen trabajo.

Algo iba mal. Nuestro cotorreo habitual era más vil e insignificante de lo normal. Me detuve y pensé en qué más añadir.

Leander me salvó.

—Niños. —Leander abrió la puerta—. Dejad de discutir o no os daré de desayunar.

La cocina era una caverna de metal, mármol y cristal. El ama de llaves estaba manos a la obra produciendo una lámina de masa sobre la encimera. No sé por qué me sorprendí. Era evidente que los padres de Holmes no preparaban sus propias comidas, como había demostrado la cena oficial de la noche anterior.

—Hola, Sarah —la saludó Leander mientras le daba un beso en la mejilla—. ¿Hasta qué hora te quedaste recogiendo las cosas de la fiesta de anoche? Te relevaré y enviaremos el desayuno a tu cuarto. —Le dirigió una mirada que yo conocía muy bien; era una sonrisa mortalmente encantadora sacada del manual *Charlotte Holmes te está timando*.

La mujer se rio y se sonrojó. Al final, le tendió el delantal a un Leander expectante antes de marcharse.

En la encimera, Holmes reposó la cabeza sobre los puños.

—Eres mucho más eficiente con ese truco que yo.

Leander permaneció callado durante un instante mientras escogía una sartén de las que colgaban de la barra de cobre. Los ojos de Holmes siguieron sus manos.

—Sabes que funciona mejor si lo que dices va en serio, ¿verdad? —dijo Leander—. ¿Huevos fritos?

—No tengo hambre. —Charlotte se inclinó hacia delante—. Tienes unos moretones fascinantes en las muñecas.

—Cierto —dijo, como si ella hubiera comentado algo sobre el tiempo—. ¿Jamie? ¿Beicon? ¿Galletas?

—¡Uf, sí! ¿Hay algún hervidor de agua por aquí? Necesito un té.

Señaló con la espátula y ambos nos pusimos a preparar un desayuno que parecía para un regimiento. Mientras, Holmes, se quedó sentada con los ojos entrecerrados, analizando a Leander.

—Adelante —concedió este por fin—. Oigamos si las deducciones que estás haciendo son correctas.

Holmes no perdió el tiempo.

—Te has atado los zapatos a toda prisa, el derecho está entrelazado de una forma distinta al izquierdo, y llevas la chaqueta arrugada en los codos. Y sé que eres consciente de ello; se te da tan bien como a mí notar estas cosas, lo que significa que, o intentas enviar un mensaje a alguien o estás tan agotado y adormilado como para que no te preocupe llevar puesto algo menos que perfecto, lo que a su vez implica que las cosas no te han ido nada bien últimamente. Te acaban de cortar el pelo en Alemania. No me mires así, tiene un aspecto mucho más *avant garde* de lo habitual; y Milo mencionó haberte visto hace poco. En Berlín, por tanto. Si te quitaras la gomina, se desparramaría como a uno de los cantantes *emo* de Jamie. Venga, dejad de mirarme los dos. Da la casualidad de que sé que el tío Leander ha acudido al mismo peluquero en Eastbourne desde que era un adolescente. —Con impaciencia, se tiró del pelo—. Tratas de disimular una cojera, te has dejado crecer una sotabarba espectacular y... ¿te has besado con alguien?

La tetera silbó tan alto que ninguno de los dos me oyó reír.

Leander negó con un movimiento de la espátula.

—Charlotte. —Me fijé en que era el único miembro de su familia que no la llamaba por su apodo—. Querida niña, no te contaré absolutamente nada a no ser que accedas a comer algo.

—Vale. —Una sonrisa apareció lentamente en su rostro—. Qué pesadilla de hombre...

Después de que Leander subiera una bandeja a la habitación del ama de llaves, nos acomodamos alrededor de la encimera y yo volví a contemplar al tío de Holmes con disimulo. Ella tenía razón; parecía cansado. Lucía la clase de agotamiento que yo recordaba de finales del otoño pasado, cuando me sentí privado de la vulnerabilidad del sueño. Además, había que sumarle los indicios de preocupación que se ocultaban tras su sonrisa de *showman,* por lo que me pregunté dónde habría estado antes de llegar a Sussex.

—Alemania. —Con eso, recogió el hilo de mis pensamientos—. Charlotte estaba en lo cierto en cuanto a eso. El gobierno alemán me pidió que descubriera a una banda de falsificadores que podría, o no, estar imitando una gran cantidad de cuadros de un pintor alemán de los años treinta. He realizado un serio trabajo de incógnito durante bastante tiempo. Es una operación delicada. Tienes que ganarte la confianza de gente peligrosa y saber cómo hablar a estudiantes de arte asustadizos que plagian cuadros de Rembrandt para ganarse la vida. —De manera inesperada, sonrió—. Es bastante entretenido, la verdad. Como jugar a aporrear topos, solo que con armas y una peluca.

Holmes tiró del puño de la camisa de su tío y expuso la marca que tenía debajo.

—Sí, entretenido.

—Cómete el beicon o no daré ninguna explicación. —Le acercó el plato—. Como he dicho, estos últimos meses no me he relacionado precisamente con las multitudes más delicadas del mundo. Y, para ser sincero, ni siquiera quería aceptar el caso. Por muy interesante que parezca, implica mucho trabajo preliminar y mis piernas son más felices en mi otomana. Me gusta un pequeño rompecabezas tanto como a cualquiera, pero esto… Y después comí con tu padre, Jamie, y él me convenció de que lo aceptara. Como en los viejos tiempos, dijo, cuando investigábamos juntos por Edimburgo. Ahora tiene una familia, así que tiene menos libertad de movimientos que yo, pero le he mandado correos electrónicos a diario y me está ayudando a atar cabos a distancia.

—¿En serio? —pregunté desconcertado—. ¿Está siendo útil? —Mi padre se venía arriba enseguida, era irresponsable y se le iba un poco la cabeza. Me costaba imaginarlo como un genio analítico.

Leander enarcó una ceja.

—¿De verdad crees que lo involucraría si no lo fuera?

Yo mismo alcé una ceja en respuesta. Es cierto que mi padre podía ser útil, pero tal vez solo formara parte del público asistente al espectáculo de magia de Leander. Uno nunca sabía a ciencia cierta cuál era su posición con los Holmes.

Junto a mí, Charlotte rompía una galleta en trocitos.

—Ya, pero lo de las marcas… y los besos…

—Un buen trabajo de infiltrado —explicó su tío con voz dramática—. Muy, muy bueno.

Holmes arrugó la nariz.

—Entonces, ¿por qué estás aquí, en Inglaterra? No digo que no me alegre de verte.

Leander se levantó y recogió nuestros platos.

—Porque tu padre tiene contactos a los que no puedo acceder con mis medios ilegales. Y porque quería echarle un buen vistazo a Jamie, ya que ahora sois uña y carne. De día y de noche, al parecer.

Holmes se encogió de hombros, delgados bajo su camiseta, y se llevó un pedacito de galleta a la boca. La observé: la línea de su brazo, la hinchazón en los labios que le duraba de la noche anterior, como si le hubiera picado una abeja. ¿O era cosa de mi imaginación y lo estaba encumbrando porque necesitaba convertirlo en una historia y encontrar una causa y efecto cuando no los había?

Había estado a punto de besarme. Yo había querido que lo hiciera. Todo iba bien.

—En caso de que importe —comentó Leander desde el fregadero mientras se remangaba—, lo apruebo.

Holmes le sonrió y yo también porque ninguno de los dos sabíamos qué decir.

Era como si la noche anterior formara parte de otro universo. Una única hora en un mar de incomodidad en la que fuimos capaces de hablar como solíamos hacerlo, pero tras la que, ahora que había terminado, volvíamos a ir a la deriva.

* * *

Los días siguientes pasaron despacio, como ocurre con todos los castigos. Por las mañanas, yo leía la novela de Faulkner que me había traído, sentado en un rincón soleado de las dependencias del servicio. Dichas estancias estaban ahora vacías en su mayoría, por lo que no tenía que preocuparme por que alguien me localizara. Lo que suponía un alivio. Enseguida me había quedado sin cosas que decir a los padres de Holmes. Incluso aunque su madre me parecía aterradora, no la odiaba. Estaba enferma y preocupada por su hija.

Alistair nos contó que el estado de salud de Emma estaba empeorando. Dejó de comer con nosotros. Una noche, antes de cenar, descubrí a Leander dando instrucciones al personal de enfermería mientras introducían una cama de hospital por la puerta principal.

—Pensaba que tenía fibromialgia —murmuró Holmes tras mi hombro—. Esa enfermedad no requiere tener un grupo de internos en casa. Creía que… que estaba mejorando.

Me las ingenié para no sobresaltarme. Se había acostumbrado a actuar de aquella forma; a ocultarse en el resquicio de cualquier habitación en la que yo me encontrara y después, en cuanto notaba su presencia, se inventaba una excusa y se esfumaba. De manera que no dije nada y no traté de consolarla, simplemente contemplé la cara que ponía Leander mientras el camillero estrellaba la cama contra el marco de la puerta.

En el piso de arriba, un hombre decía en un tono elevado: «Pero las cuentas en el extranjero… no, me niego.» ¿Sería Alistair? Una puerta se cerró de golpe.

No importaba. Para cuando me volví hacia Holmes, ya se había marchado.

Más tarde, descubrí a Leander en el salón. Bueno, «salón» quizá fuera una palabra demasiado amable para lo que era:

47

un sofá negro, una mesa baja que parecía cara y una alfombra de cuero debajo de ellos. Había merodeado por los pasillos en busca de mi mejor amiga desaparecida y en su lugar me había topado con su tío y su madre.

Me sorprendió. Acababan de meter una cama de hospital por la puerta principal e imaginaba que ella se habría metido dentro. Pero no; estaba tumbada bocarriba en el sofá, con las palmas de las manos sobre la frente, mientras Leander se alzaba imponente a su lado.

—Es el último favor que te hago —susurraba, furioso—. En lo que nos queda de vida. El último. Quiero que lo entiendas. Ni matrícula escolar, ni un rescate financiero. Podrías haberme pedido cualquier cosa, pero esto...

La madre de Holmes bajó las manos y dejó su rostro al descubierto.

—Sé lo que significa la palabra «último», Leander —replicó, y en ese instante sonó exactamente como su hija.

—¿Cuándo entonces? —preguntó Leander—. ¿Cuándo me necesitarás?

—Lo sabrás —respondió Emma—. Ya falta poco. —En ese momento, se levantó y se tambaleó. Como si todas las partes blandas de su cuerpo se hubieran marchitado y hubieran dejado una cáscara polvorienta y consumida.

Leander también se dio cuenta y alargó el brazo para sujetarla, pero ella levantó una mano en señal de advertencia. Con pasos lentos y elaborados, abandonó la habitación.

—Hola, Jamie —me dijo Leander aún de espaldas.

—¿Cómo sabía que era yo? —pregunté—. Deberían cambiar de trucos. Casi me lo esperaba.

—Siéntate —dijo, y señaló el sofá—. ¿Dónde está Charlotte?

Me encogí de hombros.

—Lo imaginaba.

—¿Va todo bien con la señora Holmes? —pregunté en un intento por cambiar de tema.

—No —respondió—. Aunque eso es obvio. He estado en contacto con tu padre, claro, pero me gustaría oírlo de tus labios: ¿cómo está tu familia? ¿Y tu querida hermana pequeña? ¿Todavía le gustan los Pequeños Ponis Brillantes o como quiera que se llamen? James la echa muchísimo de menos.

—Shelby está bien —dije—. Se le ha pasado la fase de los ponis relucientes y ahora le gusta hacer retratos de perros. Además, ha empezado a buscar institutos cerca de nuestro apartamento.

Leander me sonrió.

—James no deja de decir que ella podría ir a Sherringford. Sería agradable teneros a los dos en el mismo sitio. Podríais cenar juntos los domingos, jugar al minigolf los fines de semana, ir a patinar… Esto último es una actividad familiar, ¿verdad?

—Eh… eso creo. —Aunque estaba bastante seguro de que ya no estaba de moda y de que preferiría morir antes que ir a patinar—. Pero le he oído comentar algo de que nada de matrículas escolares. No podemos permitirnos enviar a Shelby a Sherringford. No por cuenta propia. Y no es ningún secreto que usted se está haciendo cargo de mis gastos.

Su sonrisa desapareció.

—No me refería a tu familia, nunca lo haría. Apoyaría a tu padre en cualquier cosa, Jamie, porque sé que él nunca me pediría… Da igual. Escucha, nunca se te ocurra pensar que serás una víctima de esta guerra. No lo serás. Me aseguraré de ello.

Una guerra invisible con sangre invisible. O quizá no invisible, sino simplemente una que no era nuestra, al menos de momento. Lee Dobson ya se contaba entre las víctimas y yo no me había convertido en una por los pelos.

—¿Cómo empezó esto? —Era una pregunta que me inquietaba desde hacía semanas—. Es decir, ¿por qué contrataron los Holmes a August Moriarty? Sé que era una treta publicitaria o algo similar, pero si todos ustedes se odian tanto, ¿por qué los padres de Holmes corrieron ese riesgo?

—No es una historia corta, ¿sabes?

Me reí.

—Uf, entre ser ignorado por unos y por otros, no sé cómo voy a sacar tiempo en mi abarrotada agenda. —Y era cierto. ¿Qué otra cosa iba a hacer esa tarde? Ya que estábamos allí, podía intentar rellenar algunos de los huecos en los que Holmes se negaba a ayudarme.

—Está bien —concedió—, pero si me vas a hacer contártelo, necesitamos té.

Diez minutos y una tetera de Earl Grey más tarde, volvíamos a estar acomodados en el sofá.

En algún punto de la lejanía, distinguí el rugido del mar.

—Estás al tanto de los desacuerdos de Sherlock Holmes con el Profesor Moriarty, ¿verdad? Sherlock acabó con varios hombres «infames», pero Moriarty estaba a la cabeza de todos. Un auténtico capullo. Todos los criminales de Inglaterra le pagaban a cambio de protección y él disponía sus tareas, los aglutinaba en una red. Y Holmes logró deducir quién era la araña responsable de ella. —Distraído, se frotó la sien—. Detenme si ya has escuchado esto antes.

—Lo había oído antes, sí —respondí y soplé el té. La mitad de la población del mundo lo había escuchado: el enfrentamiento de Sherlock Holmes y el profesor; el vuelo de Holmes y el doctor Watson a Suiza para escapar de él; mi trastatarabuelo sobre una colina desde donde miraba una cascada y se preguntaba si su compañero y mejor amigo había muerto en sus profundidades. Tanto Holmes como Moriarty desaparecieron aquel día: Moriarty para siempre y el detective que había vivido en Baker Street regresó unos años más tarde, después de haber acabado con los últimos hombres del señor del crimen.

O, al menos, eso contaba la historia.

—De niño nunca comprendí esa fijación por Moriarty —prosiguió Leander—. No aparece en los relatos del buen doctor hasta «El problema final», y es como si se lo hubiera inventado para explicar todos los extraños crímenes que Sherlock ha investigado. Después vuelve a desaparecer. Y, cuando yo era pequeño, teníamos una relación bastante civilizada con esa familia, ¿sabes? Un poco por compasión, en realidad. No tenían la mejor reputación del mundo (es lo que tiene que te maldigan con un apellido así de infame), pero los hijos no deberían pagar por los crímenes de sus padres, etcétera, etcétera. Ellos no eran los Napoleón del mundo del crimen. Así se lo dije a mi padre.

—¿Y qué tal fue?

Leander se pasó una mano por el cabello engominado.

—Mal —admitió—. Respondió que llevan una cepa criminal en la sangre. Puede que estuviéramos en paz cuando todo este asunto de August empezó, pero habíamos pasado gran parte del siglo xx peleándonos con ellos de una forma u otra.

—¿Eso hicimos? —pregunté. Después me corregí—. ¿Eso hicieron, ustedes? —Hasta donde llegaba mi entendimiento, los

Watson habían pasado casi todo el siglo xx perdiendo su espectacular fortuna en juegos de cartas.

—Perdóname si me equivoco con las fechas… —Leander sorbió el té—, pero…, en 1918, Fiona Moriarty, vestida de hombre, se asegura un puesto de guarda en Sing Sing. Su disfraz, hasta donde sé, consistía en cuatro sacos de harina atados alrededor de la cintura para que hicieran bulto. Al parecer era magnífico. Tras dos meses dando palizas a los delincuentes más duros del mundo y, asumo, recabando información, deja el trabajo. Dos semanas después, consigue que la arresten por robar un banco a plena luz del día, disfrazada de un hombre distinto, y acaba entre rejas. Durante la noche, escolta y ayuda a escapar a veinte reclusos de Sing Sing a través de un túnel que ha tardado en cavar diez días. Un túnel que discurre por debajo del río Hudson.

Silbé en voz baja.

—¿Lo consiguió?

Leander sonrió.

—Los túneles tienen dos aberturas, ¿no? Mi bisabuelo había encendido una hoguera en la salida. Los pobres presos volvieron de uno en uno a toda prisa y entre gritos a sus celdas. Creían que habían conseguido la libertad, pero, en su lugar, se encontraron con una nube de humo. Y ella también acabó encarcelada. Su plan había sido ingenioso. Al menos, cinco de los reclusos eran lugartenientes de su padre. Hombres que habían ayudado a criarla y que, tras la muerte de su padre, habían huido a América para escapar del largo brazo de Sherlock Holmes. —Leander alzó una ceja—. Sentimentalismo… Siempre te alcanza.

Puso una voz como si estuviera citando esa parte.

—Usted no se lo cree —declaré.

—Hacia el final ella lo hizo, sin duda. Lo gracioso es que Fiona era asquerosamente rica. Tenía bastante dinero como para sobornar a los jueces locales, a la policía y a los gánsteres de Tammany Hall. Y lo intentó, pero ninguno de ellos quería tocar su dinero. Temían demasiado las represalias que pudieran producirse por nuestra parte. De manera que uno de ellos escribió a su viejo amigo Henry Holmes, quien se subió al primer barco que se dirigía a América justo a tiempo de descubrir el plan de Fiona y ponerle fin.

—Pero me imagino que las cosas no terminaron ahí.

—No, siguieron igual. 1930: robo de la cámara acorazada de un banco, Glasgow. Apresaron a todos los culpables, pero las joyas desaparecieron. ¿Adivina quién se presentó en sociedad con un millón de libras en rubíes? —Vio mi cara y se rio—. Jamie, llevas demasiado tiempo en Estados Unidos. Libras esterlinas, la moneda, no la medida de peso. Al parecer, uno de los delincuentes a los que habían contratado les entregó los rubíes a través del alcantarillado por un sistema de poleas. Quentin Moriarty aseguraba que las joyas de su mujer eran una herencia, pero Jonathan Holmes lo desmintió gracias a un par de ratas, un escalpelo y el pañuelo de una dama.

»1944: los Moriarty saquean los museos de Europa durante la Segunda Guerra Mundial; 1968: presiden la Comisión del Premio Nobel; 1972: a mi hermana mayor, Araminta, se le solicita que decodifique una serie de mensajes, creados a partir del cifrado por sustitución de Francis Bacon, que se estaban empleando para negociar la venta de unas ojivas nucleares... ¡con Walter Moriarty! ¿Para qué demonios quería un Moriarty un misil? Para revenderlo, probablemente, y sacar unos buenos beneficios. Walter acabó en el estrado. Dos de los jurados desarrollaron cánceres anómalos, la mujer del juez desapareció... Todo ocurrió con discreción, sin llegar a los medios. Y después alguien acabó con los tres gatos de Araminta.

—Madre mía —dije—. Eso es espantoso.

—Walter Moriarty salió de la cárcel dieciséis semanas después. Travestido. Aun así, y no debes olvidarlo, esa familia no es tan mala. —Se sirvió otra taza de té—. En realidad, solo hubo una oveja negra en una generación. El resto... en fin. De joven conocí a Patrick Moriarty. Nos topamos en una fiesta en Oxford y nos emborrachamos lo suficiente como para retirarnos a un rincón y comparar notas. Hablamos de la hostilidad que había entre nuestras familias —aunque no tenía nada que ver con la situación actual— y dijo que la diferencia fundamental entre nosotros era que los Holmes éramos unos optimistas despiadados y ellos eran unos pesimistas hedonistas.

—¿Unos optimistas despiadados? —Mi Holmes no parecía particularmente optimista—. ¿Qué significa eso?

—¿Conoces esa antigua imagen de la Dama de la Justicia? Toda emperifollada con la venda y las balanzas. Hecha de cobre brillante, intocable. Pienso en nosotros de ese modo. Para juzgar a otros hombres, debes apartarte de ellos. No todos los Holmes son detectives. Ni mucho menos. La mayoría trabajamos para el gobierno. Algunos son científicos, otros abogados. Un primo nuestro verdaderamente mordaz y envarado vende seguros, pero cuando nos dedicamos al trabajo detectivesco, solemos hacerlo al margen de la ley. Tenemos nuestros propios recursos. Y, en ocasiones, cuando la ley no se aplica, somos nuestro propio jurado. Para ejercer esa clase de poder… tiene sentido que no te dejes cegar por tus emociones. ¿Te ayudaría saber que el hombre al que has encerrado deja atrás a un hijo hambriento? Y, por encima de todo, no está en nuestra naturaleza mostrarnos efusivos. Somos principalmente cerebro. El cuerpo solo es algo que nos transporta de un sitio a otro. Pero con el tiempo, nos calcificamos. Nos volvimos frágiles por habernos mirado fijamente el ombligo durante tanto tiempo. Tal vez nos ayuda a ser mejores en nuestro trabajo. Porque no te dedicas a esta clase de cosas si no piensas que realmente marcarán la diferencia; que de verdad harán el mundo un lugar mejor. Y uno no cree eso a no ser que sea un grandísimoególatra.

—¿Y los Moriarty?

Leander me observó por encima de su taza de té.

—Aunque tienen montones de dinero y un apellido que los convirtió en parias, algunos han resultado ser unos genios. De forma que se creen con derecho a acceder a las mejores partes del mundo. Extrapola desde ahí, mi querido Watson. Pero hasta la generación actual no habían existido tantos especímenes maravillosamente depravados a la vez. Echo de menos a los que se parecían a Patrick —dijo entre risas—. Se convirtió en gerente de fondos de cobertura y dirigió un par de ventas piramidales fraudulentas; no supone un gran peligro. Pero esta panda… Bueno, August era un buen chico, mucho mejor de lo que Patrick podría haberlo sido nunca. Era paciente con Charlotte, y listo como un lince. Cuando Emma y Alistair lo contrataron fue porque Alistair estaba a punto de convertirse en el protagonista de un huracán mediático y necesitábamos ganarnos la benevolencia del público. No habíamos tenido ningún desacuerdo con los Moriarty en veinte años. Los recuerdos se olvidan. Por entonces nos pareció una buena idea.

—Esa frase aparecerá en muchas tumbas antes de que esto termine —comenté.

—Tienes un sentido del humor bastante mordaz. —Sus ojos se perdieron en la distancia—. Aun así, me pregunto si tendrás razón. El ciclo se ha reiniciado.

—¿Y mi familia? —le pregunté—. ¿No formamos parte de nada de esto? —Había sonado como un niño pequeño, era consciente, pero me había criado con las historias de Sherlock Holmes y mi padre se declaraba un antiguo detective. Nos había imaginado en el meollo de la cuestión, codo con codo junto a los Holmes, dándolo todo.

—Durante una larga temporada no —respondió Leander—. Quizá muchos de nosotros fuéramos autómatas y mantuviéramos las distancias. Nuestras familias se llevaban bien, eso seguro, pero no éramos amigos. En parejas no. No hasta que yo conocí a tu padre y tú a Charlotte.

Suspiré. No pude evitarlo.

Leander se inclinó hacia delante para darme una palmada en la espalda.

—Eres una buena influencia para ella. Solo tienes que darle algo de espacio. Creo que nunca había tenido un amigo hasta que apareciste.

* * *

Así que eso hice, le di su espacio.

Por las mañanas tenía mi novela de Faulkner y por las tardes me acompañaba el silencio de la biblioteca de los Holmes, por la que deambulaba mientras bajaba los libros que quería leer pero que jamás leería, porque todos eran primeras ediciones, con delicadas hojas de cantos dorados; objetos hechos para ser admirados pero nunca ojeados. Me aterrorizaba estropearlos. Me asustaban tantas cosas absurdas... Tenía miedo de volver al colegio en unas semanas sin la amistad de Holmes; de que el pavor que me provocaba cosquillas en la nuca fuera la antesala de una sensación de pérdida. Estaba tan hecho polvo que no podía olvidar esa impresión, ni siquiera durante las cenas, sentado junto a Leander, que ahora ocupaba el lugar de Emma Holmes. En un intento por animarme, me contaba historias obscenas y ridículas de mi padre, que siempre terminaban con uno de los dos sacando al otro del calabozo.

—La verdad es que nunca me molesté en sacarme la licencia, sabes, y a la policía no le gusta trabajar con aficionados. —Sonrió para sí mismo—. Aunque a los clientes sí. Y con bastante avidez. Recuérdame que te cuente la historia de tu padre y la domadora de leones pelirroja.

—Por favor, por favor, se lo ruego, no lo haga —supliqué.

¿Dónde estaba Holmes? Ahí, pero sin estar ahí. Silenciosa como un cuervo sobre un cable de alta tensión. Su padre hablaba en alemán con el invitado a la cena de esa noche, un escultor de Fráncfort que no conocía nuestro idioma. Había un buen puñado de esta clase de visitantes —uno o dos cada noche—, y en cuanto terminábamos de comer, Leander y Alistair se escabullían con ellos hacia el estudio y cerraban la puerta. Se hacía eterno esperar a que se levantaran y se marcharan para que los demás pudiéramos imitarlos.

Entonces se rompía el maleficio de aquel día y Holmes y yo regresábamos a mi dormitorio donde, de repente, éramos capaces de entablar una conversación.

La primera noche, Holmes se levantó, se alisó la falda y me lanzó una larga mirada antes de abandonar la estancia con actitud arrogante y avanzar por el pasillo. La seguí, como si estuviera en un sueño, y la perdía al doblar las esquinas de los largos y sinuosos corredores. Pero sabía dónde encontrarla. Allí estaba, en la habitación de invitados, a los pies de mi cama, quitándose los tacones. Balanceó uno de ellos en un dedo, se mordió el labio y, aunque tendría que haber parecido ridículo, algo en mi pecho se encendió.

—Hola —la saludé con la boca seca.

—Hola —respondió ella, y recogió una enciclopedia camuflada en el suelo oscuro—. ¿Qué sabes de la Bhagavad Gita?

Nada.

No sabía nada de aquella epopeya de setecientos versos escrita en sánscrito, ni tenía ni idea de por qué habría de importarme la medianoche de un martes en casa de sus padres, cuando la noche anterior se había metido en mi cama como una aparición y me había hecho tumbarme sobre ella. Me contó la historia hasta que me quedé dormido hecho una bola indefensa.

A la noche siguiente me habló de *Las mil y una noches*.

Y por la mañana se había esfumado. La oscuridad me recibió de nuevo cuando abrí las cortinas. Y leí a Faulkner sentado a la ventana mientras Ratona, la gata de Holmes, me contemplaba acomodada junto a mis pies. Me pregunté si Holmes me miraría a través de aquellos ojos; si me encontraba atrapado en un circuito de retroalimentación, en un experimento, en una pesadilla sin fin. Cuando vagaba por los pasillos, la oía tocar el violín, pero, aun así, no estaba ni en su sótano desordenado ni en el salón. No estaba en ningún sitio. Los arpegios que sonaban se elevaban como si formaran parte de los cimientos de la casa.

Deambulé por aquel edificio como un fantasma victoriano. Cuando pasé por la galería de las pinturas que conducía al estudio de Alistair, le escuché decir con total claridad: «No volverá a llamar aquí». A lo que Leander respondió: «No tendrás que abandonar este lugar. No lo permitiré». El dinero siempre estaba en el subtexto —el dinero en juego y el hogar familiar—, y, aunque solo escuchaba fragmentos de las conversaciones, no lograba unir las piezas. La riqueza me rodeaba. Y también el poder. ¿A qué venían todas esas discusiones entre susurros? ¿Así se conservaban los premios después de ganarlos?

Consulté los horarios de los trenes. ¿Cuándo podría volver a Londres? Solo quedaba una semana para Navidad y mi madre iba a regalarle un caballete a Shelby. Quería ver cómo lo abría. Podía irme a Londres, pensé. Podía llamar a Lena y preguntarle si estaba con Tom, su novio y mi compañero de habitación en Sherrington. Verles supondría un alivio. Jugaríamos al póquer, nos emborracharíamos. «Podría ser el único amigo que me queda» —pensé—, «el chico que se pasó el otoño espiándome por dinero»; y en ese preciso instante supe que tenía que romper algo.

De esta forma, terminé junto al lago artificial de los Holmes. Como eran las cuatro de la tarde, estaba completamente oscuro y no confiaba en que pudiera encontrar el mar. ¿Existía? ¿O era un simple sonido, algo irreal y lejano, que nos amenazaba con su peso? No importaba. No me hacía falta. Lo único que necesitaba eran las gigantescas rocas que el estanque había semienterrado, los dedos para sacarlas del barro y los brazos para lanzarlas al agua oscura.

Cuando Leander me localizó, me había llevado un hacha de mano del cobertizo y pensaba en qué más podía hacer.

—Jamie —me llamó. Fue una buena idea que se dirigiera a mí desde la distancia.

—Leander —dije—. Ahora no. —Había mucha maleza bajo los árboles que podía servirme. La amontoné y busqué las ramas más grandes y gruesas, las que soportarían una pelea.

—¿Qué estás haciendo?

Lo miré de reojo. Llevaba las manos en los bolsillos y su sonrisa pícara había desaparecido por completo.

—Expreso mi ira de una forma sana —admití con la intención de dejar claro que estaba citando a alguien—. Así que haga el puñetero favor de dejarme solo.

Se quedó y dio un paso hacia mí.

—Puedo traerte un caballete para cortar leña del cobertizo.

—No.

—O un abrigo.

—Váyase a tomar por culo.

Avanzó un paso más.

—¿Quieres un hacha más grande?

Ante esas palabras, me detuve.

—Vale, sí.

Trabajamos en silencio, quitamos las brozas de las ramas más anchas y limpiamos las piezas con nudos. No había nada en lo que apoyarse cerca de la casa, de manera que coloqué el primer trozo en el suelo y lo reforcé con un montón de rocas para que se mantuviera recto. A continuación, levanté el hacha por encima de la cabeza y la dejé caer, con fuerza.

No veía mis manos delante de mi cara; no escuchaba nada salvo la sangre de mi cabeza. Leander enderezó otro leño y lo partí, y el siguiente también, y el que vino después, y sentí que el tirón de mis hombros se extendía hasta convertirse en una increíble sensación de agotamiento que me calmó el cerebro. Me detuve para recuperar el aliento. Tenía ampollas en ambas manos y me sangraban. Por primera vez en varios días sentí que era yo mismo, y dejé que esa sensación me embargara durante un minuto antes de que también se esfumara.

—Bueno —dijo Leander, que se sacudió la ropa—, es una lástima que en esta casa solo tengan chimeneas de gas, de lo contrario serías un héroe.

Me senté sobre la pila de madera.

—No necesito serlo.

—Lo sé —indicó—. Sin embargo, a veces, es más fácil que ser una persona.

Juntos, miramos hacia la casa que asomaba sobre la colina.

—¿Sherlock Holmes no tenía abejas? —pregunté. Si así fuera, podría abrir todas las puertezuelas de las colmenas. Las guiaría hasta ese comedor inmenso y espantoso y dejaría que construyeran panales en las paredes—. No he visto ninguna.

—Su casa de campo es ahora de mi hermana Araminta. Está bajando el camino —señaló—. No voy muy a menudo. No le gustan las visitas.

Probé a levantar el brazo y después lo estiré.

—Parece que usted se quedó con todos los genes amigables de la familia.

—Alistair tiene algunos, además de la casa familiar. —Había un deje de amargura en su voz—. Pero sí, tienes razón. Tengo amigos, celebro fiestas, sorprendentemente, salgo de mi casa de vez en cuando y, si mis deducciones son correctas, soy el único Holmes en la historia reciente que se ha enamorado alguna vez.

Abrí la boca para preguntar por los padres de Charlotte, pero me lo pensé mejor. Si estaban o no enamorados, no venía al caso.

—¿Sigue con él? —Hice una pausa—. Era un hombre, ¿verdad?

Leander suspiró y se sentó a mi lado. La pila de leños se movió por el peso de los dos.

—¿Qué quieres de Charlotte?

—Yo...

Levantó un dedo.

—No pronuncies eso de «novios», «mejores amigos» o cualquiera de esas imprecisiones lingüísticas. Son términos muy mal definidos. Sé específico.

No utilizaría ninguna de esas dos palabras; más bien, estaba a punto de decirle que no se metiera en nuestros asuntos. Claro que, de nuestros, ya no tenían nada.

—Me hace mejor persona. Y yo a ella. Aunque ahora mismo solo nos perjudicamos el uno al otro. Quiero que volvamos a estar como antes. —Sonó muy sencillo cuando lo dije.

—¿Puedo darte un consejo? —preguntó, y su voz sonó como la noche que nos rodeaba, encapotada y triste—. Una chica como ella nunca ha sido una chica... y, aun así, lo es. ¿Y tú? Tú acabarás herido de cualquiera de las maneras.

Hablando de imprecisiones…

—¿Qué quiere decir?

—Jamie —dijo—, la única salida es pasar por ello.

Estaba demasiado cansado para seguir hablando del tema, así que lo cambié.

—¿Ha sabido algo? De sus contactos, me refiero. ¿Algo de interés que pueda llevarse de vuelta a Alemania?

Entrecerró los ojos.

—Más o menos. He sabido que tendré que intercambiar unas palabras con Hadrian Moriarty, pero supongo que no soy el único.

Hadrian Moriarty era un coleccionista de arte, un estafador de alto nivel y, como aprendí este otoño, un apreciado y frecuente invitado de los programas matinales de las televisiones europeas. No me sorprendía escuchar que estaba metido en un escándalo artístico.

—¿Y va todo bien? He oído que alguien gritaba sobre algo de marcharse. —Bajé la mirada—. Sé que no es asunto mío.

—Exacto —coincidió Leander, pero me dio unas palmaditas en el hombro—. Después de todo este duro trabajo, dormirás muy bien esta noche. Aunque te sugiero que lo hagas solo y que cierres la puerta con cerrojo. Y que después la atranques con una silla.

—Espere. —Hice una pausa—. Usted y ese hombre. ¿Siguen juntos? No me ha respondido.

—No. —Me tocó el hombro brevemente y se levantó para irse—. Nunca lo estuvimos. Él no… Ahora está casado. O lo estuvo y ahora ha vuelto a contraer matrimonio.

Empezaba a unir las piezas del puzle sin ayuda de nadie.

Como la historia es cíclica —y mi vida lo es más que cualquier otra cosa—, me preguntaba si Leander habría estado enamorado de mi padre. Me acordé de la lista que había elaborado: «74. Pase lo que pase entre Holmes y tú, recuerda que independientemente de tus esfuerzos, no es culpa tuya y es muy probable que no hubieras podido impedirlo». Observé a Leander Holmes mientras subía la colina en dirección a la casa y después hundí el rostro entre las manos.

* * *

Cerré la puerta con cerrojo. La atranqué con una silla. Me metí en la cama solo y, al despertar, descubrí a Charlotte Holmes, hecha una pequeña y oscura bola, en el suelo.

—Watson —dijo soñolienta cuando levantó la cabeza de la alfombra—. No dejaban de llegarte mensajes, así que he tirado tu móvil por la ventana.

La ventana en cuestión estaba abierta. Un viento frío se colaba a través de ella. A mi favor —mi infinito favor— confesaré que ni envolví a Holmes en una manta, ni le grité, ni le exigí una explicación por su parte, ni rocié la habitación con gasolina.

Menos mal que estábamos en la planta baja.

Tan fríamente como pude, me levanté, pasé por encima de ella y rescaté el móvil de un rosal.

—Ocho mensajes —anuncié—. De mi padre. Sobre Leander.

—Oh. —Holmes se sentó y se frotó los brazos—. ¿Puedes cerrarla? Hace mucho frío.

La cerré de golpe.

—Al parecer, tu tío no se puso en contacto con él ayer, lo que no sería tan grave si mi padre no hubiera recibido correos electrónicos suyos todas las noches desde hace cuatro meses. Quiere que comprobemos y nos aseguremos de que está bien.

Traté, sin éxito alguno, de no recordar el melancólico tono de voz de Leander. *Mi padre*. Mi padre, que siempre iba hecho un desastre y siempre estaba contento. Que caminaba a trompicones entre dos países, con un trabajo insatisfactorio, un puñado de terribles historias de misterio que escribía a mano y después me leía con teatralidad, poniendo distintas voces, por teléfono. Cómo podía quererlo alguien de esa forma era el auténtico misterio.

Holmes clavó la mirada en mí y me evaluó.

—Tú eres el último que lo vio.

—¿Yo?

—Leander no asistió a la cena. Y tú tampoco.

Me había llevado un par de rebanadas de pan de la cocina y me había marchado a mi cuarto, incapaz de enfrentarme a una habitación llena de ojos que iban a analizarme.

—No, no fui.

—No, los dos estuvisteis… —Observó mis manos con detenimiento—. ¿Cortando leña? ¿En serio, Watson?

—Fue una vía de escape —me defendí. Holmes tiritaba, así que le puse el edredón sobre los hombros.

—Oh, claro, perdona —gruñó y se lo quitó de encima—. Olvidaba que, si no hablamos de tus sentimientos cada pocas horas, te conviertes en un leñador hípster. Qué importa cómo me siento yo.

—Pues de hecho sí, da igual cómo te sientas tú. Porque es facilísimo hablar contigo mientras me evitas todo el día, tocas el violín en armarios invisibles y atrancas la puerta para fingir que no estás allí. Soy un prodigio de la sensibilidad comparado contigo. Tú eres la que fuerza las cerraduras y aparta las sillas para ¡terminar durmiendo en el suelo!

—No fue así como lo hice —dijo—. Me colé por la ventana.

De hecho, la silla seguía colocada bajo el picaporte.

—¿Por qué? ¿Puedes decirme, al menos, por qué te colaste aquí anoche?

—Quería verte, pero no quería hablar contigo. Así que esperé hasta que te dormiste. —Lo explicó como si yo fuera idiota—. ¿Tan difícil es de comprender?

—Venga, rarita. —Mi voz sonó fatigada. A pesar de las palabras despreocupadas, sus ojos desprendían algo que se parecía demasiado al dolor, y pensar que yo lo habría causado… Que lo estuviera provocando, ahora, aquí de pie…—. Vamos a buscar a tu tío. Seguro que le está soltando alguna lindeza al jardinero o enseñando a cantar a las ardillas del vecino.

No estaba en el jardín. Ni en la cocina, ni en el salón, ni en la habitación con la mesa de billar a la que todo el mundo se refería, de manera espantosa, como «la sala de los billares». El suelo de mármol estaba frío bajo mis pies, así que caminé rápidamente detrás de Holmes, que se había envuelto en una bata larga con cola, de color *beige*.

—A lo mejor ha ido a Eastbourne a hacer algún recado —comenté mientras nos acercábamos al vestíbulo de la entrada.

Suspiró y señaló la ventana que daba a los terrenos.

—Imposible. Anoche llovió y no hay ninguna marca reciente de neumáticos en la calzada. Podríamos ir a preguntar a mi padre. Existen varias formas para salir de la casa y quizá Leander tuviera prisa. No sabemos todo lo que ha averiguado mientras estaba aquí.

Volvió a salir disparada; en este caso, escaleras arriba hacia el despacho de su padre.

—¿Cómo que todo? ¿Le has espiado? —pregunté mientras me apresuraba para alcanzarla.

—Pues claro. ¿Qué otra cosa iba a hacer en este horror de casa?

—¿No me estabas evitando? ¿Estabas escuchando detrás de las puertas?

Meditó sobre esto último.

—A lo mejor han sido las dos cosas.

—Déjalo, anda. Sigue hablando.

—Por lo que sé, Leander ha reunido información para reafirmar la identidad del personaje que finge ser en Alemania: qué contactos tiene cada banda, qué artistas de segunda categoría son famosos por trabajar en la clandestinidad, quiénes tienen conexiones con otras ciudades y cuáles son esas ciudades... Sigue el rastro de dos falsificadores en particular: una tal Gretchen y alguien llamado Nathaniel. —Frunció el ceño—. Aunque quizá ese último sea su novio actual. ¿O tal vez los dos lo sean? Eso sería fascinante.

—Holmes. ¿Leander? ¿Su desaparición?

—Ah, sí. No dejaba de escuchar ese nombre a través del conducto de ventilación, aunque no pillé suficiente contexto como para descubrir exactamente qué relación tenía con mi tío.

—¿El conducto de ventilación?

Holmes giró en una esquina.

—El conducto que va desde mi armario hasta el estudio de mi padre. —Aquello me recordó su escalofriante y omnipresente violín; la forma en que el sonido parecía no provenir de ninguna parte. Debía de haberse colado por los conductos de aire mientras Holmes lo tocaba en el armario. La imaginaba entre un nido de ropa en el suelo, con la cabeza pegada a la pared y tocando una sonata con los ojos cerrados—. Pero bueno, nada de esto nos da la información que necesitamos ahora mismo. Ergo, mi padre.

—Holmes —dije. No me apetecía lidiar con sus padres a no ser que fuera imprescindible—. Espera. ¿Te ha dejado alguna nota? ¿Has comprobado tu móvil? A lo mejor ya nos ha dado una explicación para todo esto.

Frunció el ceño y rescató el teléfono del bolsillo de su bata.

—Tengo un mensaje —anunció—. De hace cinco minutos. Un número desconocido.

Nos detuvimos en el pasillo y puso el altavoz. «Lottie, estoy bien» —dijo Leander con un evidente falso entusiasmo—. «Nos vemos pronto».

Holmes miró el dispositivo, incrédula, y volvió a reproducirlo.

—Ese no es su número —señalé y contemplé la pantalla—. ¿De quién será?

No perdió el tiempo y devolvió la llamada.

«El teléfono al que llama está desconectado». Lo intentó de nuevo. Y otra vez. Después, volvió a escuchar el mensaje: «Lottie, estoy…». Y antes de que continuara, guardó el móvil. Me llegaba el sonido de la voz amortiguada desde su bolsillo.

—Él nunca me llama así —dijo—. Él nunca… Necesito ver a mi padre.

En el pasillo que conducía al despacho, la larga sucesión de retratos nos fulminaba con la mirada. Estaba a punto de preguntarle a Holmes si había escuchado algo más a escondidas, cuando la puerta del fondo se abrió.

—Lottie. —Alistair nos bloqueó el paso—. ¿Qué haces aquí arriba?

—¿Has visto al tío Leander? —le preguntó mientras se retorcía las manos—. En teoría iba a llevarnos a Jamie y a mí a pasar el día al pueblo.

Me pregunté cómo lograba uno mentir a un Holmes; personalmente, no lo había conseguido nunca. ¿Podrías salirte con la tuya si eras uno de ellos?

Por la mirada fulminante que Alistair le lanzó a su hija, decidí que ni así era posible.

—Se marchó anoche. Uno de sus contactos en Alemania empezaba a sospechar de su prolongada ausencia. —Hizo un gesto despreocupado con la mano—. Como es evidente, dijo que te quería, que espera que te vaya bien, etcétera, etcétera.

Se escuchó un crujido y el padre de Holmes bloqueó la puerta con el brazo.

—¿Mamá? —preguntó Holmes e intentó rodear a su padre—. ¿Está ahí dentro? Pensaba que estaría en su habitación.

—Para —la previno su padre—. No tiene un buen día.

—Pero yo… —Se coló por debajo de su brazo extendido y entró en el despacho.

La cama de hospital no estaba por ninguna parte. Hacía días que yo no veía a Emma Holmes y había asumido que estaría en su dormitorio, pero no, ahí estaba, echada en el sofá como si se hubiera caído sobre él. El cabello rubio ceniza le caía sin gracia sobre el rostro y llevaba una bata, no muy distinta a la de su hija, sobre un pijama que parecía arrugado y muy gastado. Cuando abrí la boca para hablar, ella levantó una mano. Miré a Holmes de reojo y esta se puso tensa.

Esa casa no se parecía en nada al apartamento de mi familia, donde tropezábamos unos con otros de camino al baño. Aquí podías pasar semanas viendo únicamente los pálidos suelos de mármol, las escaleras flotantes y las sillas de plástico transparente. Podías llegar a creer que eras la única persona en el mundo.

—¿Qué planes tenéis para Navidad? —preguntó su madre de repente. Su voz sonó como un susurro estridente.

—Pues…

—Hablo con mi hija. —Pero miraba a Alistair, enfadada. Estar en ese estado, boca abajo y débil, debía de ser horrible cuando estabas acostumbrada a dominar el ambiente.

Alistair se aclaró la garganta.

—Lottie, tu hermano acaba de expresarnos su interés por que pases las vacaciones en Berlín.

—Oh —respondió Holmes, que se metió las manos en los bolsillos. Casi podía escuchar cómo se ponía en marcha la maquinaria de su cerebro—. ¿De veras?

—No agotes las energías de tu madre —dijo Alistair—. Tratemos el tema de una forma racional.

—Tiene que irse. —Emma se esforzó por incorporarse y se apoyó en los codos como si fuera un cangrejo que se escabulle. Le costaba respirar.

—No, no tiene por qué —murmuró Alistair, que no mostró intención alguna en ayudarla—. Preferiría que Lottie se quedara aquí. No la vemos nunca.

Holmes parecía horrorizada, pero había tranquilidad en su voz cuando habló.

—Hace semanas que no hablas con Milo —dijo—. No he visto el tic que te sale en la comisura de la boca después de que os llaméis.

—He estado enferma —replicó su madre como si no resultara evidente—. Eso basta para cambiar los hábitos de la gente.

—Sí —respondió su hija sin dejar de lado el tema—. Pero la médica que trajisteis a casa, la doctora Michaels del Hospital Highgate, no está especializada en fibromialgia sino en…

—Venenos —completó su madre.

Al escuchar esa palabra, Alistair se volvió sobre sus talones, salió al pasillo y cerró de golpe la puerta tras de sí.

¿Venenos?

—También es experta en nanotecnología —murmuró Holmes, pero estaba claro que su cerebro no había procesado sus emociones, así que añadió—: ¡Por Dios, mamá! ¿Veneno? Pero no vi ninguna señal, tendría que haber… Nunca quise…

Los ojos de su madre ardían.

—Tendrías que haberlo pensado antes de meterte con Lucien Moriarty.

Con una sensación de mareo, me apoyé en la pared. Todavía soñaba con ello, con lo que me había pasado este otoño. El muelle envenenado, la fiebre, las alucinaciones… No había sido tanto un envenenamiento como una infección intencionada, pero, aun así, Bryony Downs me había convertido en una piltrafa pálida e indefensa. No podía imaginar cómo se sentiría Emma Holmes.

—¿Dónde está Leander? —preguntó Holmes, que cuadró los hombros—. ¿Y por qué demonios se marcharía sin despedirse de mí?

Me preparé para la reacción, pero el fuego ya había desaparecido de los ojos de su madre y su rostro se había ensombrecido de nuevo. Incluso se le notaban las venas de la frente. Recordé la fotografía que había visto de ella, tan elegante, con un traje negro, los labios pintados de un rojo muy oscuro y emanando poder como un cable de alta tensión. No la identificaba con la mujer agotada que tenía delante. Envenenada, pensé. Dios santo… Debía de haber solicitado la baja en el trabajo. ¿A qué me había dicho Holmes que se dedicaba? ¿No era científica?

—Esa no es la cuestión —respondió Emma Holmes. Cerró los ojos para concentrarse en las palabras.

—¿Me estás diciendo que Leander se ha escabullido como un fugitivo, al parecer días después de que te envenenaran, y que no hay nada de lo que preocuparse? —Se volvió hacia la puerta del estudio—. ¿Que todo esto formaba parte del plan? ¿Qué narices está pasando?

—Hemos monitorizado el envenenamiento desde el día en que llegasteis. Ha sido un incidente aislado y estamos tomando precauciones. Controlamos lo que comemos, lo que respiramos. Hemos seleccionado a nuestro personal. Lo solucionaremos pronto. Pero, de momento, Lottie, para vuestra seguridad, Jami y tú no podéis seguir en esta casa. He transferido varios fondos a tu cuenta para el viaje. Irás a ver a tu hermano. Sal de aquí. —Tras estas palabras, alzó la mano como si quisiera tocar a su hija, pero Holmes la ignoró. Se había erguido, sin moverse de su sitio, y había entrecerrado los ojos.

—Es por tu propio bien, créeme —dijo su madre.

—Por mi bien —repitió Holmes—. Por el tuyo quizá, pero no por el mío. Nunca es por el mío. Eres química; tendrás todo esto bajo control en un par de días. Si me voy…

—Te irás.

—… tendré que localizar al tío porque, si estoy en lo correcto, se encuentra en grave peligro.

Emma me miró.

—Irás con ella —dijo con desesperación en los ojos. No era tanto una orden como una súplica; una ofrenda de paz hacia su hija.

Todo el mundo en esa casa parecía existir en contraste con ellos mismos; el amor y el enfado, la lealtad y el miedo se apilaban por capas unas sobre otras en un borrón incomprensible. Abrí la boca para negarme y decir que mi madre me mataría, que yo no era ni el ayuda de cámara de su hija ni su guardaespaldas. Que de todas las personas que conocía, Charlotte Holmes podía cuidar de sí misma y que, de no ser así, yo era la última persona a la que permitiría que la ayudara.

A ciegas, Holmes alargó la mano y asió la mía entre las suyas.

—Claro que sí —me oí decir—. Iré con ella.

Capítulo 4

Concluí que contaba con suficiente influencia sobre mi padre como para hacer un trato con él porque, de lo contrario, mi madre me daría caza y me mataría por ir a Europa sin supervisión paterna.

—Leander se ha ido —le conté a mi padre mientras me cambiaba el teléfono de mano—. El padre de Holmes nos ha dicho que se marchó en mitad de la noche. Imagino que alguno de sus contactos se estaría poniendo nervioso.

Mientras hablaba no le quitaba ojo de encima a Holmes, que estaba junto a mí en el asiento de atrás. Iba vestida de negro de pies a cabeza: camisa, pantalones de vestir y unos botines estilo *derby* que me gustaban para mí. Entre las rodillas sostenía su pequeño maletín negro con los enormes cierres plateados. Llevaba el pelo liso detrás de las orejas y escribía de manera frenética en su móvil con los labios apretados. Tenía un aspecto peligroso, delicado. Parecía un susurro convertido en realidad.

Daba la impresión de que tenía un nuevo caso que resolver, y yo no sabía cómo sentirme al respecto.

La línea del teléfono emitió un chasquido.

—Entonces te vas a Berlín; a buscarlo. —Había cierta súplica en la voz de mi padre. No recordaba la última vez que tantos adultos me habían pedido tal cantidad de favores de golpe, como si yo fuera alguien con el que negociar y no simplemente una persona a quien darle órdenes. Había sido, por resumirlo de alguna manera, una semana extraña.

Un año extraño.

—Voy a Berlín —confirmé— porque, por lo visto, Lucien Moriarty ha envenenado a Emma Holmes.

Holmes enarcó una ceja cuando lo escuchó pero no dijo nada. Vi que en su móvil aparecía un mensaje de texto de Milo: «He buscado el número. Leander te llamó desde un teléfono de prepago. Tiene sentido. Iba de incógnito».

«Descubre de dónde salió. ¿Dónde lo compraron? ¿Quién lo hizo?».

A estas alturas tenía que estirar mucho el cuello para ver algo. Con un suspiro de exasperación, situó el móvil entre los dos para que yo también pudiera leer los mensajes.

«¿Te interesa más esto que la situación de tus padres? ¿Envenenamiento? En serio, ¿por qué narices te lo han contado a ti y a mí no?».

«Porque soy la más lista y adaptada de sus hijos», respondió Holmes.

«¿Desde cuándo?».

«Pero cuéntame, ¿ya te has llevado a Lucien de Tailandia y has empezado a sacarle los dientes?».

«Aún no. De momento estoy ocupado enviando un equipo de seguridad a la casa de Sussex».

«Vale, genial, pero no te pases».

«Evidentemente. No estás disgustada por lo de madre, ¿verdad?», preguntó Milo.

Holmes dudó antes de teclear la respuesta.

«No, claro que no. La situación está bajo control».

—Por lo visto la han envenenado… —decía mi padre—. Por Dios, Jamie, menuda forma de pasar por alto lo importante. No es que no haya visto antes esta clase de cosas con ellos… pero, oye, los Holmes siempre han sabido cuidar de sí mismos. Aun así, mientras estés allí, ¿te importaría tantear el terreno en busca de Leander? Seguro que Milo sabe algo, sus espías tienen espías. Lo haría yo mismo pero no tengo ni idea de cómo contactar con él directamente.

—Claro —respondí, y me preparé para proponerle el trato—. Lo haré si tú le cuentas a mamá por qué no estaré en Londres por Navidad. Y si te aseguras de que no vendrá a buscarme.

Suspiró lentamente.

—¿Es eso lo que quieres como regalo? ¿Que me quemen en la hoguera?

—Siempre puedes tomar un avión a Alemania y buscarlo tú solito —le solté, lo que no fue justo porque sabía que eso era precisamente lo que quería hacer. Pero mis medio hermanos aún eran pequeños y no iba a dejarlos solos por Navidad, ni siquiera para ir en busca de su mejor amigo.

Mi padre resopló.

—Eres increíble, hijo —comentó—. Vale, está bien, se lo diré a tu madre si investigas con Milo. Estoy seguro de que podrá prestarte a algunos hombres para que localices a su tío.

«Puedo confirmarte que no está en la ciudad», decía un mensaje de texto en la pantalla del móvil de Holmes. «Al menos no como Leander».

«Evidentemente», respondió Holmes. «Necesito todos los contactos que tengas en Kreuzberg y en Friedrichshain. ¿No hay una puñetera facultad de bellas artes por allí?».

«Espera».

—No tengo ni idea de que estás tramando —le dije entre dientes a Holmes—. Pensaba que íbamos a Berlín. ¿Dónde está Kreuzberg?

—En Berlín —respondió como si fuera obvio.

—¿Jamie? —preguntó mi padre.

—¿Puedes pasarme los correos electrónicos? Estoy seguro de que serán de utilidad.

Mi padre titubeó.

—Preferiría no hacerlo —dijo finalmente—, pero si os hace falta algún detalle en particular, os lo puedo enviar.

—¿Por qué no quieres mandármelos?

—Si Charlotte te hubiera escrito todos los días durante meses, Jamie, ¿puedes afirmar que se los reenviarías todos a tu padre sin pensártelo dos veces?

—Pues claro que lo haría. —No lo haría ni en broma, pero no tenía tiempo para discutir. La silueta del aeropuerto se adivinaba a lo lejos—. Tengo que colgar.

—Prométeme que no irás a buscar a Leander tú solo. Ha creado una puesta en escena complicada y no quiero que metas la pata. Prométemelo.

Nada de «no es seguro» ni de «no quiero que te pongas en peligro». Lo único que quería era que no estropeara la tapadera de Leander. Era agradable saber que, como siempre, tenía claras sus prioridades.

—Te prometo que no iremos a por él. —Nada de lo que dije fue de verdad—. ¿Qué te parece?

—Hemos llegado al aeropuerto, señorita —anunció el chófer y, a mi lado, Holmes se echó a reír de una forma aterradora, mientras miraba el teléfono.

«Os he encontrado un guía», decía la pantalla. «Pero me temo que a ninguno de los dos os hará gracia.»

—No —contesté, pues justo en ese momento recordé quién trabajaba para Milo Holmes—. No, me niego. —Y después añadí unas cuantas palabras más que, en una ocasión, le escuché a un hombre al que estaban agrediendo en una calle oscura de Brixton.

—¿Jamie? —preguntó mi padre—. ¿Qué demonios está pasando?

Colgué. No podía dejar de mirar la puñetera pantalla del móvil de Holmes, que ahora mostraba: «Dile a Watson que vigile esa lengua, ¿vale? Está haciendo que le sangren los oídos al pobre operador que he contratado para que pinche el teléfono».

* * *

A pesar de haberme trasladado una y otra vez de Inglaterra a Estados Unidos y viceversa, durante gran parte de la vida que recuerdo —o quizá por eso precisamente—, nunca he viajado a muchos sitios. Nuestras vacaciones familiares siempre habían sido decepcionantes. Crecer en Connecticut significaba que había hecho la escapada obligatoria a Nueva York con mi familia en una ocasión, con la diferencia de que en nuestro caso, comimos en un restaurante de una cadena y vimos una obra de Broadway sobre tigres que patinaban (sobre aquello, y la mayoría de las cosas, culpo a mi padre). Cuando me mudé a Londres, nos fuimos de vacaciones una única vez: mi madre alquiló una autocaravana y nos llevó a mi hermana y a mí a Abbey Wood. Estaba al sur de la ciudad, a poco más de kilómetro y medio de casa. Llovió los cuatro días que estuvimos allí. Mi hermana y yo tuvimos que compartir una cama plegable y el último día me desperté con su codo literalmente dentro de la boca.

En resumen, no se parecía en nada a ir a Berlín con Charlotte Holmes.

Greystone tenía su sede central en Mitte, un barrio al noreste de la ciudad. Milo la había fundado como una empresa de tecnología especializada en vigilancia, pero después expandió sus operaciones cuando quedó claro que había ciertas cosas que los humanos no podían hacer. Todo lo que yo sabía era que sus empleados —sus soldados y espías— eran la principal fuerza independiente destinada en Irak y que, una vez, Milo había ordenado a sus guardaespaldas personales que registraran a todos los asistentes a la graduación del colegio de Holmes.

Charlotte me puso al día sobre eso y muchas más cosas en el taxi que tomamos en el aeropuerto, a pesar de que yo ya sabía un buen puñado de ellas. No estaba seguro de si ella daba por hecho que yo tenía mala memoria o si no paraba de parlotear porque estaba nerviosa. Tenía buenas razones para estarlo. En diez minutos estaríamos cara a cara con alguien cuyo hermano había pasado el otoño pasado explorando divertidas y creativas formas para acabar con nosotros; alguien que había fingido su propia muerte para escapar de esa familia (y evitar ir a la cárcel); alguien a quien Charlotte Holmes había querido tanto que había intentado que lo encarcelaran porque él no la correspondía. August Moriarty tenía un doctorado en matemáticas puras, una sonrisa como la del Príncipe Encantador y un hermano llamado Hadrian que, probablemente, le habría enseñado todo lo que sabía sobre cómo hacer chanchullos y trapichear con pinturas robadas. ¿A quién si no habría escogido Milo para que nos guiara por la ciudad?

Quería recuperar mi hacha. O poner la cabeza de Milo en una pica.

La ciudad no estaba nevada, hacía más calor que en Londres... y me di cuenta de que no sabía nada del lugar en el que nos hallábamos. Todo lo que conocía de Berlín había salido de los libros de texto de historia universal y de las películas de la Segunda Guerra Mundial. Estaba al corriente de lo que habían hecho los nazis, sabía que en Alemania se fabricaban los mejores coches y que su lengua tenía palabras compuestas para emociones que desconocía que tuvieran nombres. A mi madre le gustaba referirse a *schadenfreude* —disfrutar de las desgracias de los demás—, cuando se reía de la información del tráfico en la radio. «¿Quién es tan idiota como para tener coche en Londres?», habría dicho. Nosotros tomábamos el metro como los auténticos londinenses, o como lo que ella pensaba que eran los londinenses de verdad.

El Berlín que yo contemplaba ahora, me recordaba un poco a Londres en el sentido de que todos los edificios que veíamos parecían estar en su segunda vida. Un supermercado que pasamos de largo tenía la fachada de un museo antiguo. Una oficina de correos se había convertido en una galería y el viejo cartel de

Deutsche Bundespost envejecía sobre una ventana que exhibía esculturas de unas… orejas. Vislumbré una farola pintada, que se distinguía tras una de verdad, en una pared de ladrillos. Había arte por todas partes: en los edificios, en los carteles publicitarios, descendiendo por los muros de ladrillo hasta las calles, en murales que decían «Abajo el capitalismo», «Créetelo todo» y «Mantén los ojos abiertos». Todo estaba escrito en inglés, la lengua franca, pensé, aunque me parecía recordar que había oído que la ciudad estaba llena de artistas emigrados, a los que habían atraído los alquileres baratos y la sensación de comunidad. Lo que más me sorprendió fue que ninguno de los grafitis estaba tapado. Era como si la ciudad estuviera hecha de ello, de una combinación de transformación y descontento, y los escaparates que se alzaban nuevos y limpios parecían, al menos a mí, de alguna forma inacabados.

Aunque no todo tenía ese aspecto, sobre todo cuando nos acercamos a Mitte. El coche nos llevó parque tras parque, pequeños como sellos en medio de los barrios, y cuando nos aproximábamos a Greystone, dejamos atrás grandiosos y hermosos museos antiguos, rotondas gigantes y muros que algunos jardines ocultaban tras de sí.

Saqué mi cuaderno para tomar nota de todo aquello. A mi lado, Holmes también miraba por la ventanilla, pero me extrañaba que estuviera asimilando lo que veía. Ya había estado aquí antes y, de cualquier modo, si yo fuera ella, estaría dándole vueltas a qué podría decirle a August Moriarty.

Para cuando llegamos a Greystone, tenía una página llena de notas y me apresuré a terminarlas antes de que el taxi parara.

—Vamos, Watson. —Holmes le lanzó un billete al conductor y me sacó por la puerta.

Greystone se encontraba en las diez últimas plantas de una torre de cristal, que se alzaba imponente sobre el resto de la manzana, nueva y extraña en comparación con sus alrededores. Como era una compañía de seguridad privada —como era de Milo—, nos hicieron atravesar un detector de metales, un escáner de cuerpo completo y dos puestos distintos de toma de huellas antes de conducirnos hasta él en el montacargas. Pasamos piso tras piso de oficinas. Su apartamento estaba en el ático.

—Sabía que veníamos, ¿verdad? —le pregunté a Holmes por enésima vez.

—Obviamente —respondió cuando el ascensor se sacudió—. ¿Te has fijado en lo rápido que han montado el escáner de retina? Es evidente que Milo ve las cintas de seguridad con un bol de palomitas delante. Menudo imbécil.

El montacargas volvió a zarandearse.

—Deja de insultarlo —le advertí—, o nos precipitaremos a nuestra muerte.

Milo Holmes siempre me recordó a un actor que se había escapado de una película ambientada en otro siglo. Hablaba con el mismo clamor que un profesor de universidad inglés, y nunca lo había visto vestido con otra cosa que no fuera un traje a medida. (De hecho, uno de ellos estaba doblado en mi maleta. Intenté sentirme mal por haberlo mangado, pero no lo conseguí). Sus oficinas eran como él: pasadas de moda y sofocantes, como las del MI5 que aparecían en las novelas antiguas de espías. Era como si hubiera escogido por conveniencia sus referencias ficticias preferidas y las hubiera reorganizado en un revoltijo de sitios y épocas dispares.

Pero la verdad es que no me esperaba lo de los guardias armados.

Tras dar dos pasos al salir del montacargas, dos de ellos nos detuvieron con sus armas automáticas apuntándonos al pecho. Uno balbuceó rápidamente en su muñeca algo sobre «enemigos» y «acceso no autorizado».

—Nos han dado el visto bueno. No debería pasarnos nada —les comenté a los guardias con las manos en alto, pero no se apartaron—. Ups, ¿tendría que hablarles en alemán?

Uno de ellos elevó el arma hasta mi cara.

—Creo que no. —Mi voz sonó un poco aguda.

Holmes, impávida, miraba las luces del techo.

—Milo, sé que puedes oírme. ¿Has olvidado por completo tus modales? Estás haciendo graznar a Watson.

—Pues claro que no los he olvidado —respondió su hermano, que salía de una puerta que se abrió a través del papel pintado de la pared, como si hubiera surgido de la nada. Hizo un gesto con la cabeza a sus guardias, que se echaron las armas al hombro mientras desaparecían por el pasillo gracias al número de magia barato que era la forma de ganarse la vida de Milo Holmes.

—¿No os ha parecido divertido? —preguntó.

—No —respondí yo—. ¿Tratas así a todos tus huéspedes?

—Solo a mi hermana pequeña —dijo, y metió las manos en sus elegantes bolsillos—. Podríais haber subido por el ascensor de las visitas y nos hubiéramos ahorrado todos estos problemas.

—Fueron ellos los que nos…

Holmes levantó una mano para detenerme. Sus ojos escaneaban la habitación.

—No has modernizado el vestíbulo. Sigue teniendo el aspecto de una espantosa tienda de antigüedades.

—Como bien sabes no es un vestíbulo. Es mi residencia privada —replicó él—. De hecho, no solo has visto el vestíbulo varias veces, sino que acaban de examinarte por rayos X en él. ¿Te gustaría volver a visitarlo?

—Oh, sí, me encanta ver cómo aprovechas el tiempo en causas que merecen la pena, como fotografiarme los dientes, en lugar de, no sé, buscar al tío. O añadir guardias a la casa familiar.

—¿Y quién dice que no estoy en ello?

—Yo, que veo que no haces nada.

—No sabrías ni por dónde empezar.

Holmes dio un paso hacia él.

—Cerdo repugnante, sabía leer a las personas antes de que tú aprendieras el alfabeto…

—¿Ah, sí? Porque me he mordido la lengua sobre el hecho de que tú, y aquí tu «compañero», os habéis acostado y, oh, qué pena, no os está yendo muy bien…

Ante esas palabras, Holmes se lanzó contra Milo, pero este la esquivó soltando una risa de triunfo.

—Venga, chicos. ¿Dónde está?

—¿Quién, Watson? —preguntó Holmes.

—August Moriarty. ¿La razón por la que os estáis peleando? ¿O estoy equivocado? Solo es una suposición. —Miré a Milo de arriba abajo, de la misma forma en la que le había visto hacérmelo a mí—. Como lo es la de que nadie se ha acostado contigo en años. ¿Han sido tres? ¿Cuatro?

Milo se colocó bien las gafas. Después se las quitó y las limpió con la manga.

—En realidad han sido dos —comentó una voz suave a mi espalda—. Nunca superó lo de esa condesa y desde entonces no he visto a ninguna chica por aquí.

Charlotte Holmes se quedó completamente inmóvil.

—Aunque para mí ha pasado más tiempo —continuó la voz—. Así que, en realidad, no debería burlarme de ello. Hablando de eso, creo que tengo que agradeceros a los tres que rompierais mi compromiso. Y lo digo en serio, gracias.

Milo suspiró.

—August, qué bien que estés aquí. Lottie, le he dado acceso a mis contactos, de manera que él os mostrará todo esto. Yo… bueno, para ser sincero, tengo cosas más importantes que hacer. —Se detuvo al final del pasillo—. Por cierto, Lottie, Phillipa Moriarty llamó para confirmar vuestra comida. Te he dejado su número en tu habitación.

Y con aquella bomba, se marchó. Pero yo no tenía tiempo para procesarlo porque me había quedado con Holmes y Moriarty. Y como era —soy— un cobarde, aguardé hasta el último momento para darme la vuelta.

August Moriarty vestía como un artista muerto de hambre. Llevaba unos vaqueros negros rotos, una camiseta también negra y unas botas con punteras metálicas —negras, claro está—; además llevaba el pelo rubio peinado con un tupé. Pero aunque su ropa pareciera la de un poeta, tenía el lustre de un niño rico y los ojos le ardían con una intensidad que me recordaba a…

La verdad es que me recordaba a Charlotte Holmes. Todo él lo hacía. En la fotografía suya que había visto en la página web del Departamento de Matemáticas para el que trabajaba, sonreía vestido con una chaqueta de *tweet,* pero ahora, aquí de pie, parecía el gemelo de Holmes. Antes incluso de que intercambiaran una sola palabra, resultaba evidente que se habían hecho algo el uno al otro, despedazarse tal vez, o destilarse mutuamente como el licor hasta que todo lo que quedaba era fuerte, áspero y frugal. Compartían una historia que nada tenía que ver conmigo.

O, a lo mejor, estaba sacando demasiadas conclusiones sobre todo aquello. De él. Pero las cosas entre Holmes y yo estaban en la cuerda floja y ahora aparecía una ráfaga de viento que podía terminar de derribarlo todo.

Una ráfaga de viento muy educada.

—Milo me ha contado cosas estupendas sobre ti —dijo mientras me estrechaba la mano. Tenía un tatuaje en el antebrazo, algo oscuro y estampado—. Lo que resulta interesante porque no suele fijarse en las personas que no son hologramas.

—No sabía que los dos estuvierais tan unidos —comenté. Tenía que decir algo.

No nos soltábamos las manos. Su apretón era firme, pero yo hice más fuerza.

Se rio; un sonido amistoso.

—Los dos somos fantasmas. ¿En qué otro lugar trabajarías si no existieras legalmente? Estoy bastante seguro de que Milo ha limpiado tanto sus huellas digitales que, técnicamente, ni siquiera ha nacido. Tenemos todo eso en común.

—Tiene sentido —convine, porque él seguía estrechándome la mano.

—Probablemente también debería pedirte perdón por lo de mi hermano. Quiero que sepas que nunca le ordené que te matara.

Se me empezaban a dormir los dedos.

—Estoy bastante seguro de que fui un daño colateral.

—Claro, sí. Por supuesto. —Una mirada extraña apareció en su rostro y después se fue—. Lo siento.

—Y… ¿Phillipa? —pregunté—. ¿Tenéis una relación… cercana? ¿Sabes por qué quiere vernos?

—La verdad es que no —respondió August—. No hemos hablado desde que morí.

Me arriesgué a mirar a Holmes. No se había movido salvo por las manos, que le colgaban a los lados. No parecía nerviosa ni asustada. Ni siquiera daba la impresión de que lo estuviera estudiando de la forma en la que yo esperaba, apreciando los cambios que en estos dos años pudieran haberse producido en él, considerando lo que su traición le había hecho, juzgando si la odiaba por ello.

Lo miraba, sin más.

—Recibí tu tarjeta de cumpleaños —dijo en voz baja—. Gracias.

—Espero que no te importara que estuviera en latín. No buscaba ser pretencioso, solo quería…

—Lo sé. Me recordó a aquel verano. —Sus ojos se iluminaron—. Esa era tu intención, ¿verdad?

August Moriarty seguía estrechándome la mano. O, para ser más precisos, me la sostenía, porque ninguno de los dos las agitábamos a esas alturas. August miraba fijamente a Holmes como si fuera un penique en el fondo de un pozo y yo, bueno, yo contemplaba el espacio que los separaba.

—Creo que esto es mío —dije y retiré la mano.

August no pareció darse cuenta.

—Debes de estar agotada por el viaje. Los dos debéis de estarlo. Habéis venido a pasar la semana, ¿verdad? Haré que el asistente de Milo os muestre vuestra habitación para que podáis instalaros. ¿Comisteis durante el vuelo? Excelente. Y esta noche… bueno, hay un bar al que deberíamos ir. Me gustaría saber tú opinión sobre algunas cosas.

—¿No vamos a hablar de lo de Phillipa? —Introduje todo el veneno que sentía en su nombre.

—¿El bar es el Old Metropolitan? —preguntó Holmes.

—Es sábado por la noche, así que Leander debería estar allí.

—Entonces iremos esta noche. No me imagino qué estará… No puedo esperar más tiempo.

—El Old Metropolitan —dijo August, y escuché una sorprendente nota de amargura en su voz—. Ya lo sabías, ¿verdad? ¿Cómo lo has adivinado?

—Yo nunca adivino nada.

Me aclaré la garganta.

—También podríamos haberle preguntado a mi padre. Leander le ha escrito a diario desde octubre; seguro que tiene una lista de sitios en los que podemos ir a mirar. Y ¿podemos hablar de lo de Phillipa? ¿Qué quiere de ti?

Ninguno de los dos se dignó a mirarme siquiera.

—Explícamelo. ¿Cómo sabías que era el Old Metropolitan? —preguntó August, que la guio hasta un banco que había entre los ascensores. No solo parecía intrigado; había algo más, algo más profundo—. Paso por paso y despacio. Charlotte, tienes que haberlo adivinado.

—Es sábado por la noche —repitió Holmes—. Y yo nunca…

—No, tú nunca —dije, pero nadie me escuchó.

* * *

Decidí buscar el camino a mi habitación yo solo y no esperar a que apareciera el «asistente» de Milo, o lo que fuera. No podía quedarme allí parado entre Holmes y August ni un minuto más.

No me resultó difícil orientarme. La mayoría de las puertas del pasillo estaban cerradas con códigos de entrada —la verdad es que ni quería saber qué habría detrás de ellas—, salvo por la que estaba situada al final.

La abrí y tomé aire.

Era como volver al aula 442 de ciencias. O a la habitación de Charlotte Holmes en Sussex. O al interior de su cabeza.

La estancia era oscura; a diferencia del laboratorio de Sherringford, este tenía una ventana, pero el cristal estaba tan tintado que no entraba un ápice de luz natural. Una serie de lámparas colgaba de forma serpenteante del techo, y un experimento químico a medias estaba dispuesto sobre una mesa, con un juego de quemadores y un polvo blanco previamente pesado y dividido en montones. A pesar de que no había estanterías, los libros estaban por todas partes: apilados junto a un sillón tapizado, detrás de un sofá, a cada lado de la chimenea de yeso blanco y en el interior de esta, como si fueran leña. Tomé uno del montón que había junto a la puerta. Estaba en alemán y tenía una cruz cortada en dos en la portada. Volví a dejarlo en su sitio.

En una esquina, preocupantemente cerca del juego de química, alguien había colocado una cama individual. Saltaba a la vista que era una nueva adquisición, mucho más bonita que los muebles desgastados que la rodeaban y que, sin duda, era para mí.

Sin embargo, decidí acampar en la cama de Holmes.

Milo (o sus hombres) habían construido un altillo para ella, con una cama en lo alto pegada a la pared y tan pequeña y remota como la torre vigía de un barco. Desde allí arriba podía controlar su diminuto feudo. Me pregunté cuántos años tendría cuando Milo le ofreció esta habitación. ¿Once? ¿Doce? Él era seis años mayor que ella y, por la línea temporal que me había dado Holmes, tenía dieciocho cuando empezó a construir su imperio. Además, al parecer, le había concedido un espacio solo para ella en esa nueva vida. Mientras subía por la escalera del altillo, intenté imaginarme a una Holmes en miniatura que hacía lo mismo con una linterna entre los dientes.

Se habría sentido como el primer oficial de cubierta de Milo, rodeada de sus hombres leales y con su propio camarote. Intocable; alejada del mundo.

Sabía de sobra lo que estaba haciendo. Al tomar posesión de su nido, buscaba una confrontación. Alguna señal de que ella supiera que yo aún existía. «Watson», me diría mientras se encendía un cigarrillo. «No seas crío. Baja ahora mismo, tengo un plan».

August Moriarty no era un niño; era un hombre. Esa había sido mi primera impresión y la que, en última instancia, importaba. No podía evitar verlo como un ejemplo de algo a lo que yo no podía aspirar. Si él era el boceto final, yo era el espacio inacabado que lo rodeaba. Lo diré de otra manera: en mis días buenos, medía casi metro ochenta, llevaba unos vaqueros descoloridos y la chaqueta de mi padre. Tenía doce dólares en mi cuenta bancaria y, aun así, de algún modo, me había unido al viaje, ¡el viaje por Europa!, en el que mi mejor amiga lo pagaba todo y hablaba en alemán con el chófer, mientras yo intentaba no sentirme como si fuera la carga que ella había atado a la baca del coche.

Pasó el tiempo. Treinta minutos… Una hora… Odiaba seguir esta línea de pensamientos, pero era lo único que me quedaba.

Para torturarme a mí mismo, me pregunté qué querría Phillipa Moriarty de Holmes y por qué había accedido a comer con ella. A ver, no soy idiota. Se me ocurrían unas cuantas buenas razones —muerte, desmembramiento—, pero después de atravesar el despliegue de mercenarios de Milo, pensé que no querría ponerse violenta. ¿Una tregua, tal vez? Tal vez sabía dónde retenían a Leander. A lo mejor iba a contarnos que no estaba de parte de Lucien en esta ridícula guerra.

Quizá había descubierto que su hermano August estaba vivo.

En un acto de desesperación, saqué el móvil para mandarle un mensaje a mi padre. «¿Qué opinas de Phillipa Moriarty?».

Recibí la respuesta enseguida. «Solo lo que he leído en los periódicos, y eso también lo has hecho tú, ¿por?».

«¿Y qué sabes de un bar llamado Old Metropolitan?».

«Leander iba allí los sábados para verse con un profesor de la Kunstschule Sieben, una de las escuelas de bellas artes locales. Era un tal Nathaniel. Y el nombre de Gretchen también surgía a menudo».

Los falsificadores que había mencionado Holmes. «¿Algún otro sitio que deba conocer?».

«Te mandaré una lista por correo electrónico. Me alegra saber que Milo se está tomando esto en serio».

Estaba bastante convencido de que, no solo no era así, sino que, además, Milo nos había endorsado a August precisamente por ese motivo. Guardé el teléfono.

Un minuto después volví a sacarlo.

«Cuando trabajabas con Leander, ¿alguna vez te sentiste como si fueras una carga para él? Me refiero a si insistía en llevarte con él para investigar algún caso y después te daba esquinazo y lo resolvía él solo».

«Pues claro. Pero existe una forma para dejar de sentirte así, ¿sabes?».

«¿Cuál?».

No sé en qué momento había empezado a confiar en mi padre para que me diera consejos. Era una sensación incómoda.

Mi móvil pitó. «Te he transferido cien dólares a tu cuenta. Ahora dale esquinazo y resuélvelo sin ella».

* * *

El Old Metropolitan estaba más lleno que cualquiera de los bares en los que he estado en Gran Bretaña. Tampoco es que haya ido a muchos, pero sí que he visto bastantes. En Reino Unido puedes tomarte una cerveza con dieciséis años, si tus padres te la compran, y a los dieciocho se te permite pedir lo que quieras. Las leyes alemanas no eran muy distintas. Una de las grandes ironías de mi vida es que he terminado estudiando en un instituto de Estados Unidos, país en el que no te permiten beber hasta que estás a punto de graduarte en la universidad.

El Old Metropolitan estaba repleto de estudiantes. Se encontraba a unas pocas calles del campus de la Kunstschule Sieben, algo que aprendí al vagar por los alrededores. Cuando abandoné la sede central de Greystone todavía era por la tarde, de manera que aproveché el tiempo libre que tenía antes del anochecer para inventar un alias. Había visto a Holmes transformarse delante de mí varias veces; cómo, si le diera una pequeña vuelta de tuerca a su yo habitual, se convertía en una persona completamente distinta. Una vez le pregunté qué le parecería que yo fuera de incógnito. Se rio en mi cara.

Pero ahora no lo haría. Me compré un sombrero y un par de botas pesadas en una tienda de segunda mano. Después pasé por una barbería y les pedí que me hicieran el corte de pelo que no dejaba de ver en la calle: rapado por los lados y largo en lo alto. Tenía el pelo ondulado, pero fuera lo que fuera lo que me echó el chico, consiguió que se quedara liso y engominado. Cuando terminó, me puse las gafas y me miré en el espejo.

Siempre había tenido algo que hacía que las abuelas quisieran hablar conmigo en las salas de espera. Supongo que les parecía amable. Nunca lo he apreciado por mí mismo, pero ahora sí que notaba su ausencia. Con una sonrisa, me puse el sombrero de fieltro en la coronilla, le dejé una propina al peluquero y salí a buscar algo para cenar.

Simon, pensé, me voy a llamar Simon.

Caminé hacia el Old Metropolitan con un kebab que había comprado en un camión de comida callejero de aspecto dudoso. Siempre que estaba solo en un sitio nuevo, era consciente de la forma en la que andaba, lo que miraba, etcétera, por miedo a parecer un turista y que me faltaran al respeto por ello. Esta noche, me movía como un lugareño más, chuperreteaba la salsa *tzatziki* de los dedos y contemplaba el arte callejero sin interés. A Simon no le importaba el dragón neón gigante que había pintado sobre la entrada del Old Metropolitan, con los dientes al descubierto como si fuera una advertencia. Él ya lo había visto un millón de veces. Su tío vivía al final de la manzana.

Simon también estaba acostumbrado al cúmulo de gente que había en el interior, por lo que mantuve una expresión de aburrimiento en el rostro mientras me abría camino hacia la barra. Pero estuve a punto de perder la compostura cuando estudié a la multitud. A pesar de mi ropa y mi corte de pelo nuevo, era la persona menos bohemia de todas las presentes. La chica que estaba a mi lado tenía el pelo de un tono rosa que se difuminaba hasta convertirse en un dorado eléctrico. Gesticulaba con un vaso enorme de algo y me salpicó un poco mientras hablaba con sus amigos en alemán. La única palabra que reconocí fue «Heidegger». El filósofo, o al menos eso me parecía recordar. ¿Lo había oído en *Los Simpson*? Intenté evitar el contacto visual.

Lo que me llevó a mirar en dirección al camarero de la barra.

—¿Qué te pongo? —preguntó, y me identificó claramente como inglés. Me recordé que no pasaba nada; Simon era inglés.

Y Jamie estaba aterrorizado.

—Una Pimm's cup* —pronuncié las vocales como un pijo porque había decidido que Simon era rico, y porque las personas bebían Pimm's cups en las carreras de caballos que había visto por la tele. Y sí, si esta noche era indicativo de algo, era de que quedaba perfectamente claro que Holmes tenía razón, se me daba fatal hacer de espía porque todos mis conocimientos sobre el mundo provenían de la programación televisiva de los jueves por la noche.

Pero el camarero de la barra ni se encogió de hombros ni levantó ninguna ceja. Solo me dio la espalda para preparar la bebida. Intenté relajarme, músculo a músculo, y le ordené a mi cerebro que se ralentizara. Me acomodé el sombrero con firmeza en la coronilla.

Mi plan había sido quedarme tranquilo con mi bebida y poner la oreja hasta ver si la Kunstchule Sieben aparecía en alguna conversación. Entonces me acercaría y me presentaría como un posible alumno que visitaba a su tío durante las vacaciones. «A lo mejor lo conocéis: alto, con el pelo negro engominado hacia atrás, inglés como yo. ¿Puedo invitaros a algo? ¿Os suena una chica llamada Gretchen? Nos conocimos aquí la semana pasada...», etcétera, *ad nauseam,* hasta que alguien mencionara el último sitio en el que había visto a alguno de los dos o al misterioso profesor del que hablaba Leander, y yo pudiera marcharme con una pista nueva antes de que Holmes apareciera del brazo de su Gastón rubio.

Me había parecido infalible cuando se me ocurrió, pero, como ocurre con todos los planes así, resultó ser absurdo. Para empezar, había muchísimo ruido en el Old Metropolitan. Apenas podía identificar los idiomas en los que se hablaba a mi alrededor, así que no mencionemos las palabras. Y luego estaba el tema de la intimidación. En el pasado, nunca había tenido problemas para iniciar una conversación con un extraño, pero no comprendía por qué ahora me costaba tanto.

A lo mejor era porque había pasado los últimos tres meses hablando en exclusiva con alguien cuya idea de una conversación nimia incluía salpicaduras de sangre.

---

* La Pimm's Cup es una bebida alcohólica típica en Inglaterra que suele tomarse en verano en eventos a los que acude, sobre todo, la gente de clase alta. *(N. de la T.)*

«Me ha echado a perder», pensé, y me encorvé un poco sobre mi bebida. El último rastro que quedaba de Simon se diluyó. ¿A qué creía que jugaba de todos modos? Estas cosas se me daban fatal. Ni siquiera quería estar aquí, en este bar, mientras me retorcía de dolor por tener que escuchar la música de Krautwerk a todo volumen y el tío que tenía al lado jugueteaba con el *piercing* de su labio. Me incliné para pedir la cuenta al camarero, pero no conseguí llamar su atención.

Cuando volví a sentarme, me fijé en que una chica al otro extremo del bar me estaba dibujando.

Y además no lo disimulaba. Sostenía un bloc sobre una rodilla y no dejaba de lanzarme miradas por encima de él. Tenía el pelo largo, negro, rizado y brillante, y una bonita nariz respingona; era la clase de chica que me atraía cuando me gustaban otras chicas. Antes de darme cuenta de lo que estaba haciendo, tomé mi bebida y me dirigí hacia ella.

Abrió los ojos de par en par y después se mordió el labio. Me sentía bastante confiado.

Bueno, Simon lo sentía.

—Hola —la saludó Simon—. ¿Estás utilizando carboncillo?

—Sí, ¿tú que sueles usar?

—Mi atractivo incomparable. —¿De dónde había sacado estas tonterías? —. ¿Cómo te llamas?

—¿Por qué? —Hablaba inglés con acento estadounidense.

—¿Eres americana?

—No —se rio—. Pero mi profesor de inglés sí lo era.

Simon se sentó a su lado.

—Voy a hacerte una pregunta y quiero que me digas la verdad, ¿vale, encanto? —Por el amor de Dios…—. ¿Me estabas dibujando?

Abrazó el cuaderno.

—Tal vez.

—¿Tal vez sí o tal vez no? —Simon alzó un dedo en dirección al camarero, que se acercó enseguida—. Otro lo que sea de lo que esté tomando…

—Un vodka con soda.

—Un vodka con soda. —La muchacha no había rechazado a Simon a la primera, así que le sonreí. Si había alguna parte de Jamie en esa sonrisa, tanto él como yo decidimos pasarlo por alto—. ¿Y ahora? ¿Es ese tal vez un sí?

Se llamaba Marie-Helene. Había nacido en Lyon, Francia, pero su familia vivía en Kioto. Le encantaba venir a Berlín, pero lo que de verdad deseaba era vivir en Hong Kong algún día. «Es como si fuera un lugar del presente que está en el futuro», dijo. Estudiaba en la Kunstschule Sieben porque, cuando era pequeña, se había perdido en el Louvre durante un viaje familiar y, en lugar de asustarse, había vagado, fascinada, por el ala de los impresionistas. «Después de aquello, pasé años dibujando nenúfares», explicó. «Obligué a mis padres a que me llamaran Claude, como Claude Monet».

A Simon le gustaba. Más que eso, a mí me gustaba. Tenía un encanto pícaro, como si guardara un secreto, pero uno pequeño, nada comparable con los de Holmes. De hecho, no se parecía en nada a ella y eso hacía que deseara gritar de alivio.

—Sí, te estaba dibujando.

Contesté rápidamente para recuperar la concentración.

—¿Qué pasa?

—Esa cara que has puesto. Antes también la tenías. Es como si tu abuela hubiera muerto, pero también estuvieras enfadada por ello. Es… interesante; y un poco perturbadora. —Marie-Helene le dio la vuelta al bloc para mostrármelo. Un chico con un sombrero estúpido se miraba las manos como si fuera a hallar respuestas en ellas.

Era un buen retrato, pero odiaba que fuera mío.

Me obligué a volver a entrar en la prisión que representaba Simon.

—Soy más guapo que el dibujo, ¿no? —le pregunté.

—Sí. —Jugueteó con su bebida y me miró a los ojos—. Lo eres.

No sabía cómo actuar a continuación porque, normalmente, en esta situación, me inclinaba para besar a la chica. Corrección: solía lanzarme, pero eso ocurría en fiestas que la gente celebraba en sus sótanos, no en los bares… ¿Funcionaría aquí? Estaba seguro de que era lo que Simon haría y lo que yo quería hacer, de verdad, pero al mismo tiempo no me apetecía en absoluto. ¿Debía cambiar de tema? ¿Preguntar por Gretchen, la falsificadora de arte con la que había contactado Leander? ¿O tal vez por sus profesores de la universidad? ¿Debía besarla y fingir que no me incomodaba?

El momento pasó de largo. Le dio un trago a su bebida y después se le iluminó la cara.

—¡Eh! —dijo, e hizo señas con la mano a alguien por encima de mi cabeza—. ¡Aquí!

En un instante, nos rodearon varias chicas que se pusieron a parlotear. Una llevaba una mochila salpicada de pintura, por lo que concluí que debían ser amigas de clase. «Chicas», dijo Marie-Helene, «chicas, este es Simon, es británico», y en la algarabía de presentaciones que siguieron, me pareció escuchar el nombre de Gretchen. El pulso se me aceleró.

—¡Estaba pensando en estudiar en la Kunstschule Sieben el año que viene! —grité por encima de la música, que ahora era disco y sonaba más alta—. ¡Hago obras de arte audiovisuales! ¿Alguien más las hace?

—¡Yo! —exclamó la chica que tenía al lado.

—¿Te importa que te pregunte sobre ello?

—¡Los viernes por la mañana!

No estaba seguro de si no había oído mi pregunta o de si su inglés no era lo bastante bueno, pero el grupo de chicas se desplazaba y Marie-Helene me tomó de la mano. Una invitación para que las acompañara. Lancé algo de dinero sobre la barra con un sentimiento de auténtico triunfo. Iríamos a alguna fiesta en la que habría más estudiantes. Seguro que alguien sabría algo de Leander y yo volvería junto a Holmes con información, con algo que ni ella ni August supieran...

O, tal vez, sí porque, como si de una pesadilla se tratara, August y ella aparecieron entre nosotros y la puerta.

Capítulo 5

No les había visto entrar. Diría que era una muestra de lo buenos que eran sus disfraces, pero la verdad es que no iban ataviados para encajar con esta gente. Se habían decantado por un enfoque opuesto al mío. August iba completamente emperifollado como si fuera un turista idiota, desde el pelo engominado hasta las deportivas blancas y los calcetines subidos. Holmes estaba a su lado y rebuscaba en su riñonera. La peluca, de un castaño claro y lisa, le enmarcaba la cara.

Alzó la vista. Sus ojos viajaron hacia mi mano, que estaba entrelazada con la de Marie-Helene, y dio la impresión de que palidecía.

Sin embargo, recuperó la compostura enseguida.

—¡Aquí estás! —gritó Holmes. Pensaba que estaba a punto de acabar con mi tapadera cuando se giró hacia August y añadió—: Te dije que no nos había dejado tirados y que aparecería.

Marie-Helene me lanzó una mirada inquisitiva.

—Son mis primos, han venido de visita desde Londres —le expliqué mientras trataba de recuperar el hilo narrativo—. Y no los he dejado tirados. Me dijeron que querían una noche libre para hacer turismo solos.

—Bueno, pues diles que se unan a nosotros. —Sus amigas ya estaban en la calle. Me soltó la mano, abrió la puerta y el aire nocturno entró.

August y Holmes se acercaron a mí.

—¿Cómo te llamas? —preguntó Holmes entre dientes.

—Simon, ¿y vosotros?

—Tabitha y Michael.

—¿Se supone que sois hermanos? —pregunté a August. Los dos llevaban lentillas marrones.

—Sí, pero no es creíble. Soy mucho más atractivo que ella.

Sonreí, pero entonces recordé que lo odiaba.

—¿Te ha arrastrado hasta aquí?

—Estoy aquí delante, ¿eh? —protestó Holmes, que pataleó un poco por el frío—. ¿A dónde vamos, Watson? ¿Qué has descubierto?

De momento nada, pero no quería reconocerlo. Todavía me dolía que August y ella me hubieran ignorado en el piso. ¿Que mañana comeríamos con Phillipa? ¿Pasaríamos completamente por alto el hecho de que habían envenenado a su madre?

—He descubierto que a las chicas francesas les encanta Simon— dije en su lugar, y troté para alcanzar a Marie-Helene y sus amigas.

El aire se había enfriado desde la tarde. Reclamé la mano de Marie-Helene bajo pretexto de querer calentársela. ¿Era consciente de que Holmes estaba detrás de mí y me observaba? Como era costumbre. ¿No tendría que haber dejado atrás las tretas para ponerla celosa? Pues… no.

No era difícil que a uno le gustaran Marie-Helene y sus amigas. Charlaban sobre la nueva exposición de Damien Hirst, que se inauguraría la semana siguiente, y, cuando me cansé de mantener mi fachada de sabelotodo y confesé que no sabía de quién hablaban, ellas se mostraron comprensivas y me pusieron al día. Al parecer metía vacas en formol. ¿Y eso era arte? Sí, lo era, respondieron. En un mundo en el que la información era moneda de cambio, yo solía estar sin un penique, así que resultaba agradable que, por una vez, no se burlaran de mí por ello.

—¿A dónde vamos exactamente? —le pregunté a la chica con la mochila salpicada de pintura.

—Unos amigos le han alquilado una casa a un marchante de arte muy rico. Está ahí delante. —Con la barbilla, señaló un edificio alto de ladrillo situado en la esquina—. La única pega para vivir allí es que tienes que dejársela los fines de semana que esté en la ciudad, para que organice fiestas. Ya verás por qué, es un espacio muy chulo. Vamos a menudo.

—¿Pero? —pregunté, porque su tono de voz sonó más profundo que sus palabras.

—Pero es un viejo verde. —Se encogió de hombros—. Tendrá unos cincuenta años y su novia siempre es alguna cría del Sieben. Muchas de esas chicas han salido con él. Es como hacer un pacto con el diablo durante una temporada: conoces gente, te acuestas con un vejestorio asqueroso, te compra alguna cosa bonita y, para cuando te deja, ya has sacado algo a cambio. Pero tú no corres peligro, no le gustan los chicos.

Me recorrieron varios escalofríos.

—Eres Gretchen, ¿verdad? —pregunté con la esperanza de que me diera alguna pista sobre quién era.

—¿Gretchen? —Sacudió la cabeza—. Soy Hanna. Marie-Helene nos llama sus *mädchen*, sus chicas. ¿Es eso a lo que te referías?

Me dirigía con torpeza hacia una fiesta sórdida en base a algo que en realidad no había escuchado bien en el bar.

Marie-Helene tiró de mí por los escalones que conducían a la entrada del edificio de ladrillo. «Nuestro destino aguarda», dijo mientras se abría paso.

La planta principal estaba inesperadamente a oscuras y en silencio, pero no era nuestro «destino». Sin encender ninguna luz, Hanna palpó a su derecha hasta que localizó el marco de una puerta.

—Hay que bajar estas escaleras —murmuró—. Encended vuestros móviles si necesitáis luz.

Al final de la escalera, había una puerta y, más allá, una cueva.

Marie-Helene y sus amigas fueron directas a la barra situada en la esquina. Yo me quedé allí solo con una mano en el sombrero, asimilándolo todo.

Aquella cueva no parecía natural. Las paredes estaban cubiertas de azulejos y el techo formaba un arco perfecto, lo que indicaba que era artificial. Un intenso olor a humedad impregnaba el aire. Tardé unos segundos en identificarlo como cloro. Atravesé un grupo de gente y vi de dónde provenía: había una piscina inmensa en el centro de la habitación. Una chica pataleaba sobre un cisne hinchable mientras sostenía con cuidado un Martini sobre su propia cabeza. Un par de chicos tenían los pies metidos en el agua a la vez que se enrollaban. Por todas partes, una especie de luz fracturada y tenue salpicaba los rostros de la gente y las paredes.

Sin pensarlo, me volví para analizar la reacción de Holmes. Era lo que siempre hacía en este tipo de situaciones bizarras. Tardé un minuto en localizarla, todavía parada en la escalera, ahora despejada, y distinguí la última etapa de una transformación; sutil, en este caso. En algún punto del camino había perdido la riñonera. Con una mano, se apresuraba a desabrocharse la chaqueta de punto y con la otra se aplicaba un poco de brillo de labios. El proceso completo le llevó menos de un minuto y, cuando terminó de bajar a la fiesta, iba ataviada con un corto vestido negro y mostraba una expresión altanera. Con esta luz, su cabello castaño claro parecía suave y sensual. Era la misma chica del Old Metropolitan y, al mismo tiempo, no se le parecía en nada.

Sobre sus inestables tacones, caminó despacio entre August y yo. «¿Chicos?», preguntó, y con esas palabras, la agarramos por los codos y la condujimos a la fiesta.

Me incliné para susurrarle al oído.

—¿Es esta la parte en la que compartimos información? Porque sé cómo averiguaste lo del Old Metropolitan. Es algo que escuchaste a escondidas en Sussex; no tiene nada de mágico.

Levantó la cabeza para mirarme.

—Todo tiene algo mágico, Simon —dijo—, a juzgar por lo que escribes sobre mí.

—¿Es tu biógrafo? —preguntó August—. ¿Como el doctor Watson? Madre mía, eso es adora...

—No es adorable. —Nos detuve junto al borde de la piscina. A mi lado, Holmes escudriñó la habitación. La luz del agua le dibujaba pecas en las mejillas y resistí la tentación de acariciarle el rostro para ver si podía dispersarlas—. Sé que no tiene nada de mágico y te lo demostraré. ¿Quieres que te diga que harás a continuación?

Sonrió, casi de forma imperceptible.

—Adelante.

Me concedí un segundo para estudiar la fiesta. Hanna estaba en lo cierto. Por todos lados había personas que se salían del molde, pero en realidad podían dividirse en dos grupos: universitarias y hombres que relucían con el lustre del dinero. Las chicas llevaban vestidos cortos en su mayoría, pero ellos vestían cada uno de distinta manera: algunos con traje y otros con conjuntos más parecidos a los de los artistas; algunos con prendas negras y arrugadas y otros con ropa esmeradamente planchada. Unos tenían cuerpo de bailarín y otros la mirada inquieta del escritor.

A nuestro lado, una chica pasaba lo que parecían diapositivas de su trabajo en su iPhone. «Como puede ver», explicaba, «soy una candidata excelente para su inauguración».

Como un resorte, Holmes volvió la cabeza para escuchar.

«Céntrate», me dije a mí mismo, y volví a inspeccionar la habitación. No pensaba dejarme en ridículo, no con el Gastón rubio pegado al otro hombro de Holmes.

—Hay un hombre en la esquina —dije por fin—. El del pañuelo al cuello y las gafas redondas. Es el mejor candidato a ser el contacto de Leander. ¿Cómo se llamaba? ¿Nathaniel?

A mi lado, Holmes emitió un ruidito mientras meditaba. Ni siquiera lo miraba; su atención estaba fija en la conversación que se desarrollaba a nuestras espaldas.

—Explícame tu razonamiento.

De repente, me resultaba importantísimo tener razón. Y que me mirara, que lo hiciera de verdad, de la forma en que me hacía falta. Entrecerré los ojos y analicé al hombre en cuestión, que contaba una historia con las manos.

—Su lenguaje corporal. Parece mucho más relajado que el resto de los presentes. No compite en busca de estatus ni intenta echar un polvo; es como si se estuviera poniendo al día con amigos. Y las personas que lo rodean también están tranquilas. Fíjate en el tío que está a su lado, tendrá ¿qué? ¿Dieciocho años? Acaba de golpear a Nathaniel en el brazo mientras habla. Ahora parece sorprendido, probablemente por su propio atrevimiento, y todo el mundo se ríe. Están todos a gusto. Él parece su referente, su autoridad, pero les cae bien.

Con la serena energía de un perro de caza en el campo, Holmes estudió de arriba abajo al hombre del traje. El único problema era que no era más que otro hombre con otro traje.

—Además es atractivo —añadí desesperado, en un intento de que volviera a centrarse—, y la gente se reúne en el Old Metropolitan para venir los sábados por la noche, y dijiste que tu tío tenía una relación con alguien de aquí, con alguien de este mundillo. ¿A Leander le gustan los pelirrojos?

Holmes sonrió ante la mención de la vida sexual de su tío.

—Vale, sí, bien, salvo porque no estamos en posición de acercarnos a él, así que da igual. Ninguno de los tres tenemos aspecto de tratantes de arte y tú pareces demasiado centrado para hacerte pasar por un futuro estudiante de arte. Es como si acabaras de salir de un *casting*. ¿Un corte de pelo con tupé, Watson? ¿En serio?

August se rio para sus adentros.

—Marie-Helene se lo ha tragado —dije entre dientes.

—Eso es porque piensa que eres guapo.

—¿Y tú no?

Habíamos llamado la atención de Nathaniel y yo no dejaba de mirarlo. A toda prisa, Holmes se volvió hacia mí y me ajustó el cuello.

—Estás ridículo —confesó. Tenía las manos calientes—. Me gustas mucho más cuando eres tú.

Había un aroma en el aire; era algo empalagoso y familiar: Algodón de Azúcar Eterno. El perfume japonés que August le había regalado hacía años.

—Tienes buen aspecto, Simon —indicó este, y alargó el brazo por encima de Holmes y me dio una palmadita en el hombro—. Y muy buen trabajo con las deducciones. —Lo dijo con poca naturalidad, como si hubiera aprendido a hacer cumplidos en un manual de instrucciones.

—En fin… —Holmes se alejó de mí—. Ya nos encargaremos de él después. El pez gordo primero.

—¿Qué pez gordo?

Había algo en el rosto de August, algo extraño y agotado, pero, cuando volví a fijarme en él, había desaparecido.

—Charlotte, Simon y yo vamos a jugar al billar —dijo.

—¿A jugar al billar? ¿No será en la piscina? —le corregí—. Espera, ¿por qué demonios querríamos a ir a jugar a la piscina?

—Pues venga, marchaos —respondió Holmes, que enrolló un mechón de pelo alrededor de su dedo. Se había vuelto a meter en el personaje—. De todos modos, creo que trabajaré más rápido sola.

Era Holmes y a la vez no lo era. Palabras de negocios pronunciadas con voz de estrella porno.

—Estoy convencido de ello, Tabitha —dijo August, molesto, y me arrastró con él más allá del bar, de un círculo de sillas llenas de cosas, de un grupo de hombres con traje, que fumaban y comprobaban sus teléfonos mientras una chica con falda les servía las bebidas. Me pregunté si también sería una de los estudiantes de arte que vivían aquí. Si eso formaría parte del trato. Me pareció asqueroso.

Había una mesa de billar en la esquina que, a diferencia de las antiguas y robustas que colmaban la casa de Holmes, estaba hecha de materiales acrílicos. Podías verlo todo hasta la pared a través de las patas. Solo la superficie de felpa era de un blanco opaco.

—Todo esto parece demasiado complicado —indiqué.

—¿El qué exactamente?

—Esta fiesta, esta situación, esta mesa de billar. —Le di un puntapié a una de las patas—. ¿Quién se aburría tanto como para construir esta cosa?

August ya estaba colocando las bolas.

—¿Se te da bien el billar?

Había jugado algunas veces por las tardes en un *pub* que había cerca del instituto, lo que, por supuesto, no significaba nada, porque me había pasado la mayor parte del tiempo fijándome en Rose Milton, la chica de mis sueños en primero.

—Eh... —respondí.

—Bueno, todo es cuestión de geometría y de coordinación entre la mano y el ojo. —Me lanzó un taco y preparó su golpe.

—Fantástico. O sea, ¿la idea era arrastrarme hasta la esquina, darme una ceremoniosa paliza y después explicarme por qué Holmes y tú os librasteis de mí en la Casa de la Diversión Militar de Milo?

Con un sonoro chasquido, abrió la jugada y esparció las bolas por la mesa. Dos lisas entraron por la tronera más alejada de la derecha.

—Dime —comenzó y se apoyó en la pared—, ¿nunca te cansas de hacerte la víctima?

Aquello distaba tanto de cualquier otra cosa que me hubiera dicho hasta entonces, que pensé que me lo había imaginado.

—¿Perdona?

—Jamie, no hace ni un día que te conozco y te enfureces cada vez que hablo contigo.

—Yo no...

—He sido muy simpático contigo. ¿Cuál es el problema?

—Pareces... O eres un completo ingenuo o un falso. La forma que tienes de hablar es ridícula. Y el modo en que la miras...

—«Respira hondo», me dije a mí mismo. «Si lo tumbas de un puñetazo, Holmes te matará»—. Me tocan las bolas rayadas, ¿verdad?

—Sí, pero es mi turno. —August tenía la vista fija en la mesa. Las bolas lisas se habían desperdigado hacia esquinas imposibles de jugar. Seguro que estaba maquinando alguna solución matemática—. ¿De verdad eres tan inseguro? ¿O hay algo más?

—¿Sabes lo que representas para ella? —espeté—. Porque yo sí lo sé.

—Por lo que veo no tienes ni idea. Y no hablaba de Charlotte.

Lo fulminé con la mirada. Su asqueroso tatuaje, su acento pijo, sus veintitrés años y su confianza de mierda.

—Suéltalo entonces por mí, genio.

—A lo mejor es lo que necesitas —añadió, y con un movimiento elegante metió otra bola—. A lo mejor tengo que explicarte, en voz alta, que no me tiré a ninguna cría. —Otro golpe; otra bola—. Ni le suministré las drogas, ni le pedí a mi hermano que le arruinara la vida, ni le ordené que arrasara un internado americano.

—Ni hiciste que casi me mataran —añadí—. Eso tampoco se lo dijiste, ¿no? ¿Hay alguna razón por la que, de repente, estés tan enfadado conmigo?

—No lo estoy.

—Sí, lo estás.

August dejó de mover el taco entre las manos.

—Fingí mi propia muerte para escapar de mi familia. Y sí, para evitar la cárcel, pero sobre todo fue por ellos. Mis padres estuvieron de acuerdo en dejarme ir; mis hermanos piensan que estoy muerto. No soy ni el malo ni el enemigo. Pensaba que había quedado claro. —Su rostro tenía una expresión despiadada, como si hubiera eliminado toda emoción con un paño. Pero sus palabras parecían auténticas.

—Yo…, bueno… «Enemigo» es una palabra un poco fuerte.

—Jamie.

—¿Quieres no…? Tira.

Fijó de nuevo la vista en la mesa y, claramente a propósito, falló.

Recogí la bola blanca del suelo.

—No me has hecho nada, así que no tienes que sentirte mal. No quiero ganar por pena.

—No —dijo—, creo que necesitas que alguien te dé una oportunidad para jugar.

—Eso ha sonado como si lo tuvieras preparado desde hace tiempo.

Frunció el ceño.

—Estoy intentando ser majo contigo.

—Pues deja de intentarlo porque no lo eres. O, si lo eres, te falta práctica. —Hice una pausa—. Yo tampoco soy muy simpático, y es más que evidente que Holmes tampoco lo es.

Conseguí sacarle una sonrisa, una que, aunque parecía auténtica, era triste.

—Soy un tío majo, Jamie. Es solo que… hace tiempo que no hablo con nadie.

Después de aquello intercambiamos varias tiradas. August jugó mucho más relajado que antes, señalaba ángulos y alineaba alguna bola para mí cuando yo no era capaz de averiguar cómo colar la dos azul en la tronera lateral.

—¿Estás enamorado de ella? —le pregunté cuando metió otra bola.

Su rostro volvió a mostrarse inexpresivo. ¿Qué gesto lo delataría? ¿Esa era la cara que ponía cuando se enfadaba?

—¿Y tú?

—Es complicado. —Lo observé, pero su expresión no cambió—. Si no lo estás, ¿por qué la miraste de esa manera? Cuando llegamos.

August suspiró.

—Llevo varios años en Berlín y me dedico a introducir datos. Milo me da montones de hojas de cálculo, sobre todo, con números sobre qué base aérea tiene qué número de juntas metálicas y yo los grabo en un ordenador. Dichos datos provienen, en origen, de otro ordenador, así que es una tarea innecesaria. Mi trabajo no es real; solo me mantiene ocupado. Podría hacer cosas verdaderamente útiles para Greystone, pero…

—Pero eres un Moriarty. —La camarera se acercó con la bandeja. Tomé un vaso y se lo ofrecí a August.

Con una sonrisa de medio lado, lo aceptó.

—Porque mi hermano es quien es, y mis tíos también, y así hasta el infinito, no se me puede confiar información delicada. Ni un trabajo interesante, al parecer.

—¿Tanto te odia Milo?

—Milo es el jefe de una red de espionaje. Solo Dios sabe cómo sucedió eso para alguien tan obsesionado con no salir de su edificio como él. Ni odia ni le gusta nadie. Pero sí que quiere a su hermana, y ella deseaba que yo tuviera un sitio al que ir, así que Milo le hizo un favor. Estoy muerto. Nadie del mundo exterior puede saber que no lo estoy y nadie puede reconocerme. Tenía pocas opciones, así que acepté. —Decidido, se bebió el vino de un trago—. ¿Quieres saber el motivo?

—Sí —respondí, porque hacía semanas que me lo preguntaba.

—Acepté el trabajo porque existe una absurda guerra entre nuestras familias y quería ondear una bandera blanca. Si me hacía amigo de Milo, si convencía a mis padres de que extendieran una rama de olivo, si hubiera sido capaz de suavizar las cosas..., pero, por aquel entonces, era joven y estúpido. Mis padres ni siquiera me dirigen la palabra.

Silbé y August hizo una pequeña reverencia con ironía.

—Ya sabes lo que dicen de las buenas intenciones —comentó.

—Y qué lo digas.

—Así que aquí estoy. Sin amigos, sin familiares que no sean criminales o delincuentes en potencia... Solo yo y una tesis de matemática que no puedo terminar de investigar porque los muertos no cursan doctorados y porque mi campo de trabajo eran los fractales en la Antártida. No salen muchos barcos para cadáveres en esa dirección próximamente. Vivo en una triste y diminuta habitación del diminuto y triste palacio de Milo. Y no puedo salir del edificio porque... —Sacudió la cabeza, enfadado—. A ver, cuando Charlotte entró por la puerta, yo me sentí... no sé. Era como si no hubieran borrado mi pasado. Ni lo bueno ni lo malo, todo seguía ahí; era como si todavía existiera en algún lugar del mundo exterior. Como si aún viviera. No me había dado cuenta de lo solo que me sentía hasta que la vi.

—¿Así de simple?

—Es mi amiga. Tal vez es negativo que me guste, pero es lo que siento. —Se encogió de hombros—. Intento no culparla por lo que pasó. Sus padres... bueno, no importa. No puedes mantenerla encerrada en una caja, Jamie, y tampoco debes permitir que ella lo haga contigo. Estábamos bastante unidos, aunque no lo creas, y, cuando no funcionó entre nosotros de la forma en que ella lo necesitaba, me lanzó una granada y huyó.

—August...

—Nos entrenaron de la misma manera. Pensamos igual, se nos ocurren las mismas soluciones autodestructivas para enfrentarnos a los problemas...

—¿Y ahora sois simples colegas? No me lo trago. ¿Quieres que crea que te gusta pasar el rato con la chica que te arruinó la vida? —Las palabras salieron de mi boca con más sarcasmo del que pensaba.

August parpadeó rápidamente, como si luchara por no derramar ni una sola lágrima, y ahí estaba, la emoción real que yo llevaba un rato esperando. Y fue brutal.

—Tampoco es que tenga nada mejor que hacer —dijo por fin—. Estoy muerto, ¿recuerdas?

Lo observé. A pesar de la ropa, el lustre y toda aquella autocompasión, resultaba difícil tenerle aversión. Ya tendría tiempo después de preguntarme si era porque me recordaba a una versión de Charlotte Holmes a la que había criado el enemigo, o no.

—¿Nunca te cansas de hacerte la víctima? —le pregunté, porque se me daba bien recordar ese tipo de cosas.

—No —respondió—, en realidad es bastante divertido. —Y metió las bolas que le quedaban una detrás de otra.

—Capullo.

—Para futuras referencias, esa es la única forma sensata de responder a esa clase de pregunta.

—Vuelve a colocar las bolas, cretino —dije, y al menos durante aquella noche, decidí que seríamos amigos.

* * *

Dos partidas después, Marie-Helene se acercó justo cuando yo estaba en medio de un bostezo.

—¿Una noche larga? —Se deslizó por debajo de mi brazo de esa forma casual en la que lo hacen las chicas guapas.

—No —respondí mientras August hacía su quinto golpe seguido—. En algún momento ganaré.

No estaba muy seguro de ello, pero Simon sí que lo creía. Además, le gustaba lo cariñosa que era Marie-Helen y, pasados unos instantes, yo estaba jugueteando con las puntas de su pelo.

La verdad es que era agradable, sencillo. ¿En qué momento había empezado a pensar que una relación tenía que ser complicada?

Con las amistades lo entendía. Tenía que haber un arco dramático, alguna clase de historia que las dos personas contaran por el simple hecho de estar juntas. Algo compuesto de lo que querían del mundo y de lo que, en cambio, obtenían de él. Una historia que se recordaran el uno al otro cuando necesitaban sentir que alguien les entendía. La mía sería: «Te vi aquel día en el patio interior. Siempre pensé que serías rubia, que serías mi hermana gemela; mi otra mitad. Y entonces te conocí, y alguien mató al gilipollas del final del pasillo, y te convertiste en algo más para mí». Porque además de nuestra amistad, sentía que no había logrado nada más aquel año. Era como si yo fuera una placa base y el lío de cables que me componían condujeran directamente a Charlotte Holmes.

Y, aun así, no era solo una amistad. Cuando la conocí, dejé de mirar a las chicas del modo en que lo hacía antes, y eso que no tenía otro pasatiempo. Bueno, sí. Enrollarme con ellas en mi cuarto, con Radiohead sonando a todo trapo de fondo, y mandarles mensajes de buenas noches. Era un buen novio mientras la relación durara —y no lo hacían demasiado—. Aun así, nunca se convirtieron en mis amigas, no de la misma forma que Holmes, y no sabía si lo que sentía era una especie de vuelta a mi antiguo yo. ¿Me estaba reconvirtiendo en el James Watson Júnior de quince años con un par de entradas para el baile de primavera de Highcombe School en el bolsillo? Ahora era mucho más que eso. Había superado lo de los amores imposibles y mi inhabilidad para separar la amistad del amor.

¿O no?

Hacía mucho tiempo que pensaba que lo que quería de Holmes era… todo. Como si esto que había entre nosotros fuera el agujero del conejo del País de las Maravillas, en el que caíamos sin parar, pero nunca tocábamos el fondo. Yo quería que nos perteneciéramos el uno al otro por completo, de tal forma que ninguna otra persona se interpusiera. A lo mejor me sentía así porque, aunque era extraña y reservada, me había invitado a entrar en su vida. ¡A mí! De entre todas las personas del mundo. Quizá todo provenía de la forma en la que nos habíamos conocido: juntos en una trinchera. Tal vez quería que fuera mi novia porque no veía qué pasaría si me descubría a mí mismo deseando a otra persona. Quería ponerle un sello a nuestro expediente: «Todos los requisitos cumplidos. No hace falta nadie más». Ella no quería que la tocara, pero sí deseaba tenerme cerca en todo momento. «Circuito cerrado. No pasar».

«Hijo de puta», pensé, y no solo porque August acabara de ganar otra ronda.

—Qué pena. —Marie-Helene se apoyó sobre mi pecho—. Si estás listo para tirar la toalla, puedo presentarte a alguien. Mi profesor de dibujo está aquí. No es artista audiovisual como tú —«Gracias a Dios», pensé, «no podría inventarme nada delante de un profesor de universidad...»—, pero tal vez pueda hablar contigo sobre el proceso de admisión del año que viene en la Sieben.

August colocaba las bolas en silencio para la siguiente partida.

—Ahora vuelvo —le dije, porque la persona a la que Marie-Helene saludaba con la mano era el hombre que yo había deducido que sería Nathaniel.

—Vale, Simon —respondió August, y entonces recordé lo difícil que era todo esto.

* * *

Así fue como terminé con la mirada fija en un estuche de carboncillos en un apartamento industrial a cinco manzanas de distancia.

—¡Piensa en la forma! —gritaba Nathaniel—. ¡En el estilo!

—Estoy pensando en matarlo —le susurré a Marie-Helene, que puso cara de espanto. Holmes se habría reído con disimulo, pero no estaba allí.

Tras oírlo parlotear durante una hora interminable sobre «crear desde tus entrañas» y «realmente sentir la crudeza del mundo en tu trabajo», simpaticé un poco más con Holmes y su aversión por la expresión de las emociones. Hablar de tus sentimientos era completamente distinto a hablar sobre ellos en abstracto. Si ser artista o escritor era aquello, a lo mejor yo no lo era después de todo. En especial si, además, implicaba dejarte crecer una especie de barba hasta el cuello; la de Nathaniel era muy frondosa y estaba tan descuidada como el musgo.

Decidí que Leander se había rebajado bastante si este era el tío al que había besado.

Pero Marie-Helene y el resto de su camarilla se quedaban absortos con cada palabra. Entendía el motivo: Nathaniel escuchaba la opinión de sus estudiantes y sabía cosas de sus vidas.

Le tomó el pelo a Marie-Helene sobre su «nuevo enamorado» a los pocos minutos de conocerme. Pensé en el señor Wheatley, mi antiguo profesor de escritura creativa, y en lo bien que me sentí cuando mostró interés por mi trabajo el otoño pasado, incluso aunque fingiera ese interés por sus propias razones retorcidas y malvadas.

Así que, a lo mejor, Nathaniel era un farsante. Claro que, de cara al público, parecía un tipo simpático y no me sentí del todo bien al descubrir que el malo en esta situación era yo.

A no ser que él también lo fuera.

—Deberías estudiar en Sieben el año que viene —me había dicho Nathaniel en la fiesta—. Eres un buen chico y pareces listo. Noto que lo eres. Como es habitual, estos bribones jugarán una ronda de «Pintar y Beber» más tarde y me han convencido para que me una. ¿Por qué no me enseñas lo que sabes hacer? Puedo interceder por ti ante el comité de admisiones.

De ahí que hubiéramos recorrido unas cuantas manzanas hasta este apartamento industrial, que podría o no pertenecer a Nathaniel —vaya usted a saber—, y que ahora sostuviera un pedazo de carboncillo entre los dedos de la misma forma en que lo había hecho con el único cigarrillo que había intentado fumarme en mi vida. Y para que conste, ni los cigarrillos ni los carboncillos se agarraban así.

—¿Es así como lo llamáis? ¿Un carboncillo? —pregunté a Marie-Helene mientras los estudiantes de nuestro alrededor se desplazaban de un sitio a otro, con cervezas en la mano, para inspeccionar los progresos de los demás. Nathaniel estaba profundamente cautivado por el trabajo de una chica al fondo de la estancia. No se me ocurría cómo volver a acercarme a él y la gente empezaba ponerse los abrigos. La noche estaba a punto de terminar.

—No. —Marie-Helene frunció el ceño mientras miraba mi bloc de dibujo—. Simon, ha pasado una hora. Todo el mundo ha dibujado el bodegón... —No hacía falta que terminara de elaborar su pensamiento. Era como si el papel que tenía delante se hubiera contagiado de varicela.

—Es experimental. —Alcé la barbilla—. Muy... Picasso. Mi tutor siempre dice que mi trabajo le recuerda a su etapa azul.

Marie-Helene hizo una mueca, y la verdad es que no podía culparla. Simon era una persona bastante horrible.

«SOS, ¿sabes dibujar?», le escribí en un mensaje a Holmes por debajo de la mesa. «Están a punto de descubrir que soy un fraude. ¿Estás ocupada? ¿Puedes venir?».

La respuesta fue inmediata. «Estoy libre», dijo. «He sufrido un lamentable fracaso. El subastador niega categóricamente cualquier idea sobre la compraventa de obras robadas, incluso cuando le persuades para que hable». (No quería saber a qué clase de persuasión se refería). «No sé dibujar, pero sé fingir mejor que tú. Dirección, por favor».

Diez minutos más tarde allí estaba, inclinada sobre mi hombro.

—Simon —dijo, lo bastante alto para que todos la oyeran—, ¿todavía te da vergüenza dibujar delante de la gente? A veces eres tan tímido. A ver si lo adivino, ¿a qué te ha soltado alguna frase sobre que hace «arte experimental»? —Con una lentitud exagerada, Holmes meneó la cabeza hacia Marie-Helene—. Hombres... A veces se sabotean tanto a sí mismos. ¿Me enseñas dónde está el vino? He tenido una noche espantosa...

Nathaniel había estado escuchando porque, cuando Holmes se llevó a Marie-Helene, se acercó a mí con expresión de preocupación.

—¿Es eso verdad, Simon? No pasa nada, sé que es mucha presión trabajar delante de artistas más experimentados. ¿Quieres que hablemos sobre ello?

—Sí —respondí—, me encantaría. —Odié a Holmes por haber arreglado la cagada de mi operación encubierta en menos de treinta segundos.

Nathaniel me guio hasta la cocina que había en una esquina. El apartamento era un gigantesco espacio resonante, con paredes de ladrillo y suelos de hormigón, pero la cocina solo tenía un fregadero y un microondas.

—¿Té? Me he fijado en que no bebías nada.

—La verdad es que no me apetece mucho —dije como si fuera Simon—. Estoy un poco nervioso. La cerveza nunca me ha ayudado demasiado.

—Qué extraño, suele ser al revés. —Sacó una taza de un armario medio vacío y la llenó de agua—. Eres un buen chico.

—¿Usted cree? —me reí. Soné como si estuviera un poco loco.

—Claro que lo eres, pero pareces un poco triste. ¿Va todo bien?

Me encogí de hombros.

—Solo me siento un poco fuera de mi elemento.

—Estaría encantado de poder presentarte a todo el mundo.

—Gracias —respondí, y me odié porque en realidad quería haberle dicho que sí—. Pero creo que necesito un poco de tiempo.

—Una mala noche, ¿eh? Está bien, pillo la indirecta —dijo—. Bueno, ¿y cómo oíste hablar de la escuela? No somos muy conocidos fuera de la ciudad.

Adopté un enfoque directo.

—Mi tío vive aquí, me estoy quedando en su casa. No podía venir esta noche, pero los sábados por la noche suele ir al Old Met y me dijo que me pasara a echarle un vistazo. A lo mejor lo conoce. Es alto, tiene el pelo oscuro, lo lleva engominado hacia atrás…

Con un sonoro chasquido, Nathaniel dejó caer la taza.

—¡Oh! Por Dios, lo siento; mal pulso, una noche larga… ya sabes. No me puedo creer que… ¿eres el sobrino de David? Nunca habla de su familia.

Para haber estado a punto de estropear la operación, Nathaniel había caído de lleno en la trampa. Siempre y cuando David fuera el alias de Leander.

—¿Lo conoce? —le pregunté, mientras él amontonaba los trozos de cerámica con unas pataditas.

—Podría decirse que sí. —Evitaba mirarme a los ojos—. ¿Y está en casa esta noche? Pensaba que no… en fin.

—Sí, así es —dije de manera despreocupada—. Ya lo conoce, continuamente entre fogones y discutiendo con las soluciones de los crucigramas.

—Sí, eso es típico de él —afirmó, y menos mal, porque yo no tenía ni idea de qué podría hacer «David» los sábados por la noche, ni qué significaba Nathaniel exactamente para él. Solo contaba con su nombre y con que, quizá, fuera uno de los contactos de Leander. ¿Significaba eso que era sospechoso? ¿Había robado algún cuadro? ¿Había fundado algún grupo de falsificadores? ¿Formaba parte de algún cártel de drogas? ¿Ayudaba a Leander? ¿Le sorprendía tanto oír hablar de «David» porque sabía que lo tenían preso en alguna parte? O peor, ¿porque sabía que había muerto?

¿Qué demonios pintaba yo allí? ¿Y dónde estaba Holmes?

—En realidad, debería irme a casa. —Fingí un bostezo. Necesitaba hablar con mi padre para que me diera los detalles—.

Se preocupa si salgo hasta tarde. Estoy seguro de que le alegrará oír que nos hemos conocido.

—Sí. Sí, por supuesto. —Nathaniel me miró con los ojos entrecerrados. De repente me sentía como un insecto en un portaobjetos—. Avísale para que nos veamos mañana por la noche en la East Side Gallery. En nuestra esquina habitual, a la hora de siempre.

Aquello no parecía sospechoso ni nada por el estilo.

—Vale, se lo diré.

—Te llamabas Simon, ¿verdad? —Su mirada se volvió más inaccesible.

—Sí, ¡nos vemos!

Salí por la puerta antes de que le diera tiempo a preguntarme por el apellido de Simon.

Holmes se reunió conmigo fuera. Tenía la piel de gallina, así que le di mi chaqueta y ella la aceptó a regañadientes.

—¿Es este nuestro nuevo *statu quo*? ¿Que me dejes cuidando de tu novia mientras metes la pata en mi investigación?

—¡Nuestra investigación! Ah, y quizá lo sea porque ¿cómo he terminado yo jugando al billar con tu novio mientras tú te lanzabas a los brazos de un subastador?

—En serio, ¿puedes dejar de imaginar que soy una especie de Mata Hari emperifollada? Mi labor de espionaje es mucho más sutil que eso.

—¿Ah, sí?

—Sí.

—Entonces dime, ¿cómo te aproximaste a él?

—Apelé a su simpatía.

—Holmes.

Hizo una pausa.

—A lo mejor amenacé con matar a su *shih tzu*...

—Vale, no importa, déjalo.

Nos miramos. Un segundo después, empezó a reírse.

—Watson, ¿acaso sabes qué hacía Leander en Berlín exactamente?

—No —admití—. No con exactitud.

—Yo tampoco —reconoció—. Entonces, ¿no deberíamos volver a Greystone y descubrirlo?

Capítulo 6

«¿Ya lo has encontrado?».

El mensaje de texto de mi padre me despertó a las cinco de la mañana. «Llámame cuando te levantes, necesito saberlo», decía la pantalla. Le di la vuelta al móvil en un intento de mitigar la culpabilidad que sentía.

Nos las habíamos arreglado solos durante todo el otoño anterior porque Holmes se había mostrado demasiado orgullosa como para pedir ayuda a su familia. «Hasta aquí», me dije a mí mismo, y bajé con torpeza de su cama elevada. Cuando llegamos la noche anterior, Holmes se desplomó bocabajo en la cama plegable y se quedó dormida al instante, como si su cuerpo hubiera reconocido una rara oportunidad para recargarse.

Yo había dormido a intervalos y, ahora que me había despejado, estaba ansioso por ponerme en marcha. En diez minutos despertaría a Milo y conseguiría que nos proporcionara recursos de verdad para resolver la situación de Leander. Seguro que, con su ayuda, localizaríamos al tío de Holmes ese mismo día y entonces volveríamos a las cosas normales: museos, puestos de *curry*, quizá incluso compras navideñas… y, durante unos minutos, pensé en qué podría regalarle a Holmes. ¿Unas probetas? ¿Un libro sobre algo extravagante como los rapes? August le compraría algo mejor que eso sin duda. Algo más ingenioso.

No, era mucho mejor que me centrara en la tarea que teníamos pendiente.

Milo me esperaba en el pasillo como si fuera un robot al que habían dejado allí toda la noche para que se recargara.

—Watson —me saludó con impaciencia—. Ven conmigo, el desayuno está en mi cocina.

Mientras me arrastraba tras él, me percaté de que sus aposentos estaban en el otro extremo de la planta. Al parecer, a Holmes y a mí nos habían hospedado en el pasillo que daba a las habitaciones del equipo de seguridad personal de Milo. Nunca lo dijo en voz alta, pero me dio la impresión de que alojaba a su hermana fuera de la parte del ático para protegerla, no porque pensara que fuera a ensuciar su preciosa alfombra antigua.

Ella fue la primera persona a la que vi cuando entramos en las estancias de Milo. Estaba enmarcada por una ventana que iba del suelo al techo y tocaba una canción en su violín. Me detuve en el umbral de la puerta a escuchar. El sonido era espectral, casi galáctico con sus melismas y requiebros; tenía un contrapunto desconsolador. Era una canción para las preocupaciones. Salvo por ella, las habitaciones estaban en silencio. Milo se había afanado en volver a la cocina y se había entretenido con el molinillo de café. Era posible que durante la mañana hubiera demolido una ciudad pequeña, pero ahora leía la prensa francesa.

Su casa desprendía una sensación de humedad de mitad de siglo; como la del recibidor, pero más penetrante. Sentado en el sofá tapizado a cuadros, August sostenía una taza entre las manos y escuchaba el violín de Holmes con los ojos cerrados. Me sorprendió apreciar más sentimientos en su rostro en ese momento que en toda la noche anterior.

—Jamie —dijo August cuando me dejé caer junto a él—. Conoces a Peterson, ¿verdad? Está organizando una sesión informativa para nosotros sobre Leander. Holmes está esperando el café, pero hay té.

—Gracias.

Volvió a acomodarse entre los cojines.

—Esta me encanta.

Holmes había cambiado de estilo. Ahora tocaba algo directo y matemático, lo que significaba que seguramente sería una pieza de Bach. Llevaba mis calcetines, su camiseta de «La química es para los enamorados» y, como tocaba la canción favorita de su antiguo tutor, me pregunté si esto sería para ella lo más cercano a ponerse sentimental.

Se detuvo; una nota todavía revoloteaba en el ambiente.

—Peterson —dijo en dirección a la puerta con la voz aún ronca por el sueño—. Me alegro de verte.

—Señorita.

Empujaba una especie de carrito de audiovisuales con doce pantallas encima conectadas a una especie de procesador reluciente.

Milo entró con una bandeja. Había servido el café de una forma tan cuidadosa que sugería que tenía práctica en ello.

—Hubiera jurado que tendrías a alguien para que hiciera estas cosas por ti —comenté.

—Creo que menosprecias la importancia de la rutina —respondió—. Mi padre siempre hablaba de lo fundamental que es hacer las cosas por nosotros mismos y de igual modo todos los días. Libera la mente para que así se centre en actividades más significativas.

«Por Dios...», pensé mientras lo imaginaba solo en este sofá, realizando toda esta ceremonia del café y la bandeja de cerámica mientras Peterson preparaba su informe matutino. Me hallaba rodeado de genios; de los más miserablemente solos que había encontrado.

—Jamie. —Peterson encendió los monitores—. ¿Te encuentras mejor?

—Sí, gracias.

—Hablaremos en términos más generales de lo normal —añadió con su afabilidad habitual—. El señor Holmes me ha solicitado que os ilustre rápidamente sobre los fundamentos de los robos de arte y la aplicación de la ley.

—¿No sería una solución más apropiada llamar al gobierno alemán y pedirle que te digan en qué andaba metido Leander? —preguntó Holmes, que se dejó caer sobre la alfombra.

—En realidad, el señor Holmes ya ha recabado esa información —contestó Peterson de manera insulsa—. Pero cree que os vendría bien instruiros en el tema.

Con la fuerza de la costumbre, Holmes esperó hasta que Milo se llevó la taza a los labios, para alargar el brazo y darle un golpecito en el codo. El café le salpicó a la altura del pecho y ella mostró su sonrisa de gato negro.

—Cuando hayamos terminado, le traeré un quitamanchas y una camisa nueva —le aseguró Peterson a un Milo enfadado—. Ahora bien, en cuanto a vuestras lecciones sobre las investigaciones modernas de los delitos en el mundo del arte...

Aprendimos que el mundo del arte estaba, en su mayoría, sin regular. No había ninguna base de información a escala mundial que englobara la compraventa de obras de arte, así que a los marchantes sin escrúpulos, les resultaba increíblemente fácil vender piezas robadas o falsificaciones. Puesto que la mayoría de los gobiernos solo emplea a dos o tres investigadores a tiempo completo para estos hurtos, dichos tratantes operan con libertad sin ningún miedo a que les pillen.

Además, todo esto era complejo, como nos explicó Peterson, debido a la cantidad de obras de arte que los nazis habían sustraído a los artistas y coleccionistas —sobre todo judíos—, que habían huido de Alemania durante la Segunda Guerra Mundial. Por supuesto, no todos escaparon. Cuando condujeron a los judíos alemanes a los campos de concentración, también saquearon sus casas. Aunque el gobierno alemán había llevado a cabo intentos de localizar estas obras y devolverlas a las familias de sus dueños, muchas habían desaparecido para siempre. En un campo como es el del arte, es fácil que las piezas reaparezcan de repente y que nadie se percate jamás de que, en realidad, son falsificaciones, a pesar de los esfuerzos de los peritos por verificar su autenticidad.

—En resumen, es una anarquía —explicó Peterson—, y la mayoría de los cuerpos de seguridad tienen asuntos más apremiantes de los que ocuparse. Por este motivo, los investigadores privados como Leander Holmes se convierten en la última esperanza de las personas que quieren dar con el paradero de los falsificadores, bandas de imitadores, redes de especuladores que venden lo confiscado a los refugiados judíos o cárteles de la droga tradicionales que emplean las pinturas como aval. Puesto que son círculos muy pequeños y exclusivos, para investigarlos, Leander debió de pasar meses creando su tapadera antes de poder siquiera soñar con acceder a cualquier clase de información real.

Mientras hablaba, los monitores que tenía detrás mostraban un acuario como salvapantallas y yo tomaba notas en un bloc que Milo me había prestado.

August levantó la mano como si estuviéramos en clase.

—¿Cómo encajan mis hermanos en todo esto? ¿Lucien? ¿Hadrian?

Peterson titubeó.

—Hadrian Moriarty es famoso por sobornar a los líderes de países corruptos para que miren hacia otro lado, mientras él y su hermana los privan de sus tesoros nacionales.

—Ya, sí —respondió August, que se volvió hacia Milo—, pero ¿cómo encajan en esta situación en particular?

Milo hizo un movimiento con la mano y las doce pantallas mostraron varios vídeos de seguridad. Eran grabaciones distintas unas de otras y a color, no en blanco y negro, como en las películas. Una cabaña frente al mar, decorada con unas cortinas onduladas que enmarcaban las vistas al océano. Un dormitorio con una cama con dosel. Varias escenas, varias habitaciones y, en los cuatro monitores inferiores, distintos enfoques de la casa de los Holmes en Sussex. Me sobresalté al reconocer el montón de madera junto al que había visto a Leander por última vez.

Milo las señaló con los dedos.

—Esto es el último escondite de tu hermano Lucien. Y esto, la segunda vivienda de tu hermano Hadrian en Kreuzberg y la entrada a ella. De verdad, August, la próxima vez intenta nacer en una familia mejor. Y la vista de sus ventanas traseras, y esto es el baño, aunque en nombre de la decencia he decidido no mostraros esas imágenes. Claro que hay una enorme ventana en él, así que fue inevitable. —Volvió a sacudir la muñeca y las pantallas cambiaron—. Tengo cada ángulo de cada habitación de nuestra casa familiar, incluida una cámara en la fosa séptica, y dos especialistas dedicados a observar estas pantallas y esquematizar sus conjeturas.

—Eso no contesta a mi pregunta —dijo August. A su lado, Holmes se inclinó hacia delante para observar mejor las pantallas mientras tamborileaba las manos sobre las rodillas.

—Si Lucien estornuda, lo sabré. Si ordena un cóctel distinto al que suelen llevarle a su deprimente escondite frente al mar, será uno de mis hombres quien se lo acerque. Si piensa en meterse en un coche, le faltarán tres juntas y la rueda trasera derecha. Y, si alguien remotamente relacionado con él compra un vuelo a Gran Bretaña, el avión hará una parada de emergencia en Berlín y se le sacará a la fuerza de él. —La voz de Milo estaba cargada de odio. Me encogí un poco según hablaba—. Lo he privado de sus recursos y de sus enlaces. La última llamada de teléfono que realizó fue hace tres semanas, a su hermana Phillipa, y la interrumpí tras 1,3 segundos.

»De manera que, para contestar a tu pregunta, si Lucien tiene algo que ver con la desaparición de Leander, será porque me supera en mi propio juego; y yo soy el mejor. Le he dicho a mi hermana que no debe preocuparse y así debe ser. Lo resolveremos.

Holmes dirigió una mirada inquisitiva a su hermano. Él la miró, el rostro aún tenso por la ira, hasta que ella elevó la cafetera esmaltada para rellenar la taza de Milo, que se relajó un poco.

Holmes volvió a contemplar las pantallas. Cuando Milo habló, volvía a ser el mismo tipo arisco de siempre.

—En cuanto a Hadrian Moriarty, me ha contratado.

Tosí. August se tapó el rostro con las manos.

—Explícate —le pidió Holmes. No parecía sorprendida.

—¡Pero, Lottie! Pensé que lo deducirías.

Ella respiró hondo y lo meditó. Entonces, enumeró con los dedos.

—La clase de servicio que podrías ofrecerle a un hombre como ese se enmarcaría en el campo de la protección personal. No lo imagino contratando a tus mercenarios para ninguna otra cosa, a no ser que fuera para transportar obras de arte legalmente dudosas de un país a otro y, puesto que la mayoría de los gobiernos con amor propio os odian tanto a ti como a tus «contratistas independientes», me extraña que estés dispuesto a ensuciarte tanto las manos en nombre de un Moriarty. Perdona, August.

Este gimió detrás de sus manos.

—De manera que le estás ofreciendo agentes para que actúen como sus… guardaespaldas. Tiene que ser eso. Pero ¿cómo ha sucedido? Hadrian nunca se habría acercado a ti a no ser que dedujera que August trabajaba para Greystone, e imagino que, si ese hubiera sido el caso, ya habríamos notado alguna de las consecuencias. A menos que ese revés sea la desaparición de Leander…, pero no, habría ido directo a por mí. Por lo que he oído de Hadrian Moriarty y su reloj de seis mil dólares, no es precisamente sutil. No; fuiste tú el que lo abordó.

Milo dio un sorbo a su café.

—¿Pero por qué demonios accedería? Incluso, aunque no quiera verme desollada y colgada en su pared, su hermano mayor opina lo contrario, y no imagino por qué Hadrian querría remover las aguas sin una buena razón. ¿Qué puedes haberle ofrecido? Uno no apela a la buena voluntad de los Moriarty. Sin ofender, August. —Este volvió a quejarse—. Y así no le ganas terreno, no en realidad, de manera que tuviste que asustarlo con algo. —Holmes leyó alguna pista invisible en el rostro de su hermano—. No. Eso tampoco. Le atrajiste con algo que ya le asustaba.

—Leander. —Uní los cabos sueltos—. Tiene miedo de que Leander destape su red de falsificadores.

—Pero no investigaba a Hadrian directamente. Leander iba de incógnito. A lo mejor descubrió cierta información aislada que lo condujo hasta Hadrian. Y si ningún miembro del gobierno les presta atención a los estafadores de arte…

—Y de repente aparece uno de los Holmes con un cargamento de información y se lo lleva a la prensa…

—… incluso aunque el gobierno nunca vaya tras él, su reputación internacional quedaría destrozada —terminó de deducir Holmes—. Se acabó eso de llenar el cerdito con dinero de un botín expoliado.

August alzó la vista. Había tristeza en sus ojos.

—O sea que le estás dando a mi hermano información sobre la investigación de Leander. Te encargas de su seguridad privada y tus hombres, por su parte, te comunican lo que hace Hadrian.

—Peterson —dijo Milo en voz alta—. Por favor, ponles un diez a los tres.

Quizá esto se me daba cada vez mejor. Quizá yo era el único que estaba asustado de verdad.

—¿Estás tan desequilibrado moralmente como para estar dispuesto a jugar con la vida de tu tío? —exigí saber.

—La información corre en ambos sentidos —explicó Milo—. Le indiqué a Leander lo que debía hacer para no entrometerse en el camino de Hadrian y permanecer a salvo. Le conté cómo evitarlo. Era el único medio del que disponía para estar al tanto de la situación. Es una lección que nos enseñó mi padre: siempre merece la pena sacrificar la seguridad por la omnipotencia.

—No sacrificabas tu seguridad —le espeté, y él apretó la mandíbula.

—Entonces Hadrian no retiene a Leander —concluyó August aliviado—. Ni Phillipa; son inseparables. ¿Intentas decirnos que no están involucrados?

—Hasta donde sé, no —aseguró Milo.

Holmes se miró las manos. No estaba enfadada, ni molesta. Durante unos segundos parecía estar hecha polvo. Como si hubiera sabido, sin ninguna clase de duda, cuál era la solución de la desaparición de Leander y, de repente, le hubieran arrebatado ese convencimiento. Ya me había preguntado a mí mismo por qué no habría mostrado preocupación por su tío de forma más abierta. Aquí estaba mi respuesta. Creía que sería algo sencillo y que bastaría con localizar al hermano de August.

No estaba acostumbrada a equivocarse.

Con el ceño fruncido, se inclinó hacia delante para examinar de nuevo las imágenes de seguridad de Milo, como si la respuesta se hallara en ellas. Quizá así fuera.

Me volví hacia Milo.

—Hadrian conoce los detalles de la investigación de Leander, pero ¿crees que puede ser el responsable de su desaparición?

Milo resopló.

—Leander no estuvo involucrado, ni de lejos, en la operación de Hadrian hasta hace muy poco, cuando consiguió trabajar con una fuente: un marchante que también representaba los intereses de Moriarty. Hadrian se enteró de ello y, como consecuencia, yo también. De manera que llamé a mi tío de inmediato y le sugerí que abandonara el país, que fuera a ver a mi padre, pues tenía contactos que arrojarían nueva luz sobre la investigación desde la distancia. Así, habría tiempo suficiente para que el marchante se escondiera antes de que Leander regresara y todos estaríamos contentos e ilesos.

—Hadrian podría tener agentes en Inglaterra —declaré.

—No se atrevería. Tengo cada centímetro de nuestra casa bajo vigilancia.

—Y Phillipa…

—Lottie tiene sus propios planes con ella… imagino. —Milo frunció el ceño—. Sea como sea, no correréis ningún peligro. Enviaré a uno o dos francotiradores.

—Uno o dos francotiradores —murmuró August—. Sois todos iguales.

Junto a él, Holmes movió las manos de arriba abajo delante de la pantalla, pero no sucedió nada.

—¿Perdona? —replicó Milo—. Estoy haciendo malabares con un montón de antorchas, de las cuales, por cierto, una eres tú. Me encantaría encontrarte un puesto en Siberia, August.

—Gracias, de verdad. Estoy seguro de que Leander también apreció que te entrometieras así.

—Oh, sí —dijo Milo de manera insulsa—. Le hizo muchísima ilusión.

—Espera —dije—. Si no perseguía a Hadrian y Phillipa, entonces ¿qué investigaba Leander?

Con un breve ruidito de triunfo, Holmes sacudió la muñeca hacia la derecha. Las doce imágenes de vigilancia cambiaron y aparecieron varios enfoques de la puerta principal de la casa de Sussex. Con la mano izquierda trazó una brusca diagonal y todas empezaron a rebobinar velozmente.

Milo apretó los labios.

—Vas demasiado rápido.

—Voy bien —respondió ella, y puso ambas manos bocabajo. Las pantallas se detuvieron—. Esos sensores son un absurdo desperdicio de recursos, por cierto. ¿Qué ha sido del control remoto?

August tosió.

—Yo desarrollé los cálculos para los sensores. Se basan en un diferencial de…

—Sí, sí, ya lo sé —lo cortó Holmes. Con un movimiento imperceptible, puso las pantallas de nuevo en marcha—. Mirad ahí. La noche en que desapareció Leander. Lo tenemos con Jamie en lo que estoy segura que fue un momento muy especial junto al montón de madera; aquí regresan, uno y dos, a la casa. A través de la ventana, se ve a la familia reunida para cenar. Leander está en su habitación. —Un parpadeo y la pantalla cambió—. Las imágenes del interior son de cámara rápida, así que solo toma fotografías cada diez minutos. Milo solo tenía cámaras fijas en las habitaciones de invitados.

—Un descuido —dijo él—, que ya he rectificado.

—Evidentemente. Aquí, tenemos a Leander hablando por teléfono. Paseando o, por lo menos, moviéndose de un lado para otro. Y aquí está haciendo las maletas y aquí aparece en el vestíbulo. Baja las escaleras con el equipaje, y… —Cambió a la cámara que había en el exterior de la casa, en la que un hombre con una gorra negra se marchaba por el camino—, se va. Fuera del ángulo de las cámaras, en un coche que lo espera. —Holmes le lanzó una mirada a su hermano—. ¿A dónde fue después?

Con un suspiro, Milo chascó los dedos y las pantallas se apagaron.

—Desconocemos su paradero actual, pero sí sabemos dónde estaba antes y qué hizo. Según mis contactos, el gobierno alemán lo ha contratado para que se infiltre en una red de falsificadores que se dedican a copiar las obras de Hans Langenberg, un artista de los años treinta, y reúna suficientes pruebas para demostrar que su trabajo no es auténtico. El alto número de pinturas que se han «recuperado» ha hecho saltar las alarmas, así que están tratando el caso de forma especial.

Una pintura apareció en la pantalla. Parpadeé. Tenía esa cualidad evocadora que tanto apreciaba, compuesta de cobaltos y grises con destellos de blanco roto. Era la representación de una chica que leía en una esquina, aburrida y ataviada con un vestido de algodón rojo. Un hombre situado a su lado le daba la vuelta a un abrecartas entre las manos y otro miraba a través de una ventana oscura. Estaban todos apelotonados en el único haz de luz del cuadro; el resto de la estancia permanecía en la penumbra, inexplorado.

—Este es su cuadro más conocido, titulado *Finales de agosto*. Langenberg era alemán, de Múnich. Ni se casó ni tenía familia. Era extremadamente reservado y se piensa que fue muy prolífico, aunque solo ofreció tres cuadros a su agente para que los vendiera. En este último año, un verdadero aluvión de «obras nuevas descubiertas» ha aflorado de repente en el circuito de las subastas. —De golpe, las pantallas se llenaron de pinturas similares, ambientadas en áticos, desvanes y con jardines traseros de noche. Siempre había un grupo de figuras en segundo plano, que sujetaban objetos brillantes en sus manos, y a veces se miraban entre ellas—. Han dejado boquiabiertos a los peritos que las autentifican. Resulta imposible asegurar si son obras de Langenberg o no. Y si saliera a la luz pública, parecería que unos falsificadores oportunistas se están beneficiando de un genocidio. Ya existen rumores de que los neonazis se están llenando los bolsillos, de manera que el gobierno alemán quiere pararlo cuanto antes.

Me gustaron todas las pinturas, tanto si eran falsas como si no, así que me sentí decepcionado cuando las pantallas volvieron a apagarse.

August debió de ver mi cara.

—Son preciosas —comentó con esa voz que yo tanto odiaba, esa con la que fingía ser él mismo.

—Sí —coincidió Holmes para mi sorpresa—. *Finales de agosto*. Tiene gracia, es muy bonito. Todos lo son. Entonces, ¿Leander trataba de localizar al supuesto falsificador, examinar su estudio y descubrir pruebas de que el resurgimiento de Langenberg era mentira?

—Esas eran las especificaciones de su operación, sí. —Milo hizo un gesto con la cabeza a Peterson, que se puso a recoger el carrito—. Por su seguridad no me contaron más que eso. Pero Lottie, esta red recorre toda Europa. Berlín es un buen sitio para empezar, claro está, aunque sé de buena tinta que el tío también estudiaba las conexiones con otras ciudades: Budapest, Viena, Praga, Cracovia… Es un proyecto inmenso y podría estar literalmente en cualquier parte. Sí, dejó de enviar correos electrónicos al padre de Jamie; a lo mejor está tan metido en el asunto que no quiere arriesgarse a que lo pillen. Mandar largos informes diarios a tu mejor amigo, cuyo apellido es Watson, no es precisamente el culmen de la sutileza.

—Me llamó Lottie en su mensaje —le contó a su hermano con tono de súplica—. Nunca me llama así. Y tampoco me dejó ningún regalo antes de marcharse.

—Querida, todo el mundo te llama Lottie. —Se puso en pie—. No seas cría. Leander podría estar hasta el cuello, o incluso en peligro, nada que no le haya sucedido antes o que no vaya a pasarle de nuevo. Es su trabajo y no lo convertiré en el mío. Sobre todo, cuando ya me encuentro en una situación tan precaria con respecto a Hadrian. ¿Crees que fue fácil explicarle que Leander había decidido, de repente, largarse una temporada del país por voluntad propia, y que eso no tenía nada que ver con el hecho de que estaba a punto de toparse con cierta información que destaparía sus negocios? No; debo ceñirme a mi línea de actuación.

—No estamos hablando de aquel fiasco de la jirafa desaparecida en Dallas o del caso de piratería en Gales. Esto… esto es diferente. Desapareció de nuestra casa.

—Y padre asegura que se encuentra bien —dijo Milo como si se tratara de un argumento irrefutable—. Sé que estás preocupada, pero necesito centrar mis esfuerzos extraprofesionales en una sola dirección y, sinceramente, Lucien me inquieta mucho más ahora mismo por si existe alguna posibilidad de que haya tenido algo que ver con el envenenamiento de madre. Y… ¿quién sabe? Quizá esa amenaza también esté relacionada con Leander. No puedes discutirme que sería beneficioso que redoblara la seguridad sobre Lucien Moriarty y nuestra familia.

Nuestra madre está en peligro, y aunque sé que no es tu persona favorita —Holmes se encogió—, también soy consciente de que no quieres que muera. Mis hombres están revisando la brecha de seguridad y recibo informes semanales. Ya casi he terminado de hacer limpieza entre nuestros efectivos. Mi preocupación es que Lucien está en Tailandia, desde donde se comunica con sus hombres de alguna manera, y necesito averiguar cómo.

—¿Lo que significa que…? —preguntó August.

—Lo que significa que me marcho a Tailandia, esta noche. Necesito ver la situación con mis propios ojos. —Sonrió ligeramente—. Pero volveré pronto, tengo una guerra de la que ocuparme, ¿sabéis?

Recordé que Alistair había dicho eso mismo: «Fui el arquitecto de varias guerras». Resultaba evidente que el impulso de conquistar el mundo corría por la sangre de los Holmes, pero su hermana no tenía ambiciones tan amplias; ella las fijaba con mira telescópica.

Milo le estaba haciendo un resumen de los agentes a los que podía recurrir si necesitaba ayuda, aunque no tengo muy claro si ella lo escuchaba o no. August, por su parte, estaba absorto con la vista clavada en el carrito mientras Peterson lo arrastraba por la puerta.

—Tenemos esa comida con Phillipa. Y como estoy convencido de que no será un desastre y de que no es una locura en absoluto, después Holmes y yo nos acercaremos a la East Side Gallery por la noche —le expliqué a August, aunque no lo había hablado con ella—. Ese profesor, Nathaniel, tenía una cita fija con Leander, así que será interesante ver qué ocurre cuando no se presente. Sobre todo porque… ¿será el marchante al que se acercó Leander antes de desaparecer?

Pero August no me hacía caso.

—Milo confía en mí —dijo—. Él… ha soltado toda esa información sobre mi familia, como si no fuera nada. Confía en que no les contaré ni lo que sabe ni lo que hace.

Lo miré con atención.

—¿Y no lo harás?

—No —respondió y dejó escapar una carcajada—. Jamás lo haría. Te dije que estoy aquí para hacer las paces e iba en serio. Es solo que nunca antes había confiado en mí de esa manera. No sé qué ha cambiado.

Holmes le tocó el hombro a Milo y se inclinó hacia delante para murmurarle algo al oído. Él negó con la cabeza y le dio un beso rápido en la mejilla.

—Nos vemos después —dijo y, con un gesto de la cabeza hacia nosotros, se marchó.

—Enhorabuena, August. Acaban de darte la contraseña de acceso al historial de tu familia. —Holmes tiró de su camiseta de «La química es para los enamorados»—. ¿Podemos seguir con nuestro día? Ya son las siete de la mañana y quiero tener esto resuelto a medianoche.

* * *

Holmes nos pidió a August y a mí que volviéramos a la habitación para «planear» nuestra comida con Phillipa, pero August se disculpó con la excusa de que tenía que trabajar.

—¿En qué? Si prácticamente no haces nada. —Holmes enarcó una ceja cuando la fulminé con la mirada—. ¿Qué? No para de decir que no tiene nada que hacer. No sé por qué ha de parecer descortés que yo lo subraye.

August le colocó las manos a Holmes en los hombros con firmeza, como si volviera a ser su tutor.

—Charlotte, no tengo nada que hacer. Estoy intentando, con mucha educación, deshacerme de vosotros para tener una hora para mí solo. A diferencia de vosotros dos, lo de estar siempre todos juntos me agota.

—Podrías haberlo dicho directamente.

August se encaminó hacia el ascensor mientras negaba con la cabeza y sonreía.

Me pregunté a dónde iría.

—No me digas que no estás familiarizada con el concepto de una negativa educada —inquirí mientras ella abría la puerta de nuestra habitación.

—Pues no. Espero más de mis amigos que eso. La honestidad es mucho más eficiente que mentir.

—Milo solo le ha facilitado esa información para ver qué hace con ella.

—Evidentemente. Pero yo confío en él. Eligió desaparecer del mapa en vez de entregarme. Dudo que ahora se haya marchado y haya cambiado de opinión. —Lo meditó unos segundos—. Y de cualquier modo, incluso si ha huido para intentar delatarnos, hace tiempo que merece comportarse con egoísmo.

—¿En serio te sientes tan generosa?

Sonrió.

—He dicho que podía intentarlo. Aunque estoy bastante segura de que Milo tiene una diana en su espalda. Hadrian puede tratar de conseguir información de un montón de cenizas humeantes, pero no creo que lo logre.

Era una imagen tan espantosa que me eché a reír.

—Estás más animada esta mañana.

—Así es —reconoció—. Prepárate para la acción. Necesito que repasemos nuestra estrategia para la comida con Phillipa.

* * *

—El marisco es excelente —explicó Phillipa. Levantó un dedo con sutileza y, como por arte de magia, un camarero vestido de blanco apareció junto a su codo—. ¿Podría ponerme un benjamín de champán? Del que tengan de la casa, nada elegante.

—¿El champán no es elegante de por sí? —pregunté.

—Apenas es mediodía —dijo Holmes sin levantar la vista de la carta.

—Niños. —Phillipa sonrió ligeramente—. No me digáis que nunca habéis enjuagado las conchas de vuestras ostras en champán. ¿Qué os enseñan en ese maldito colegio?

Levanté una ceja.

—Cómo incriminar por asesinato a chicos como nosotros.

Todo esto era absurdo. Phillipa había insistido en elegir el restaurante y Milo, que había recibido la dirección diez minutos antes de irse, había puesto cara de sorprendido cuando la vio.

—Ese restaurante abrió en 1853 —había dicho mientras nos acompañaba hasta el coche—, y es carísimo desde entonces. Disfrutad del mármol italiano. Enviaré algo de seguridad para que se sienten con discreción cerca de vosotros.

Pero cuando entramos, descubrimos que Phillipa Moriarty había reservado el restaurante entero. Nos esperaba en una mesa al fondo, bajo el brillante mosaico de un dragón.

—Hola… a todos —saludó con cordialidad—. Espero que el sitio os parezca apropiado.

—Desde luego que no, es inaceptable —replicó Holmes—. Quiero que los hombres de mi hermano nos vean a través de las ventanas. Arriba, vamos. —Y nos condujo hasta una mesa junto a ellas, como si fuéramos niños y nos llevara al despacho del director.

Aquello sentó las bases de toda la lamentable hora siguiente.

—¿Preferís las ostras de Nueva Inglaterra? —preguntó Phillipa mientras jugueteaba con su diminuto tenedor—. Yo sí, pero transportarlas a través del océano resulta tan complicado... y de todos modos, ¿qué sentido tiene cuando el marisco italiano está tan delicioso y al alcance de la mano?

—¿Dónde está Leander? —pregunté en el tono de voz que uno adopta cuando habla con un niño pequeño—. Sé que lo sabes.

—Está bien. —Phillipa me ignoró—. Las escogeré yo misma. —Y volvió a levantar el dedo. Recitó del tirón una comanda que, a mi entender, podría incluso haber sido en italiano.

—¿Dónde está Leander? —repetí.

Con una sonrisa, Phillipa se ajustó el fular al cuello.

—Podrían subir un poco la calefacción, ¿no os parece? Brr...

—¿Dónde... está... Leander?

Este era nuestro plan —porque sí, teníamos un plan—: yo machacaría a Phillipa con la pregunta que no iba a responder, hasta que nos revelara sus razones para reunirse con nosotros. «Si se ha tomado las molestias de organizar la comida», explicó Holmes, «es porque querrá fingir civismo, lo que nos da tiempo para maniobrar, para insistirle. Y así yo podré descubrir sus artimañas».

—¿Dónde está Leander? —volví a decir. Después le pedí un refresco al camarero. Holmes seguía fingiendo que leía la carta, pero estaba seguro de que había dado con la forma de estudiar el rostro de Phillipa. La mujer no dejaba de moverse con nerviosismo. Aunque lo hacía de forma disimulada —se alisaba un mechón de pelo o tiraba de una manga—, sus manos no paraban ni un segundo.

Pasaron cinco minutos. Diez. Phillipa parecía estar esperando a que pasara algo. Me preocupaba que esta reunión fuera una distracción, pero ¿de qué? La sede de Greystone no era más vulnerable porque nosotros no estuviéramos en ella.

Nos trajeron las ostras en una fuente poco profunda sobre una cama de hielo. Holmes entrecerró los ojos de placer durante unos segundos. Había probado las ostras por primera vez en casa de mi padre, en Connecticut, cuando Abbie, mi madrastra, trajo un saco de la lonja y Holmes se comió prácticamente la bandeja entera. La conocía lo suficiente como para saber que le gustaba el ritual de prepararlas, su extraña y hermosa carne y los diminutos utensilios que había que emplear para sacarla.

Casi con reverencia, Holmes levantó una ostra y la estudió.

—¿Qué tal tus orquídeas? —le preguntó a Phillipa con voz educada.

Y así sin más, la fingida máscara de amabilidad de Phillipa se escurrió como el aceite.

—Te daré una oportunidad para negociar con nosotros —dijo Phillipa, que colocó las manos sobre la mesa—. Es más de lo que te mereces y lo sabes. Dime dónde está August e intercederé en tu nombre con Lucien. Hadrian no está interesado en tratar contigo, pero yo sí. Seguramente ese es el motivo por el que me pediste que viniera a esta farsa de almuerzo.

—Es una lástima que tu jardinero renunciara y además tan de improvisto —comentó Holmes mientras se llevaba la concha a la altura de la nariz para examinarla—. ¿Ha sido esta mañana, verdad? Milo necesitaba que alguien se encargara de sus… claveles.

—Hay más jardineros de orquídeas —observó Phillipa—. Mis condiciones son estas: le pediré a Lucien que te ofrezca dos años. Una amnistía de dos años sobre la pena de muerte que ha colocado sobre tu cabeza. Es tiempo de sobra para que crezcas, madures y termines el colegio. Y después desaparecerás. Escogerás una nueva identidad, un nuevo nombre.

—Milo eligió a ese jardinero por recomendación mía —añadió Holmes mientras le daba la vuelta a la concha en su mano—. Oh, cómo huelen a mar, ¿no es cierto? Hace que desee estar de vuelta en casa, en Sussex.

Phillipa hizo una pausa.

—En Sussex.

—Sí, con mi madre enferma y mi tío desaparecido. Cuéntame —dijo Holmes, y alargó el brazo por la mesa para tomar el diminuto tenedor del plato de Phillipa—, ¿has visto a Leander recientemente? La última vez que lo vi estaba muy preocupado por mi enfermísima madre.

—Una pregunta mejor sería dónde tienes a mi hermano pequeño —soltó Phillipa—. No juegues conmigo.

—Tu hermano —repitió Holmes.

—Sí, mi hermano.

—¿Cuál? ¿El asesino de niños que se esconde en una playa de Tailandia? ¿O el ladrón de antigüedades que se está quedando calvo?

—¿Nadie te ha enseñado a tener respeto? —explotó Phillipa—. ¿Nadie te ha dicho que ser inteligente no es suficiente? ¡Parece que no! Tienes que estar dispuesta a trabajar con la gente. Intento ofrecerte una salida.

—Nunca trabajaré contigo.

—Puedo avisar ahora mismo para que te lleven ante Lucien —continuó—. A lo mejor ya se ha cansado de tomárselo con calma. Estoy segura de que está dispuesto a acelerar las cosas: romperte las manos, matarte… Veamos si puedo sacarte del país y trasladarte a Tailandia antes de que el fiera de tu hermano nos detenga.

—El camarero le está escribiendo a alguien—le dije a Holmes sin molestarme en susurrar—. Ha sacado el móvil en cuanto ella ha empezado a gritar.

Holmes se inclinó hacia delante.

—Vale, puede que August siga con vida y que mi tío solo esté de excursión por los Alpes suizos y se le olvidara decírnoslo. Pero no queda tiempo; te has asegurado de ello tú sola. Estas son mis condiciones: le ordenas a tu hermano Lucien que salga de su escondite, tú y Hadrian volvéis a Inglaterra, le pides perdón a mis padres y me dices dónde está mi tío. Entonces, quizá desentierre a August para ver si todavía desea tener alguna clase de relación con vosotros.

—¿Que les pida perdón? ¿Por qué? ¿Por haber sufrido la desgracia de engendrarte?

—Por envenenar a mi madre —respondió Holmes con tranquilidad—, por intentar matarme y por apropiarte de un error y exagerarlo hasta convertirlo en una horrible guerra internacional.

Me había girado un poco para vigilar la ventana principal. Ahí estaban: varios coches se detuvieron sobre la acera, como abalorios negros sobre una cuerda blanca.

—Tenemos que irnos —dije—. Ya.

—Esos términos son inaceptables. —Phillipa se recostó en su silla—. No, Charlotte. Recuerda que fuiste tú la que disparó la primera bala. Con el tiempo, August regresará a nuestro lado.

—Holmes. —Intenté mantener un tono de voz firme—. Van armados.

Con la punta de un dedo, Holmes extrajo la carne de su ostra y la dejó caer en el plato. Vertió un poco de champán en la concha vacía y se lo bebió.

—Llegará un momento en el que te arrepentirás de no haber aceptado mi oferta —le dijo a Phillipa, y después los dos salimos corriendo como alma que lleva el diablo.

Atravesamos el laberinto de mesas y el extraño ajetreo de la cocina. Y, en vez de salir por la puerta trasera —«Allí también nos estarán esperando», me siseó—, Holmes esquivó a un sorprendido ayudante de cocina y tiró de mí hacía el congelador, cerrando la pesada puerta detrás de ella.

—Será mejor que tu hermano aparezca en dos segundos —la previne tosiendo—, porque esta cosa se cierra desde el exterior.

—Funciona con un código de acceso —dijo, y sacó el móvil—, ¿no te has fijado? Es una marisquería muy elegante, así que no pueden permitir que los clientes vean que congelan los lenguados… Hola, Milo, ¿podrías por favor hackear el congelador del Piquant? La barba incipiente de Watson empieza a congelarse. Cambia el código y luego envía a alguien a por nosotros.

Colgó el teléfono y nos miramos.

—Milo nos contó esta mañana que era imposible que Hadrian y Phillipa mantuvieran cautivo a tu tío —le dije—. Así que, ¿a qué demonios venía todo eso?

—Milo puede ser corto de vista. Saberlo todo a veces es peligroso —respondió—. Sé que los Moriarty están involucrados; estoy segura. —Lo soltó con tanta fiereza que retrocedí un paso.

—¿Orquídeas? —pregunté con la intención de apaciguarla—. ¿Ese era tu plan maestro? ¿Birlarle al jardinero?

Sus cejas empezaban a cubrirse de escarcha.

—Ha ganado varios premios internacionales por sus flores —indicó—. Pensé que a Milo podría venirle bien plantar dos o tres árboles en su ático.

—Eres terrible.

—Lo sé —dijo, y sonrió.

—Así que todo lo de antes, ¿ha sido solo una competición para marcar terreno?

—Le estaba dando una última oportunidad. —Suspiró—. A veces soy mucho más amable de lo que debería.

—No me gustaría verte siendo mala —comenté—. Dios, qué frío hace. Creo que noto todos los dientes. ¿Cuánto queda para que aparezcan los hombres de tu hermano?

—Creo que estaban en la azotea. Uno o dos minutos más. No oigo disparos, lo que es bueno. —Dio unos pequeños pisotones sobre el suelo de cemento—. ¿Watson?

—¿Holmes?

Durante un largo segundo, contempló el suelo.

—Me he dejado el abrigo en la mesa —comentó y, cuando levantó la vista, vi que sus ojos estaban vidriosos y tristes.

Di un paso al frente.

—Oye —dije con suavidad—, ¿qué ocurre?

—¿Sabías que cada vez que mi tío se marcha siempre me deja un regalo? Esta vez no lo hizo. Él no… la última vez que se fue, me dejó unos guantes. Eran unos mitones de cachemir negro, perfectos para forzar cerraduras. —Volvió a bajar la mirada y se guardó las manos en los bolsillos—. Ojalá los tuviera ahora.

Cinco minutos después abrieron la puerta. Tenía hielo en la boca y escarcha en los zapatos y Holmes había dejado de llorar. Aunque creo que en realidad nunca empezó.

* * *

De vuelta en Greystone, pasamos los controles de seguridad recurriendo a la simple táctica de mandarlos a la mierda, y nos montamos en el ascensor que conducía a nuestra habitación. Holmes caminaba en esa especie de silencio deliberado que significaba que estaba pensativa. Diez minutos más de esto y empezaría a fumar como un carretero bajo un alud de mantas.

—No he tenido la oportunidad de comer nada. —Era la clase de comentario estúpido que solía hacer para sacarla de su ensimismamiento. Pero en este caso también era cierto—. La verdad es que me apetecía una ostra.

—Ya volveremos —prometió—. Siempre puedes comerte un sándwich del apartamento de Milo, suele tener un montón.

—¿Y si alguien me dispara cuando entre?

—Nadie te disparará —respondió—. ¿Dónde está tu móvil?

—No me lo llevé, ¿por?

—¿Quedamos con una Moriarty y te dejas el teléfono en casa? ¿Y si nos hubieran separado?

—No lo hicieron —repliqué irritado—. Sigo sin tener nada que contarle a mi padre y no para de escribirme.

—Ve a comprobarlo —dijo, y se sentó directamente en el suelo. Tras un vistazo rápido, tiró de un libro que había en uno de los montones que tenía al lado.

Ahí estaba, la familiar mezcla de miedo y anticipación que siempre sentía cuando me ordenaba que hiciera algo como esto. Subí hasta mi altillo y rescaté el teléfono de entre el gurruño de sábanas. Tenía un mensaje de texto de un número grabado como «Amiga Especial Francesa» que decía: «Simon, ¿aún te apetece quedar esta tarde para tomar café? Me encantaría que habláramos más de mis pinturas».

Maldije. Debajo de mí, Holmes se rio entre dientes mientras mantenía el libro en equilibrio sobre sus rodillas. Debía de haberme quitado el móvil durante la noche, pero cómo, no lo imaginaba; cuando me levanté esa mañana, ella seguía despatarrada en la misma posición en la que se había quedado dormida. Aun así, se las había ingeniado para enviarle a Marie-Helene el mensaje más terrible sobre la faz de la tierra: «Hola, encanto, spero q no t import. Tabitha m dio tu numro. Mnuda celestna sta hexa. T apetce 1café mñana?».

—¡Holmes! Esto es muy mezquino. ¡Y suena demasiado británico!

—No pude contenerme. Así es como hablas cuando intentas parecer pijo. —Se mordió el labio—. ¿O no, colega?

«Eres un pillín», había respondido Marie-Helene; por Dios... «¡Enviando a tu prima para que te haga el trabajo sucio! Sí, claro, me encantaría verte».

«A mí m ncantaría vr tus pinturas y hablr más de ellas. Prdona q todo fuera un poco mierda anoxe en casa de tu profsor. M puse nrvioso».

—Simon no habría puesto tildes si es tan vago como para no escribir las palabras completas.

Me miró con inocencia por encima del libro.

—Oh, recórcholis, he cometido un error.

«Nervioso ¿por qué?», había preguntado Marie-Helene, a lo que añadió una línea de emoticonos de ángeles.

«No es evidnte? Ers prciosa, ya lo sabs».

Emoticono de una carita sonrojándose.

—¡No! —protesté—. ¡No! ¡De ninguna manera! Esto parece una canción de los L.A.D. Es como el *fan fiction* de Shelby.

—Aprendí un par de cosas de tu hermana —dijo Holmes con cierta satisfacción—. Entre ellas que, cuando eras pequeño, una vez te empeñaste en ponerte la ropa interior sobre los pantalones durante una semana entera. Vi las fotos.

—No. —Iba a matar a Shelby y, además, de una forma creativa.

—También me aprendí todas las letras de las canciones del álbum debut de los L.A.D. —Para mi sorpresa, canturreó—: «*Girl / yeah girl you're beautiful / you know you're effin' beautiful**».

Le lancé un almohadón y ella lo esquivó con agilidad.

—¿Cómo puede alguien con un profesor particular de música entonar tan mal?

—Cada uno tiene sus habilidades, Watson. No todos podemos ser unos rompecorazones profesionales.

—¿Hay alguna razón real por la que vaya a reunirme con Marie-Helene esta tarde para tomar café? ¿O simplemente tienes ganas de guerra?

Lanzó el libro de texto para arriba. *Gifte*, era el título que ponía sobre la cubierta jaspeada.

—¿Estás preguntándome qué quiero por Navidad? —inquirí—. ¿O es que de repente debería ser capaz de hablar alemán?

—Venenos, Watson. La palabra significa veneno. Existen cosas que no pueden identificarse en grabaciones de seguridad o al registrar al servicio doméstico, por mucho que Milo lo niegue. Si no puedo hacer nada con lo de Leander, al menos investigaré algunas cosas que sí sé sobre el historial médico de mi madre. Intentaré concretar a qué ha estado expuesta y, partiendo de eso, determinaré cómo entró en nuestra casa. Milo se ha ido, así que ahora tengo acceso a sus laboratorios, ¡a su tecnología! Va a ser una tarde estupenda.

—Pensaba que querías que resolviéramos el caso antes de medianoche —le recordé.

—Eso haremos.

---

* «Nena / Oh, nena, eres preciosa / Sabes que eres puñeteramente preciosa». *(N. de la T.)*

—Este caso; no el de tus padres.

—Como es obvio, están relacionados. La navaja de Ockham, Watson. ¿Con cuánta frecuencia secuestran a miembros de tu familia y los envenenan en la misma semana? —Sus palabras eran sencillas, pero su voz no—. La explicación más simple siempre es la que vale. Así que voy a empollar, por decirlo de alguna manera, mientras tú utilizas a esta chica para infiltrarte. Intenta sacarle información. Utiliza ese encanto ladino y travieso que tú sabes.

—¿Algún otro comentario repugnante que quieras hacerme?

—No, la verdad es que no me apetece…

—Para. —¿Qué decía sobre nosotros que el mejor momento en el que nos habíamos llevado en días fuera mientras planeábamos mi cita con otra chica?—. Está bien, le echaré un vistazo al estudio de Marie-Helene, le haré preguntas significativas a sus amigos e intentaré ver de qué palo cojea Nathaniel antes de que vayamos a la East Side Gallery a vigilarlo esta noche. Pero primero voy a comprarme un sándwich.

—Eso, muy bien. —Como si se envolviera en una capa, Holmes se puso su bata andrajosa sobre la ropa y se colocó el libro bajo el brazo—. Y Watson, ponte el sombrero —dijo mientras reía para sí misma con disimulo mientras recorría el pasillo.

* * *

A Marie-Helene le gustó mi sombrero. Y mis botas también, y la camiseta de un grupo de música que me había puesto con unos vaqueros rotos, lo que en realidad no fue muy buena idea porque nunca los había escuchado.

—Y bueno —dijo mientras sostenía el café con leche entre sus manos enguantadas—, Faulkner siempre ha sido mi favorito, aunque también me gusta mucho Murakami. Son tan diferentes que es difícil escoger entre los dos.

—Oh, claro —respondí.

Estábamos en el exterior de la cafetería que ella había elegido para vernos, a media manzana de su estudio. Me lo había señalado antes —una azotea puntiaguda con las paredes de ladrillo— y yo estaba esperando una excusa para pedirle que me lo enseñara.

—Y las novelas gráficas. Creo que son lo primero que me impulsó a dibujar. —Le dio un sorbo a su bebida. La mullida borla en lo alto de su gorro se balanceó adelante y atrás—. ¿Estás bien? Pareces distraído otra vez.

Me obligué a sonreír.

—Solo estaba perdido en mis pensamientos, encanto —dije, y así era. Quería acelerar un poco las cosas, volver a Greystone con pruebas nuevas, comprender en qué momento hablar con una chica francesa sobre sus autores favoritos, en una calle nevada de Berlín, había dejado de ser mi idea de un domingo perfecto. En realidad, lo único que deseaba era ir a su estudio para hurgar entre sus cosas mientras ella iba al baño.

En ocasiones me preguntaba si pasar tiempo con Charlotte Holmes me habría convertido en un monstruo. En momentos como este, estaba convencido de ello.

—¿Y cómo empezaste con el arte?

—Pues verás, una vez me perdí en el Louvre… espera —me contó, y frunció el ceño—. Creo que eso ya te lo conté, en el Old Met.

Y así era, de forma que di marcha atrás.

—No, claro, ja, ja. Pero eso era cuando decidiste que te gustaba el arte. Yo me refería más a cuándo quisiste… eh… hacerlo.

Marie-Helene enarcó una ceja, pero se lanzó con valentía a contar una historia sobre conchas de mar, la colección de cucharas de su abuela y un lápiz que le robó al cartero. Lo relató muy bien, de forma divertida e inteligente… Dejé de escucharla casi de inmediato. En su lugar, la tomé de la mano y me dirigí hacia el estudio de una forma errante.

—¿Tienes alguna de esas primeras obras ahí arriba? —le pregunté cuando llegamos a la puerta.

—No —respondió—. ¿Intentas que nos quedemos a solas, Simon Harrington?

Ese era el apellido que me había puesto Holmes.

—Quizá.

Se lo pensó. Tenía la punta de la nariz rosada por el frío y llevaba los labios pintados de un tono brillante, que le daba aspecto de haberse escapado de un cuento de hadas. Pero no quería besarla… ¿por qué no deseaba besarla? Me habían echado a perder por completo.

—Vale —dijo con timidez—. Te mostraré mis pinturas.

—¿Habrá alguien más arriba? —le pregunté mientras ella trasteaba con las llaves.

—Solo faltan unos días para Navidad. Me marcho mañana a casa, pero creo que soy la última que queda.

—Genial —respondí con demasiado entusiasmo. Así habría menos testigos, menos estudios ocupados y podría investigar. Si era posible, quería descartar a los alumnos de Nathaniel como sospechosos. Me gustaba Marie-Helene. En otra vida, me habría gustado un montón, y quería dejar de preguntarme cómo podría utilizarla en nuestro caso.

Los estudios estaban a oscuras salvo por la pálida luz invernal de la tarde que se filtraba por las ventanas, y Marie-Helene no se molestó en encender ninguna lámpara hasta que llegamos a su rincón, al final de la fila, y se sentó en su mesa de trabajo con las piernas colgando por el borde.

—Hola —dijo, y se mordió el labio.

«Mierda», pensé. Porque, ¡claro!, ahora se suponía que yo debía dar el siguiente paso. Tocarle el cuello; besarla; joder, incluso quizá cantarle alguna canción de los L.A.D. Hacer algo que estuviera a la altura de los mensajes de texto que Holmes había enviado.

Eran unos mensajes ridículos y, además, en más de un sentido. Tendrían que haber servido para organizar este encuentro pero sin todo ese coqueteo desmesurado. Si anoche se habían hecho tan amigas, ¿por qué no había quedado Holmes en persona con Marie-Helene? Ella era mejor detective que yo; los dos lo sabíamos.

Vale, sí, me había comportado con algo de mezquindad la noche anterior al rodear a Marie-Helene con el brazo y presumir ante Holmes de que le gustaba a una chica francesa: «Ja, ja, no me importa que estés con August, yo también tengo a alguien». Y sí, a lo mejor había sido un poco capullo y pensé que le restaría importancia, pero «por Dios», pensé, «me ha organizado una cita. O sabe que voy a meter la pata de manera estrepitosa o…»

O sabía que lo estropearía todo y quería que me fuera con Marie-Helene y la dejara sola de una maldita vez. Ahora lo veía claro; me la imaginaba riéndose mientras se lo contaba a August: «Ya sabes cómo es Watson», le diría, «nunca se ha tratado de mí. Le gustan todas las chicas bonitas».

«Bueno, pues ahora tengo a una chica bonita delante», pensé, «que me desea», y dejé que Simon se arrastrara fuera de su cueva. Rodeé a Marie-Helene por la cintura y la besé como un hombre que acaba de volver de la guerra.

Aquí había otro punto que añadir a la lista del monstruo: fue un buen beso. Se pegó a mí, colocó las manos en mi pelo y me atrajo hacia sí como si de verdad me quisiera, como si yo no fuera la espantosa persona que Holmes creía que era, como si, de alguna forma, fuera lo bastante bueno para una chica como ella.

Para una chica como Marie-Helene, me refiero. Es evidente que pensaba en ella.

Con un ligero gemido, me acercó más a ella y me levantó los faldones de la camisa para tocarme el abdomen. Tenía las manos calentitas, pero seguía con los guantes puestos. Nos dimos cuenta de ello a la vez y, entre risas, se los quitó, primero uno y luego el otro, con los dientes. Algo se activó con fuerza en mi pecho, algo puro y sincero. Quería introducir las manos bajo su chaqueta y desabrocharle la blusa.

En gran parte quería estar de vuelta en el aula 442 de ciencias, codo con codo con Charlotte Holmes mientras me hablaba sobre los esqueletos de sus buitres.

—Oye... —le dije a Marie-Helen falto de aire—. Te marchas mañana. ¿No crees que vamos un poco deprisa?

—No, no lo creo.

Deslizó un dedo por mi brazo hacia arriba.

—Yo... Para mí sí que lo es, la verdad.

Puso cara de sorpresa y se reclinó un poco.

—Simon, eres un caballero. —Me tomó el pelo, pero sentí que, en el fondo, estaba dolida.

—En realidad no. —Hundí los dedos de una mano en su pelo—. Me refiero a que sí quería ver tu trabajo. —Era verdad, pero no de la forma en la que sonó—. Y quiero volver a verte, después de las navidades. —También era cierto... más o menos—. ¿Cuándo vuelves?

—Esto no... —Suspiró—. Rompí con mi novio la semana pasada y yo no quiero... No quiero verte después de las navidades, ¿vale? Quería enrollarme contigo porque pensé que te marchabas y, a ver..., cuando regrese a Lyon es probable que lo vea. No quería que él fuera la última persona con la que hubiera estado.

—Ah.

—Perdona. ¿He sido demasiado sincera?

No lo era. Los dos estábamos demasiado comprometidos emocionalmente, solo que no entre nosotros.

—Estoy bien —le dije, y era del todo cierto.

Marie-Helene sonrió un poco triste.

—Eres muy mono, ¿sabes? Yo solo... Mi corazón está en otra parte.

—No pasa nada. —Le tendí la mano y ella bajó de la mesa de trabajo de un salto. Nos miramos y yo me reí un poco de todo aquello: la taza con los pinceles, la forma en la que había rechazado a Simon, en realidad, que yo estuviera en Alemania, con una desconocida en su estudio, y que Charlotte Holmes lo hubiera organizado todo para ver cómo reaccionaba.

—Mientras estamos aquí —dije—, ¿me enseñarías algo en lo que estés trabajando en el plano artístico? ¿O es muy raro?

Se rio con nerviosismo.

—Es un poco extraño —respondió y deambuló hacia una pila de pinturas que había junto a la pared—, pero también bonito. Vale, sí. ¿Qué te parece este? Es un detalle de unos baños turcos en Budapest. Me encantaron los azulejos; mira, quería representar el mosaico que vi allí en un estilo abstracto. Utilicé estos pinceles...

Aunque los lienzos que me mostró eran claros originales —estudios de lugares que había visto o paisajes que se le habían quedado grabados en la mente— descubrí que me interesaba el tema y le hice varias preguntas de verdad. Al principio, solo lo hacía para distraerme, porque todavía me sentía incómodamente excitado —típico caso en el que mi cuerpo actúa sin el permiso de mi cerebro—, pero Marie-Helene hablaba con mucha confianza de su trabajo mientras rebuscaba entre los lienzos ataviada con su pequeño abrigo con cuello de pelo. Empezaba a darme cuenta de que eso siempre me había maravillado, esa clase de maestría y pasión. Podría hablar de su colección de piedras de esa manera y, aun así, yo querría saber más.

Habíamos llegado al final de sus obras.

—Estas últimas son ejercicios de clase —explicó. Distinguí un destello de una pieza que me resultaba familiar.

—Espera —dije—. Ese me recuerda a..., bueno, a Picasso.

—Es que lo es.

La miré sorprendido.

—Sí que lo es.

—Simon. —Me revolvió el pelo—. Eres tan adorable. —Mientras sacaba el cuadro para que lo viera mejor, decidí que tenía que hacer algo con mi corte de pelo.

—Es una interpretación del famosísimo *Viejo guitarrista ciego*. Para la clase de formas y figuras de Nathaniel. Todos los alumnos de primer año tienen que asistir. Le interesa mucho la imitación como práctica de la enseñanza.

—¿Qué quieres decir? —pregunté mientras miraba detenidamente el cuadro. Era evidente, pero quería escucharlo de sus labios. Sobre todo, porque no parecía una copia exacta. No sabía mucho sobre Picasso, pero estaba bastante seguro de que el guitarrista de su cuadro era un hombre. En este caso, sin embargo, era una mujer mayor que abrazaba un instrumento que tampoco era una guitarra.

—Es un *kokyū* —respondió sin que se lo preguntara—. Mi padre tiene uno en casa que pertenecía a mi tía abuela. Son preciosos, ¿verdad?

—Sí. —Alargué el brazo y pasé los dedos por el lienzo—. ¿Por qué no os anima a desarrollar vuestras propias ideas?

—Porque, cuando buscas tu estilo personal, puede resultar útil probar con el de artistas exitosos. Nathaniel dice que deberíamos experimentar para ver qué podemos sacar de ellos. O sea que, si yo imito a Picasso, por ejemplo, debería intentar hacer lo mismo que él con mis pinceles. Es muy posible que me salga mal, pero así entenderé algo sobre su proceso de creación y —puso la voz de Nathaniel—, «¡aprenderé algo sobre el mío! ¡Sobre mi alma!».

—Lo de las almas le encanta —comenté.

—Sí. —Su sonrisa se desvaneció—. Se enfadó un poco conmigo por cambiar algunos de los elementos de Picasso. Dijo que me estaba desviando demasiado de la tarea que nos había planteado. Durante la valoración, alabó las pinturas que eran casi copias exactas del original. La verdad es que fue un poco absurdo y, además, sí que apliqué el estilo de Picasso.

Estaba convencido de que ya sabía la respuesta de mi siguiente pregunta.

—¿Solo le fascina Picasso?

—No —contestó—. Trabaja en colaboración con la profesora de Historia del Arte, que nos proporciona una lista con los pintores que enseña en sus clases el primer mes. Es una especie de proyecto: elegimos a un pintor y estudiamos su vida, su historia, hasta conseguir un buen entendimiento de su obra. Cuenta para las dos clases.

—¿A quién más imitan los alumnos? —Me miró extrañada; estaba haciendo demasiadas preguntas. Metí las manos en los bolsillos y bajé la cabeza—. Verás yo…, me vendría bien saber cosas de ese trabajo por si termino estudiando aquí.

Marie-Helene se rio.

—Haré una cosa mejor —dijo—. Cómprame otro café donde antes e intentaremos colarnos en un sitio. —Ante mi cara de asombro, me explicó—: En el estudio de mis amigos. ¿De qué crees que hablaba?

En ese instante sonó tan parecida a Holmes que se me revolvió el estómago. ¿Sería esa la razón por la que quise marcharme de inmediato y hacer lo que me había ordenado? «Idiota, eres un idiota», pensé, «¿qué te pasa con estas chicas? ¿Por qué siempre te arrastras detrás de ellas?». Sin embargo, esta en concreto, era alumna de Nathaniel y tenía un grupo de amigos que falsificaban cuadros —tanto si eran conscientes como si no—, y no quería salir con ella, pero tenía un rastro inmaculado de pecas sobre la nariz, así que le dije que sí y le pregunté qué clase de café quería esta vez.

* * *

—¿Sabes? Creo que esta es la mejor no cita que he tenido jamás —comentó Marie-Helene, y abrió la puerta del estudio de su amiga Naomi. En realidad, no nos estábamos colando ilegalmente; ni siquiera tuvimos que forzar la cerradura. La gente tenía sus materiales personales almacenados en cajas fuertes bajo las mesas, pero los espacios parecían de uso común.

—Naomi hizo su proyecto sobre Joan Miró; mucha gente lo hizo. Al profesor Ziegler le pareció bastante curioso, en realidad —dijo, y así descubrí el apellido de Nathaniel—. Tenía un premio extraoficial para el mejor: ponerlo en contacto con un quiosco que hay frente al Centro Pompidou, el museo, que vende imitaciones de cuadros a los turistas. Por lo visto se gana mucho dinero.

Naomi había copiado a Joan Miró; Rolf, del estudio contiguo, había elegido a Da Vinci. El siguiente fue Twombly, todo garabatos y destellos; y después vino un *collage* en blanco y negro de Ernst en el que una chica, con un vestido largo antiguo, sostenía un iPhone en la oreja («Nathaniel lo detestó», dijo). Después, estaba *Gótico estadounidense;* una imitación realmente espantosa de *La noche estrellada* —ahora que lo pensaba, en realidad Simon podría asistir a esta escuela—; y, por último, mientras pillaba a Marie-Helene mirando la hora de forma poco sutil, acabamos en el estudio de su amiga Hanna. Era la chica con la mochila salpicada de pintura, la que me advirtió sobre los hombres de la fiesta de la piscina.

—Es de Múnich —explicó Marie-Helene—. Le encantan todos los pintores alemanes del siglo xx. A muchos no nos interesa la clase de historia, preferiríamos escribir la nuestra propia, pero Hanna se esfuerza mucho. Es una gran artista y es muy lista.

Langenberg… Mantuve una expresión neutra.

—¿Tan lista como tú? —pregunté.

—Dímelo tú —indicó Marie-Helene, que se encogió de hombros, y desplegó los cuadros de uno en uno para que yo los viera.

Todos eran paisajes surrealistas, pintados en llamativos colores neón que hacían daño a la vista. Nada de escenas silenciosas en salones, colores oscuros o personas. Y puede que mi gusto artístico estuviera subdesarrollado o, quizá, solo me sentía frustrado por haberme topado con otra pared, pero, cuando llegamos al último, supe que habíamos terminado.

Fue un alivio.

—A lo mejor bebí mucho anoche —comenté a la vez que me quitaba el sombrero para frotarme las sienes—. Creo que necesito descansar, siento ser tan patético.

—No eres patético —añadió, y me arrebató el sombrero de las manos para ponérselo. Sonrió—. En realidad, me lo he pasado muy bien hoy.

Me había ocurrido lo mismo. Había sido una diversión normal, como la que experimentaba cuando pasaba las tardes interminables en los *pubs* y tenía la clase de conversaciones en las que no sentía que necesitaba una enciclopedia, un diccionario y un marcador que anotara los tantos. De ese tipo en el que yo le gustaba a mis amigos y ellos a mí, y ya está. En el que podía ir a casa, pelearme con mi hermana, leer un libro en la cama y no preocuparme porque todo lo que me importaba se alejaba con lentitud de mi alcance.

«La clase de diversión en la que nadie te dispara», pensé, y, cuando recuperé mi sombrero, le di un beso en la mejilla. Antes de que pudiera echarme para atrás, ella enredó un dedo en una de las trabillas de mi pantalón.

—Podríamos vernos cuando vuelva —murmuró—. Creo que me gustaría.

—Estaré en Londres —respondí—. Pero si alguna vez vas… —«No me llames», quería pedirle, «porque eres preciosa y te mereces algo mejor que un pijo gilipollas imaginario al que no le gustas tanto como deberías».

—Si lo hago… —Me besó en la comisura de los labios, despacio y de forma inesperada. No era un beso casto ni tampoco romántico; era una sugerencia, una elipsis. Cerré los ojos para sentirlo.

—Ya nos veremos, Simon —se despidió, y me arrastré de vuelta a Greystone sin la menor idea de qué le contaría a Holmes cuando llegara.

* * *

Estaba tan perdido en mis pensamientos que no me fijé en el coche que me seguía. Al principio, pensé que eran imaginaciones mías, pero hacía un tiempo desapacible, el cielo vaticinaba que iba a nevar, las carreteras estaban casi vacías y el coche negro avanzaba sigilosamente por la calle, como un tumor en movimiento.

Reduje la velocidad en un paso de cebra y el coche me imitó. Cuando me metí por un callejón y salí a otra calle distinta, el vehículo estaba allí segundos más tarde. Finalmente, me detuve en una esquina, con el sombrero en las manos, y esperé.

El coche se detuvo junto a la acera y bajaron la ventanilla trasera.

—Señor Watson —dijo una voz—. ¿Necesita que lo lleven?

Se escuchó el clic de un arma. No era una sugerencia. Me subí.

Capítulo 7

El coche negro no me condujo a una celda, un almacén o un campo apartado con una tumba a medio cavar. Tampoco me habría asustado si la hubiera habido porque no veía a dónde nos dirigíamos. Cuando me subí al coche, me agarraron de inmediato, me taparon los ojos y me ataron las manos con lo que parecía una brida.

¿Qué demonios estaba pasando?

—James —dijo la voz, sin ninguna entonación. Me subieron la parte inferior de la bolsa que llevaba en la cabeza—. Antes de que comencemos, me gustaría que supieras que esta no es mi voz. He empleado a otro hombre para que hable contigo en mi nombre; le hemos dado unas frases.

Agudicé el oído y escuché el ligero golpeteo de unos dedos sobre una pantalla delante de mí. Debía de haber un asiento frente al mío y una persona sentada en él, que escribía sus palabras en una tableta. Di una patada con el pie y choqué con una rodilla.

Un resoplido de dolor. Unos pies que se arrastraban. Alguien le quitaba el seguro a un arma. A lo mejor no estaba tecleando en una tableta, después de todo. Pero tampoco tuve tiempo para pensarlo, pues me lanzaron contra la puerta y, tras un forcejeo, me ataron las piernas.

—No tengo intención de hacerte daño, niñato estúpido —clamó la voz—. Deja de sacudirte.

Se produjo una pausa mientras todo el mundo volvía a sentarse. El coche viró despacio a la derecha. Si yo hubiera sido Holmes, habría localizado nuestra ruta por la cantidad de giros que hicimos y habría deducido a dónde nos dirigíamos. ¿Habían sido tres? ¿Cuatro? Ojalá hubiera tenido un mapa de la ciudad en mi cabeza, como ella.

Pero no lo tenía, así que de nada servía lamentarse. En su lugar me centré en el interior del coche. ¿Cuántas personas había allí conmigo? Dos seguro. Cuando la voz volvió a hablar, presté atención a los puntos muertos del coche para ver donde rebotaba. ¿Tres, quizá?

—Esta no es tu lucha; nunca lo fue. Estás poniendo a Charlotte Holmes en peligro.

La voz era inglesa. Una deducción inservible porque estaba rodeado de malditos ingleses y, de cualquier modo, no era su voz auténtica.

—En realidad —dije, con la esperanza de que no dejara de hablar—, estoy bastante seguro de que eres tú el que la está poniendo en peligro, Hadrian.

Estaba convencido de que el que iba conmigo en el coche no era Hadrian, pero valía la pena probar. ¿Quién sino tendría una flota de vehículos negros y se habría molestado en secuestrarme para dejar clara su opinión?

(Dicho esto, me había fijado en que los Holmes tenían, al menos, uno de estos coches negros y un conductor que les llevaba a cualquier parte. Y lo mismo sucedía con Milo. Me pregunté si este tipo de vehículo aparecería en tu garaje a la mañana siguiente de recibir algún dinero, como en las películas para niños. Con chóferes rana en vez de cocheros y un marchante de arte despiadado en lugar de tu hada madrina).

La voz hizo una pausa.

—Según mis instrucciones, se supone que ahora debo reírme de ti.

—¿Adelante?

La voz imitó una cohibida risa entre dientes.

Se escucharon más golpeteos suaves en la tableta, pero la voz habló antes de que terminaran.

—No te revelaré mi identidad; no es importante. Solo debes saber que soy una parte interesada y que quiero que empieces a planear tu viaje de vuelta a casa. No tienes ninguna habilidad especial, y lo sabes. Eres un adolescente bastante normal cuyo único valor es que lo utilicen.

—Sé que es divertido parecer críptico, pero eso último que has dicho no tiene ningún sentido. —Quería que hablara más, porque, mientras retorcía las manos, me percaté de que la brida no estaba tan apretada como debería.

—Imagínate que eres un paquete. Es Navidad, así que piensa en un regalo muy bien envuelto. Charlotte lo lleva de un lado para otro y, aunque le pesa en los brazos, le parece precioso. Tal vez, el paquete hable. Es ingenioso, atractivo. Le hace sentir especial y esa sensación le encanta. Sin embargo, un día Charlotte se lo deja en un lugar público y, ¡puf!, se lo quitan. Ella se entristece, después, se enfurece, y haría lo que fuera por recuperarlo. Cosas terribles. Cosas que podrían matarla o enviarla a la cárcel. No queremos que Charlotte haga esas cosas.

—Es decir, que en este relato infantil que me estás contando, soy un paquete que habla. —Coloqué las muñecas entre las rodillas y, muy lentamente y con el puño cerrado, aflojé una de ellas de sus ataduras—. Es una metáfora un poco larga y absurda, ¿suspendiste Lengua y Literatura en el colegio? Eras más de matemáticas, ¿verdad?

Silencio.

—Vete a casa, James. Sabes que no puedes ofrecerle nada a Charlotte.

Tenía la mano casi libre. Con el codo, tanteé a mi alrededor tan sutilmente como pude en busca del picaporte.

—Hago unos carbonara que te mueres.

El coche redujo la velocidad. ¿Nos acercábamos a un semáforo?

—Vete a casa —repitió la voz con tristeza—, o llamaremos a tu padre.

Me reí. No pude evitarlo.

—Hacedlo —dije—, no he hablado con él en varias horas. Querrá que lo pongan al día. —Y cuando saqué de un tirón la mano de la brida, abrí la puerta y salí disparado del coche.

Las ruedas derraparon sobre el asfalto. Terminé de arrancarme la bolsa que llevaba en la cabeza con los dedos. Se escucharon pitidos, alguien gritó y un batiburrillo de coches que paraban en seco a mi alrededor. Por lo menos, había aprendido una cosa en los últimos meses: antes de recorrer el metro que me quedaba hasta la acera, memoricé la matrícula del coche negro.

* * *

Le dije a la peatona que gritaba que no me habían secuestrado, y a otra le aseguré que no hacía falta que llamara a la policía. Lo hizo de todos modos, de manera que les expliqué a los agentes que unos amigos y yo estábamos jugando a tirarnos pedos en el coche. No, no sabía el nombre del conductor ni a nombre de quién estaba registrado el coche; los había conocido ese mismo día. No, no quería prestar declaración. Sí, escogería mejor a mis amigos en el futuro. No, no me importaba recorrer la manzana de distancia que me quedaba hasta Greystone. Porque ahí es dónde estábamos, a un tiro de piedra del cuartel general de Milo, y quería que me ahorraran la humillación de llevarme en coche aquel último metro y medio.

Cojeé el resto del camino. Me había hecho daño en el hombro al rodar fuera del coche y me había raspado las manos. Todavía las tenía hechas polvo de un encontronazo que había tenido ese otoño con un espejo polarizado, así que enseguida empezaron a sangrar. Los guardias de la puerta principal de Greystone se apiadaron de mí y, esta vez, solo tuve que someterme a un escáner de retina.

Tenía que encontrar a Holmes, aunque no me apetecía nada hacerlo. Noticia de última hora: me habían metido en un coche extraño en el que alguien me había dicho que era un inútil. ¿Y tu tarde qué tal ha ido?

No había nadie en la habitación que compartíamos. Ni tampoco en el ático de Milo o, al menos, en las zonas en que se me permitía estar —y ni en broma iba a pedirle a la mujer que vigilaba el vestíbulo que me dejara mirar en el dormitorio—. Le pregunté si había visto a Holmes o a August, y se encogió de hombros como si responder con palabras fuera rebajarse.

—¿Hay algún laboratorio aquí? ¿Alguno al que Holmes normalmente no pueda acceder?

—Si te refieres a Charlotte, entonces sí. La hermana del señor Holmes tiene prohibida la entrada al noventa y cuatro por ciento de este edificio.

—He tenido un día espantoso —le dije—, y estoy seguro al cien por cien de que sabes dónde está. ¿Me llevarías con ella?

Tres plantas más abajo y tras doblar una esquina, la agotada guardia me condujo hasta una puerta bloqueada con un código. Lo introdujo en el teclado y empujó la puerta con su rifle.

—Es nuestro laboratorio de audiovisuales.

La estancia tenía esa especie de blanco brillante y pulcro que yo asociaba con el dentista. Los ordenadores estaban agrupados en el centro de la sala y de las paredes colgaban unas pantallas y unos grandes altavoces montados. Holmes estaba sentada bajo un conjunto de esas pantallas. Había desmontado una con un destornillador —o eso es lo que asumí que había hecho, porque tenía una caja de herramientas junto a ella—, y ahora pelaba una serie de cables negros con un par de alicates. Además, silbaba una melodía desentonada y alegre, así que deduje que debía irle bien.

August Moriarty había situado una silla giratoria detrás de ella. Estaba inclinado sobre su hombro y le susurraba algo al oído.

—Le he traído a un tal Watson, señorita Holmes —anunció la guardia.

Ninguno de los dos se movió.

Me aclaré la garganta.

—Un Watson al que han secuestrado y está sangrando.

August se levantó. Holmes giró la cabeza.

—Gracias —dije—. Si la próxima vez quiero llamar vuestra atención, ¿deberían convertirme en una bomba?

Para que conste, estaba de muy mal humor.

—Tus manos —dijo Holmes y cruzó la habitación en mi dirección—. ¿Qué te ha pasado esta vez?

Las alcé y dejé que la sangre goteara sobre el suelo.

—Coche negro, matrícula 653 764; ambientador con olor a lavanda; dos pasajeros, quizá tres. No estoy seguro, me taparon los ojos. No me he quedado con los detalles, pero creo que condujeron en círculo. Fueron cinco minutos más o menos…

—Watson, el informe no me hace falta ahora mismo…

—Me dijeron que no sirvo para nada. Que debería dejarte aquí y marcharme a casa.

Me miró fijamente sin pronunciar una sola palabra.

—Y al rodar fuera del coche, creo que me he dislocado el hombro. August, ¿te importa? Necesito colocarlo en su sitio.

Palideció.

—¿No hay un médico entre el personal de Greystone?

—Oh, por el amor de Dios —dijo Holmes—, ¿qué narices os enseñan en Oxford? —Y, tras palparme el hombro con las manos, me hizo tumbarme en el suelo. A continuación, me puso un pie sobre el estómago y devolvió el brazo a su sitio.

Grité, quizá más alto de lo necesario, y respiré hondo. Me estiré y moví el hombro. El dolor había disminuido ligeramente.

—¿Sería una mala idea que te pidiera algún analgésico? —le pregunté mientras me ayudaba a levantarme.

—Tal vez —respondió—. Aunque puede que tenga algo en el zapato, si quieres que mire.

La contemplé con intensidad, lo que me produjo otro espasmo de dolor, y ella levantó las manos.

—Watson, por favor, era una broma. El número de matrícula que me has dado es de uno de los coches de Milo. Todos los vehículos de su flota particular empiezan por 653. Estoy segura de que solo se preocupa por tu bienestar. Esta misión no es exactamente tuya.

No esperaba consuelo por su parte, pero tampoco quería que se mostrara de acuerdo con esa afirmación en particular.

—¡Genial! —solté—. ¿Y tu hermano no podía, no sé, llamarme y pedirme que me fuera?

—Estoy segura de que ha disfrutado con la puesta en escena. ¿Un ambientador con olor a lavanda? Eso suena lo bastante retorcido como para que se trate de él. —Me agarró una de las muñecas y me examinó la palma—. Solo son unas simples raspaduras. Avisaré para que nos traigan unas vendas y así podremos volver al trabajo.

—¿A qué trabajo te refieres? ¿A qué has dedicado la tarde?

—A desmontar esa pantalla.

—No me había dado cuenta de que habías creado un club de audiovisuales.

Me miró con el ceño fruncido.

—Eran las imágenes de seguridad. El dispositivo había dejado de funcionar así que lo estoy arreglando.

—No me hables como si fuera un niño pequeño.

—Pues entonces deja de actuar como tal. ¿Cómo te fue con Marie-Helene?

—¿Tú que crees?

—Creo que es lo bastante idiota como para encontrar tu actuación encantadora.

—No es idiota.

—¿En serio? —dijo—. Me considero bastante inteligente y ahora mismo tanto tú como Simon me parecéis odiosos. ¿Cómo lo explicas?

Contesté con frialdad.

—Me enrollé con ella hasta que me mostró toda una planta llena de cuadros falsificados. Eran una tarea que Nathaniel Ziegler le había puesto a su clase de la Sieben. No vi ninguno que se pareciera al trabajo de Langenberg, pero tampoco recorrimos el edificio completo. Aunque no importa; tenemos pruebas suficientes como para saber que este era el vínculo que Leander exploraba. Soy consciente de que esta no es exactamente mi misión ni nada por el estilo, pero si tuviera que adivinarlo, diría que Leander trataba de localizar a los intermediarios. Descubrir cómo el dinero iba de unas manos a otras. Siempre hay que seguir el dinero, ¿no? Es como una patata caliente. Quienquiera que se lo quede al final, es el más culpable de todos.

No soy tonto, nunca lo he sido. En el colegio sacaba buenas notas. Prestaba atención cuando alguien me enseñaba algo y hacía todo lo posible por aprenderlo rápido. Vale, sí, no había recibido el mismo entrenamiento que Holmes o sus aptitudes, pero solo porque no fuera un genio, no significaba que no fuera listo.

Y no, esta no era mi misión, era nuestra misión. Era cierto que su tío había desaparecido, pero era el mejor amigo de mi padre, y yo tenía tanto derecho a estar ahí como ella. Estaba harto de ir siempre en el asiento trasero; de tragarme las tonterías de los desconocidos que me acosaban en la calle a punta de pistola para increparme; de la forma en que August me miraba, incluso ahora, con la clase de indulgencia que se le muestra a un chihuahua bien educado.

—¿Quieres resolver esto antes de la medianoche? —pregunté mientras me frotaba el hombro—. Pues le diré a mi padre que nos dé las direcciones IP de los correos electrónicos de Leander si no nos los reenvía en sí. Tu tío tenía que vivir en algún sitio mientras realizaba sus investigaciones. Vayamos allí. Rebusquemos por todas partes. Que alguien busque a Nathaniel Ziegler en la base de datos de delincuentes de Milo. ¿No podemos localizar a algún socio conocido? ¿Lo más lógico era mandarme a una cita con una estudiante de arte mientras tú te quedabas aquí y jugabas a los mecánicos?

Holmes me miró. No tenía ni idea de qué se le pasaba por la cabeza.

—Tu tío ha desaparecido, Holmes.

—Jamie —dijo August a modo de advertencia.

—Paso, no me importa. August, ¿has estado aquí toda la tarde? ¿No te has apropiado hoy de ningún coche negro?

—No —respondió inexpresivo.

—Entonces, ¿qué has hecho? —Me costaba no ponerme a gritar. Necesitaba que algún tipo de ira se encendiera en el rostro de Holmes. Cualquier clase de reacción.

August se acercó y le puso una mano en el hombro. Se miraron. Él se encogió de hombros; ella asintió. Era el tipo de entendimiento sin necesidad de palabras que solíamos compartir ella y yo.

—Mi madre —dijo Holmes después de un rato—, está en coma.

—¿En coma? —La miré fijamente—. Pensaba que lo del envenenamiento había sido un acontecimiento aislado. Pensaba…

—Todos nos equivocamos.

—¿No debería ser esto nuestra prioridad? —pregunté y empecé a caminar—. ¿No deberíamos pausar todo lo demás y volver a Inglaterra? La vida de tu madre está en peligro.

Me contempló sin alterarse.

—No.

—Pareces despiadada ahora mismo, que lo sepas.

—Todo está conectado, Watson. ¿Mi madre? ¿Leander? Si resuelvo uno, resuelvo el otro, y lamento mucho si el hecho de que quiera más a mi tío hiere tu delicada sensibilidad. —Tragó saliva—. A ella también la quiero, pero… necesito priorizar. Mi madre puede cuidar de sí misma.

—En coma.

August me fulminó con la mirada por detrás de Holmes.

La expresión que había en el rostro de ella era un reflejo de la de él.

—Me he enterado de esto a través de los servicios de inteligencia de mi hermano. Mi padre todavía no me ha contado nada. —Molesta, hizo un gesto hacia la pantalla—. Milo me está enviando imágenes desde Tailandia para que las revise, pero nada ni nadie que no estuviera ya ayer en la casa ha entrado en ella. Milo acaba de despedir a todo el personal, como precaución. Las únicas personas… —Con un suspiro, se pasó los dedos por el pelo y se lo echó hacia atrás—. Mi padre y el médico están atendiendo a mi madre. Eso es todo lo que puedo deciros.

—¿Y Lucien? —pregunté.

—Moriarty no se ha movido. O, al menos, no ha hecho nada que Milo haya notado y que pueda detener.

—Lo siento.

Se soltó de la mano de August y vino hacia mí. Los ojos de August la siguieron a través de la habitación.

—Estoy cansada, Watson —dijo—. Trabajo en dos casos al mismo tiempo y los dos están relacionados con mi familia. No se parece en nada a lo que me haya enfrentado antes. Y la estúpida certeza de Milo no ayuda. Estoy segura de que se le escapa algo. Sé quiénes son los culpables, pero no logro averiguar cómo lo han hecho.

—¿No sueles razonar a partir de los hechos? —le pregunté—. ¿En lugar de culpar a alguien y trabajar desde ahí?

Holmes se encogió de hombros, pero me di cuenta de que la había herido.

—No soy Sherlock Holmes. Esto no es un caso práctico. Mi tío ha desaparecido y la única respuesta posible es que los Moriarty están detrás de ello. De una forma u otra, han sido ellos. Lo siento, August.

Este hizo una mueca.

—¿Valdría para algo que Milo eliminara a Lucien? —pregunté.

—¿Y a Hadrian? —cuestionó ella a su vez—. ¿Y a Phillipa? ¿Y a sus guardaespaldas? ¿Por qué crees que no han acabado con nosotros directamente? ¿O no nos han enviado el cuerpo de Leander por correo en un paquete? ¿O no le han disparado a mi madre en la cabeza?

Lo medité mientras me frotaba el hombro. ¿Qué podría ser peor que la confirmación de tu mayor miedo?

—Porque vivir en la incertidumbre es peor.

Extendió las manos como si dijera «ahí lo tienes».

—¿Ya has terminado de reprenderme?

—¿Y qué hay de mis ideas?

—Tienen cierto valor, está claro —admitió—. Al igual que tú. ¿Por quién me tomas? ¿Por alguna especie de máquina? Si quisiera un hombre sumiso, ¿no crees que habría buscado a uno que me dijera que sí más a menudo?

Refrené una sonrisa.

—Tiene sentido.

—¿No te parece... —Se acercó más—... que tiene cierta ironía que alguien se tome la molestia de secuestrarte de forma anónima? Si todo el mundo insiste en que no eres importante, pregúntate el motivo.

—Siento lo de tu madre —susurré.

—Yo también. —Me contempló un instante con los ojos brillantes—. Entonces, ¿deberíamos dividir el trabajo? ¿Llamas a tu padre? Estoy segura de que a August le dará igual procesar algunos datos en los sistemas de Milo, lo contrataron para eso. —August se encogió de hombros—. Y si no te importa, me gustaría pasar más tiempo con las cámaras de seguridad de Milo. Cuando era pequeña, me hacían orientarme sola a través de la casa con los ojos tapados. Conozco cada habitación, y a estas grabaciones les falta alguna.

—¿A Milo lo entrenaron igual? —inquirí mientras me preguntaba por qué no la habría cubierto y por qué daba la impresión de que todos vagábamos de un lado para otro con una venda en los ojos.

—No —respondió distraída. Su atención había vuelto a la pantalla rota—. Siempre estaba en el despacho de nuestro padre. Habla cinco idiomas, pero dudo que haya visto nuestro sótano. ¿Volvemos a reunirnos en una hora?

Pero, cuando me encontraba a la altura de la puerta, se aclaró la garganta.

—¿Watson?

—¿Qué?

—Solo... ¿solo la besaste?

Me daba la espalda.

—Sí —respondí, y deseé poder verle la cara.

—¿Volverás a verla?

—Creo que no.

Holmes inclinó su oscura cabeza sobre el lío de cables que había sobre el escritorio.

—Eso es todo —añadió, y, cuando salí, August me pisaba los talones.

—Voy a llamar a mi padre —le dije—. ¿Me das un minuto?

—¿Discutís así a menudo?

—No. Bueno..., sí. La verdad es que últimamente sí. —Me encogí de hombros—. Lamento que hayas tenido que verlo.

—No sé cómo seguís siendo amigos.

—Eso es un poco rocambolesco viniendo del aberrante Moriarty que no puede enfadarse con la chica que le arruinó la vida.

Desvió la mirada hacia la puerta cerrada del laboratorio.

—¿No es mejor superarlo que la alternativa?

—Depende de cuál sea esa alternativa.

—¿Hay alguna? Una que sea sensata, me refiero. —Suspiró—. No la odio. No soy una persona terrible.

Lo observé, con aquella máscara de tristeza en su rostro y la ropa oscura que resaltaba bajo la luz fluorescente del pasillo.

—Podrías ser una persona decente aunque ella no te guste —comenté.

—Y entonces, ¿qué me queda? —Retorció la boca en una especie de sonrisa—. Soy su amigo. Y, por eso, voy a ir a procesar algunos datos por ella. Gratis.

—¡Persigues a falsificadores de arte! —le grité según se alejaba por el pasillo—. ¡Puedes estar emocionado! ¡Te doy permiso para no sentirte como un desgraciado!

—Para que lo sepas —dijo—, siento lo de tu hombro. —Y desapareció.

No estaba seguro de si August estaba siendo demasiado británico o si de verdad había orquestado el divertido viaje de la bolsa en la cabeza. ¿Acceso a los coches de Milo? ¿A su equipo? ¿A sus recursos? «¿Por qué no estoy enfadado?», pensé. «Ha hecho que me apunten con un arma. Me ha dicho que lo deje todo atrás y que vuelva a casa por Navidad. Ha, bueno, ha amenazado con llamar a mi padre».

No. Se me estaba yendo la cabeza. Él no iría tan lejos para demostrar que tenía razón. Para enviarme a casa sano y salvo. ¿O sí?

«Respira», me dije. «Los amigos no se secuestran unos a otros». Si es que éramos amigos. Volví a tomar aire. Necesitaba una segunda opinión.

Cuando lo llamé, mi padre respondió al segundo tono.

—Jamie —dijo con impaciencia—. ¡Noticias! ¡Ya!

Se escuchaba un escándalo de fondo, el barullo de una fiesta y a un niño que lloraba.

—¿Qué hora es allí?

—Estoy en el almuerzo navideño de la familia de tu madrastra.

—Ah, no quería molestar —dije—. Puedo llamarte…

—¡Sí! ¡Menudo problema más interesante y complicado! Oh, no, Abbie, necesito salir para atender esta llamada, solo será un minuto… No, ja, ja, adelante, ¡juzgad sin mí! Lamento perderme otra ronda de hacer mímica…

—¿Te diviertes? —le pregunté. Por alguna razón, nunca me había parado a pensar que mi padre tenía otra familia política. ¿En qué se diferenciarían de los familiares de mi madre, los Baylor? Por su parte, yo solo tenía un primo: un contable de cincuenta y cinco años.

—Estoy en el porche. —Oí que cerraba la puerta corredera tras él—. Son tantos, Jamie, y cuando no están quemando la cocina, le dan fuegos artificiales a Robbie para que los lance desde el jardín trasero.

Mi medio hermano, Robbie, tenía seis años.

—Se parecen un poco a ti entonces.

—Si yo viera combates de lucha profesional en lugar de resolver crímenes. —Mi padre resopló—. Bueno, ¿qué has descubierto? ¿O solo me llamas para disculparte por haber ignorado mis mensajes?

—No he descubierto nada, Milo se está encargando de todo.

—Tú y yo sabemos que Milo no se está encargando de nada. De lo contrario, Leander habría vuelto a casa esta misma mañana. Cuéntame qué has encontrado.

Le puse al día sobre mis hallazgos de la jornada, incluidos mi breve secuestro y mi teoría sobre quién habría sido el responsable.

—La verdad es que sí que suena a un torpe intento de altruismo —comentó—. Pero no estás malherido, ¿no? Pues entonces no pasa nada. August parece un buen chico por lo que me has contado.

A lo mejor sí que estaba enfadado con August. Bueno, con él y con mi padre.

—Gracias por el apoyo.

Ignoró mi comentario.

—Me alegra escuchar que estás trabajando en tu propia estrategia. Parece que tu pobre Charlotte está algo distraída, y con razón. Escuchar lo de su madre es horrible. Aunque Emma sea un poco arpía a veces, nadie se merece eso.

—¿Los has visto? ¿A los padres de Holmes?

—Sí, unas cuantas veces. Eran bastante divertidos cuando eran jóvenes. Emma es una química brillante, ¿sabes? Trabaja para una gran farmacéutica. La he visto demostrar sus habilidades, sobre todo, cuando nos preparaba las copas. Coctelería molecular… en fin. Ella y Alistair vinieron a visitarnos a Edimburgo cuando Leander y yo compartíamos piso. Alistair nos contaba historias increíbles sobre sus hazañas en Rusia. Siempre me dio la impresión de que era un poco James Bond, pero bueno, estoy seguro de que esa es la imagen que quería que tuviera de él.

—¿Qué sucedió? —Esa descripción no se parecía en nada a las personas que yo había conocido.

—Se casaron, tuvieron a Milo, después (por favor, no se lo cuentes a tus amigos) pasaron por un bache y, por lo que creo, tuvieron a Charlotte para intentar arreglarlo. A veces la gente hace eso con los hijos. Es una idea espantosa para todos los implicados. Pero a Alistair lo habían despedido del Ministerio de Defensa…

—Pensaba que el Kremlin había intentado asesinarlo y que el Gobierno lo había obligado a retirarse por su propia seguridad.

—¿Eso es lo que te ha contado Charlotte? —Suspiró—. No estoy del todo seguro de lo que pasó. Por lo que Leander decía, me dio la impresión de que lo habían pillado mientras pasaba información clasificada a los rusos. Da igual, la cuestión es que perdió su trabajo. Además tenían problemas de dinero, ya has visto la casa, imagínate la locura que cuesta mantenerla, y no dejaban de discutir por ello, así que tuvieron otro hijo: Charlotte. Y aunque adoro a tu amiga, Jamie, creo que nadie se lo ha puesto fácil.

Solté un silbido.

—Esas cosas no se dicen.

—El estado del matrimonio de sus padres no es culpa suya —señaló—. Pero sí que puso un peso extra sobre unos cimientos inestables. Alistair y Emma Holmes no son personas felices. No de la forma en que lo es Leander o cómo creo que lo soy yo.

—Lo sé. —Mi padre podía ser muchas cosas, pero triste no era una de ellas.

—Intenta tenerlo en mente mientras pasas por esto con Charlotte. Sucumbir a todo el asunto resulta sencillísimo. A la oscuridad, la desesperanza. Pero ceder a Holmes no, evidentemente. Aunque bueno, a veces… —No sabía a qué Holmes se refería con esa última frase. Y creo que él tampoco—. Además, eres joven, mucho más joven que yo cuando me vi envuelto en todo esto. No quiero estropeártelo.

—¿Por qué no quieres que lea los correos electrónicos de Leander? —inquirí. Había mencionado el nombre de su amigo tantas veces y siempre con anhelo. No sonaba a algo romántico, pero tampoco dejaba de parecerlo. Era como si llorara la pérdida de una extremidad.

Permaneció un instante en silencio.

—Pues verás, es que comenta algunas cosas de su sobrina que no son muy agradables.

—¿En serio? Pero si parecen estar muy unidos.

—Y lo están —dijo—. Pero es una adolescente que comete errores y… Maldita sea, Jamie, esos correos electrónicos son privados. No se redactaron pensando en ti. Siento ser tan tajante, pero necesito que lo entiendas. Estoy muy alejado de todo esto, y gracias a Dios, porque el último caso que resolvimos juntos casi nos mata. Y sí, tengo niños pequeños, vivo en América y necesito la distancia, pero…

—Pero no puedes sacarlo de tu vida por completo.

—Sí. Bueno, escucha, te enviaré las direcciones IP de los últimos correos. A lo mejor, los hombres de Milo pueden hacer magia con ellas. Espera…. —Cubrió el teléfono con la mano. Escuché una conversación indistinguible y, cuando volvió, su voz sonaba ridículamente feliz—. Bueno, hijo, acaban de decirme que tengo que ir a cantar ¡sobre el pudin navideño! ¡Me alegro de haberte ayudado con tus problemas de chicas! Ya seguiremos hablando. Te enviaré lo que te he prometido. Te quiero, Jamie.

—Adiós, papá —me despedí—. Yo también te quiero.

* * *

—Bueno, Nathaniel Ziegler —decía Holmes una hora después mientras se movía hacia delante y hacia atrás en su silla con ruedas—. Lo arrestaron por posesión de drogas hace tres años. ¿Queréis saber dónde?

—Déjame adivinar. —August hizo una pausa para darle un efecto dramático. Estaba despatarrado en el sofá de Milo, de cuyo ático nos habíamos adueñado a pesar de las quejas de su

personal. Había más espacio allí que en nuestra habitación—.
En el 221B de Baker Street.

—Sí, vale, eres muy gracioso, August. Toma una galleta. De
hecho, es uno de los lugares en los que estuvimos anoche. —Nos
dio una dirección que terminaba con la palabra *strasse*—. ¿Os
suena de algo una piscina bajo tierra?

—¿Hicieron una redada? —August se sentó—. ¿Durante
una fiesta?

—Según el informe, vivía allí.

Recordé lo que Hanna había dicho sobre las estudiantes de
arte que se colgaban de los brazos de los hombres mayores por
su dinero y sus contactos.

—Me pregunto si fue así como conoció a Hadrian.

—Lo cierto es que cuadraría. —Holmes frunció el ceño—.
¿Y se supone que Leander va a reunirse con él esta noche,
Watson?

Repasé la conversación que había mantenido con Nathaniel
en su apartamento.

—Sí, si se presenta. La forma en la que reaccionó cuando le
expliqué que Leander estaba de vuelta y que estaba pasando el
rato en casa, fue como si… como si supiera que no era posible.

—¿Quieres decir que reaccionó como si supiera que Leander está muerto?

Me revolví en mi silla.

—Leander no está muerto —dijo Holmes—. Estoy segura.

—¿Lo presupones? —preguntó August—. ¿O estás segura?

Holmes levantó la barbilla.

—No puede estar muerto —repitió, y logró que la voz apenas le temblara.

Tenía mucha experiencia en discutirle a Holmes sus estrafa-
larias afirmaciones, pero no tenía valor para reafirmar el hecho
de que sí, su tío favorito podría estar tirado en una zanja en
alguna parte.

—Pero nosotros sí. ¿Así que…?

—Así que, ya son las siete. Dudo que «la hora habitual» en
la que Leander se encontraba con Nathaniel fuera antes de las
ocho. Lleva tiempo metido en esto; ni siquiera querría quedar
al atardecer. Desearía la protección de la oscuridad. Aun así,
tengo acceso a las cámaras que cubren las esquinas por si acaso
aparece antes de tiempo. —Giró la silla para mirar por la venta-

na—. La East Side Gallery es un sitio extenso. Es una atracción para turistas. Necesitamos un plan para que este encuentro resulte beneficioso.

—Tienes a tu disposición toda una plantilla de hombres entrenados—dijo August.

—¿Tú crees? —preguntó—. Incluso aunque me hicieran caso, utilizar a los empleados de otras personas deja un amplio margen de error.

—¿De verdad piensas que tu hermano contrataría a semejantes chapuceros?

Holmes resopló.

—¿No conoces a mi hermano? No, esto es cosa nuestra.

—Podrías secuestrar a Nathaniel —dije medio en broma—. Oye, tal vez August podría encargarse.

Se sobresaltó.

—Mejor que no —respondió.

¿Acababa de admitir su culpa? Lo iba a matar.

—¿Y qué? ¿Torturarlo en casa hasta que confiese que piensa que Leander está muerto? —Holmes se puso en pie—. Piensa un poco, ¿vale?

El ventilador del techo zumbó y el reloj de la cocina dio la hora. Holmes se paseaba por delante de la ventana mientras hablaba consigo misma.

Yo por mi parte... bueno, no hice nada. ¿Qué podía sugerirle?

—¿Qué queremos exactamente de Nathaniel? —pregunté en voz alta—. ¿Su conexión con Hadrian Moriarty? Para eso ya tenemos a August. Es mucho mejor enlace de lo que Nathaniel lo será jamás, en el caso de que necesitemos hacer salir a Hadrian o a Phillipa. De hecho, ella ya nos ha pedido tener acceso a August. A ver, ¿queremos recuperar a Leander, o queremos resolver el misterio que estaba investigando?

Holmes y August se miraron.

—¿Qué? ¿Tan estúpida es la pregunta?

Pensé en ello mientras nos vestíamos. Solo tardé unos minutos en disfrazarme de Simon: un sombrero, un chaleco y las botas con punta metálica. Puesto que mi aspecto no se diferenciaba tanto del de Simon como para asegurar que era otra persona, volvería a interpretarlo por si acaso Nathaniel me veía. Pero mientras me hacía la raya frente al espejo, me di cuenta de que me sentía extrañamente cómodo de nuevo en la piel de Simon. Sabía cómo caminaba y cómo hablaba. Cómo pensaba y qué diría. No siempre tenía claras esas cosas sobre mí mismo.

Para mi sorpresa, Holmes no se había puesto la peluca. Ni tampoco el disfraz. Iba ataviada con unos vaqueros negros limpios y una camisa negra abrochada hasta el cuello. Con su intensidad habitual, rebuscaba en un estuche de maquillaje.

—¿De qué irás esta vez? —le preguntó August, que se ajustó su nariz falsa—. ¿Turista? ¿Niñera? ¿Chica de una fraternidad universitaria?

—De mí misma —respondió y se miró en el espejo de mano—, en ese otro universo en el que soy una estudiante de arte desesperada por encontrar alojamiento—. Con un pincel pequeño, se maquilló los ojos en tonos negros y plateados.

—¿No te parece arriesgado? —preguntó August—. Podrías ir de pelirroja…

—Si quieres ayudar, acércame un rizador —le dijo—. Y después de eso, piensa con cuánta desesperación quieres que Hadrian siga creyendo que estás muerto.

—Eso suena a amenaza —comentó con suavidad.

Holmes le quitó el rizador de las manos y lo enchufó a la pared.

—O estás dentro o estás fuera. Y para que conste, no tengo ningún problema en que te quedes aquí. Estoy convencida de que Milo tiene algunos datos listos para que los grabes.

La miró durante unos segundos con el rostro demacrado.

—Iré —dijo, con una resignación apenas disimulada—. Ya me he puesto la nariz.

* * *

La East Side Gallery no era una galería. O bueno, lo era, aunque su nombre te hiciera pensar en que se localizaría en un edificio pijo donde la gente bebía champán y compraba cuadros valorados en millones de euros. No sé por qué esperaba eso en una ciudad en la que el arte estaba por todas partes, transformándolo todo en un acto público de reclamación.

Porque la East Side Gallery era el Muro de Berlín. El muro que había dividido el lado este y oeste de la ciudad como resultado de la Segunda Guerra Mundial, y que, después, en la

149

Guerra Fría, se había convertido en símbolo de un Berlín dividido, desigual. De un Berlín gobernado por fuerzas externas, segregado por un muro con alambre de espino en lo alto, lleno de trampas y que separaba la parte oriental, pobre y controlada por los cómunistas, de la occidental, rica y capitalista. Tras el inicio de la demolición en 1990, los artistas empezaron a pintar murales en una sección de más de kilómetro y medio. Murales largos, sorprendentes y evocativos sobre hombres que yerran frente a una pantalla negra como si fueran fantasmas, palomas y prisiones, y figuras que se derriten en el desierto.

Nos acercamos a pie y yo me rezagué unos pasos con respecto a Holmes y August mientras leía esta breve historia en el móvil. Las últimas semanas me parecían una clase de historia de la que apenas había asimilado un poco, pero no solo sobre Berlín, sino también sobre Londres, el amor, el patrimonio y la responsabilidad. Era como si tratara de leer una chuleta sobre el último siglo justo antes del examen.

Todo esto hacía que me sintiera muy joven, algo a lo que no estaba acostumbrado, sobre todo, cuando estaba con Holmes, que operaba con plena confianza incluso cuando el campo de juego estaba plagado de adultos. Pero entonces, mientras caminaba por esa extraña y preciosa ciudad tras el crepúsculo, la promesa de nieve en el viento me obligó a envolverme más, si cabía, en mi chaqueta, y deseé estar en casa con Shelby y mi madre, viendo la televisión tapado con una manta en el sofá.

No éramos los únicos en la calle después del anochecer. Los turistas se amontonaban frente a un mural hecho con huellas de manos y colocaban las suyas encima para ver si encajaban. Un artista callejero vendía baldosas pintadas en una esquina mientras escuchaba relajado pop europeo en una radio a pilas. Un par de chicas se turnaban para hacerse fotografías frente a una pintura que representaba varios mechones de pelo largo ondulado. La chica rubia se rio y echó la cabeza hacia delante para que sus rizos le cubrieran la cara, mientras la otra tomaba las instantáneas y le decía: «Sí, eres mi reina». Holmes las rozó al pasar, con August pegado a los talones, y la chica morena dijo: «Olvídalo, quiero ese pelo», a la vea que los miraba con anhelo.

Hacían una pareja llamativa, Charlotte Holmes y August Moriarty. Como siempre, él parecía ser guay sin pretenderlo, lo que resultaba exasperante, sobre todo porque yo era consciente de que a mí me costaba mucho conseguirlo. Se había teñido el tupé, temporalmente, de castaño oscuro y su nariz falsa se elevaba en la punta, pero llevaba puestos los vaqueros rotos y la cazadora *bomber* habituales. Y Holmes daba zancadas a su lado, con el aspecto de una verdadera arma. Tenía los ojos tan delineados de negro, que sus iris parecían translúcidos, y el pelo era una maraña de rizos deshechos. Llevaba un portafolio oscuro bajo el brazo y caminaba como si tuviera que estar en alguna parte.

Todavía quedaban diez minutos para las ocho, lo más temprano que Holmes pensaba que Nathaniel podría presentarse. Pero la East Side Gallery tenía más de un kilómetro y medio de longitud y, aunque Holmes miraba su móvil sin cesar para comprobar si los informáticos de Milo habían localizado a Nathaniel en las imágenes de seguridad, todavía no lo habíamos visto. Me daba la sensación de que estábamos demasiado expuestos. No había ninguna cafetería por los alrededores en la que pudiéramos escondernos si alguien nos reconocía. La carretera que teníamos al lado era ancha y había mucho tráfico, por lo que tampoco podíamos ocultarnos en ninguna parte. De manera que seguimos andando.

Hasta que, frente a nosotros, a una media manzana de distancia, Nathaniel se soplaba las manos en la esquina de una calle.

Me sonó el móvil. Holmes lo vio al mismo tiempo que yo. «Acércate a él», ponía en su mensaje, «y dile que tu tío está enfermo».

Aquel no era el plan, en absoluto. «Eh… apenas pude escapar la última vez», respondí.

«Ha llegado pronto. Nos verá, así que será mejor que lo hagamos a propósito. Al menos estás aquí a la hora correcta. A ver si te lleva de vuelta a su piso. Te seguiremos».

¿Y qué me haría allí? Si trabajaba con Hadrian Moriarty, si, a pesar de la unidad de inteligencia de Milo, sabía que Leander estaba muerto, el único motivo por el que podía estar allí esa noche era para echarnos el anzuelo de la trampa que nos tuviera preparada. Habíamos logrado salir ilesos del almuerzo con Phillipa a duras penas.

Tuve que volver a preguntarme: ¿qué pintábamos siquiera nosotros en todo eso?

Delante, August le susurró algo a Holmes al oído. Ella negó violentamente con la cabeza, pero él la ignoró, se giró un poco hacia mí y asintió.

Entonces salió corriendo para encontrarse con Nathaniel Ziegler.

Holmes se quedó donde estaba. Yo seguía unos pasos por detrás cuando August puso una mano sobre la espalda del profesor de arte y lo desvió de nuestro camino mientras le decía algo que no logré escuchar.

—Le está pidiendo a Nathaniel que lo lleve ante Hadrian —me explicó Holmes, que se volvió hacia mí. Estaba que echaba humo—. Nos está consiguiendo tiempo.

—¿Para qué?

—Para que hagamos una redada en la horrible casa de Nathaniel en busca de pruebas —dijo—. Vamos.

* * *

Había empezado a nevar.

El viaje a través de la ciudad nos llevó unos angustiosos veinte minutos debido al tráfico. Holmes no paraba de limpiar el vaho de la ventana y de mirar la calzada, como si, a fuerza de voluntad, pudiera hacer que el resto de vehículos desapareciera. No sabíamos de cuánto tiempo disponíamos. Ni siquiera, si Nathaniel todavía vivía allí, en aquella casa sobre la piscina cavernosa, en el lugar en que lo habían arrestado por posesión.

—¿Decía el informe con qué drogas lo habían pillado? —pregunté pasado un rato.

—Creo que marihuana. No sé en qué medida se persigue activamente. Alguien tuvo que haberlo delatado para llamar la atención de la policía. Y estoy segura de que ser profesor tampoco ayudó. —El coche se detuvo—. ¡Por fin! —exclamó, y le tiró un billete al conductor mientras me empujaba para que saliera con la otra mano.

Me puse los guantes. La fachada del edificio se elevaba sobre nosotros amenazante, como si fuera una señal.

—¿Hay alguna razón por la que no hayamos tomado uno de los coches de Greystone?

—Los hombres de mi hermano; los coches de mi hermano; mi hermano que me ha puesto un micro en el zapato izquierdo esta mañana y en el derecho ayer; mi hermano, que piensa que él y mi padre son infalibles y que el resto somos unos imbéciles... —Soltó una carcajada y su aliento salió en forma de nube—. ¿Sabes que en las imágenes que tiene grabadas, «Leander» baja la mirada para localizar el pomo de la puerta principal? De la casa en la que se crio. No alarga la mano de forma automática, ¡lo busca! No es él, Jamie. Quién sabe cómo se lo llevaron en realidad. Pudieron haber disfrazado a alguien como él para las cámaras. Milo dice que me imagino cosas, piensa que no puede cometer errores y yo le sigo la corriente. No he hecho nada por mí misma desde que estoy aquí, solo he confiado en él, y yo...

Giró sobre un pie y se dirigió hacia la puerta principal, pero la agarré del codo y la obligué a darse la vuelta.

—Respira. No me mires con esa cara... respira. No puedes entrar así. Respira.

Me fulminó con la mirada.

—No eres mi cinta para meditar.

—Y tú estás enfadada por algo que no es Milo.

Nos miramos, a pocos centímetros el uno del otro. Sus pupilas eran enormes. Durante un terrible instante, me pregunté si habría tomado algo o si solo estaba enfadada, y me odié por no ser capaz de notar la diferencia.

—August se va a entregar y volverá con ellos —soltó de carrerilla. Estaba a muy poca distancia de mí y sentía el calor de su respiración—. Además, dejará que lo destrocen. No puedo... Son monstruos, Jamie, y juro por Dios que lo demostraré. —Me agarró la mano—. No queda tiempo, tenemos que entrar. A ver, tú eres mi hermanastro y yo empezaré en la Sieben después de las navidades. Buscamos un sitio en el que quedarnos hasta entonces porque mi madre acaba de echarnos...

—Para —le dije y me sacudí la nieve del pelo. Durante una milésima de segundo, me presionó la mano—. Tengo una idea mejor.

La chica que salió a abrir la puerta tenía un *piercing* en la nariz, el ceño fruncido y me dijo algo en alemán.

—¿Inglés? —le pregunté, y ella asintió con brusquedad—. Perdona, pero mi amiga se dejó su cámara en la fiesta que hubo aquí anoche. Me dijo que un tipo se interesó por ella: de unos cuarenta, con el pelo castaño, habla muy alto. Cree que enseña en la Facultad de Bellas Artes. ¿Sabes de quién te hablo?

—¿Creéis que el profesor Ziegler le ha robado la cámara? —se burló—. Ni en broma.

Empezó a cerrar la puerta y yo introduje el pie entre ella y la jamba.

—Perdona —insistí—. No digo que se la robara, solo me preguntaba si la habría encontrado. Piensa que se la dejó junto a la piscina.

Holmes asintió a su lado. Su lenguaje corporal reflejaba el de la chica: una mano sobre la cadera ladeada, un gruñido. Era curioso, pero parecía que eso hacía que la muchacha se sintiera más cómoda.

—Ya os he dicho que se llama profesor Ziegler —repitió—. Su correo electrónico está en la página web de la facultad. Tengo que irme.

Le sonreí, pero no moví el pie.

—¿Ha vivido aquí alguna vez?

—¿Quiénes sois? —preguntó y se cruzó de brazos—. ¿Y qué os importa?

—La cámara —añadió Holmes en un tono de voz bajo y marcando su acento—, me costó tres meses de servir copas a gilipollas.

La chica suspiró.

—Ziegler vivía aquí. Ha sido el único hombre que lo ha hecho, hasta que la escuela lo descubrió y lo obligó a trasladarse. No les gustaba que viviera solo con universitarias.

—¿No serían sus alumnas? —preguntó Holmes, enfadada.

—Universitarias en general, no de la Sieben. Pero el amigo de Ziegler era el propietario del edificio y le hizo un buen precio. Qué más da, no es importante. Ziegler no tiene tu cámara. Es raro, pero no es un ladrón. —Tras una pausa, la chica se apoyó en la otra pierna y añadió—: La buscaré, tu cámara. Volved mañana y preguntad de nuevo.

—¿Quién es ese amigo? —pregunté—. El de Ziegler.

—Por el amor de Dios… —dijo la chica—. Se llamaba Moriarty. —Cerró la puerta contra mi pie una, dos, tres veces, hasta que lo aparté y cojeé triunfante escalones abajo.

—Has sido un poco directo —comentó Holmes.

Sentía palpitaciones en el dedo gordo aplastado del pie.

—Bueno, supongo que la sutileza no es lo mío.

—Han pasado treinta minutos. —Holmes comprobó su móvil—. ¿Te apetece que hagamos una más?

Tres largas manzanas, un callejón y cuatro tramos de escaleras después, estábamos sorprendentemente cerca de nuestra siguiente parada y Holmes se movía como un perro que persigue un rastro.

Solo nos llevó cinco minutos registrar el apartamento de Nathaniel, el sitio en el que habíamos estado la noche anterior durante la ronda de Pintar y Beber. Holmes me hizo buscar en internet los registros públicos del edificio mientras ella revisaba los bocetos que los alumnos de la Sieben habían dejado allí.

—Este sitio es propiedad de la facultad —leí en voz alta en el móvil en plena oscuridad—. En la página web de la escuela aparece anotado como residencia del cuerpo docente... creo. La herramienta de traducción dice que es «una casa para osos mayores».

Se quitó la linterna de entre los dientes.

—Está claro que no vive aquí todo el tiempo. Comprueba el dormitorio.

—¿Qué dormitorio? —Estiré el cuello para mirar en lo alto—. Lo único que hay ahí arriba es un caballete.

—Exacto. —Recogió el puñado de bocetos y los metió en su portafolio—. Tiene que haber una tercera residencia. Una que habite de verdad. Espera, voy a echar un vistazo rápido por todo el piso. Buscaré tablones sueltos, huellas... esas cosas.

Holmes no solía explicarme sus métodos.

—¿Necesitas que te ayude?

—No —respondió, con bastante menos delicadeza de la necesaria.

Enarqué una ceja y la miré.

—No disponemos del tiempo suficiente —añadió en un intento por redimirse—. Y, de cualquier modo, todavía no has inspeccionado ese armario. —Se echó la bolsa al hombro y subió las escaleras a toda prisa.

En el armario había una triste chaqueta y una bota de nieve izquierda de hombre. Los muebles de la cocina tenían copas de vino dispares y bajo el fregadero había un repugnante desatascador viejo. Aparte de las sillas y las mesas que había visto la noche anterior, el apartamento no poseía nada más interesante. Y Dios sabe que se me da fatal interpretar pistas en rastros de polvo o ventanas abiertas poco más de un centímetro. Miré alrededor, decepcionado. Seguro que allí, en alguna parte, habría una pista sobre dónde retenían a Leander. Tenía que haber…

—He encontrado algo —dijo Holmes mientras bajaba ruidosamente la escalera—. Mira.

Formularios; un montón de ellos. En el primero ponía «Factura» y debajo aparecía la dirección de Hadrian y Phillipa Moriarty. «Este cuadro por esta cantidad de dólares; este otro por más». Era un inventario de todos los trabajos que Nathaniel le había vendido a Hadrian, su intermediario con las falsificaciones.

Langenberg, decía una de las obras, seguida de un número. Recorrí la lista con un dedo. *Langenberg, Langenberg, Langenberg…*

—¿Dónde lo has encontrado? —pregunté.

—Bajo la tarima del suelo. Con esto debajo, mira.

Era una tarjeta de visita, manoseada y rayada. «David Langenberg, asesor», decía.

—Qué descriptiva —señalé—. ¿Todo esto estaba debajo del suelo? —Era casi como si Holmes los hubiera hecho aparecer.

—*Langenberg* —dijo con impaciencia.

—Sé leer —le recordé—. Pensaba que Hans Langenberg no había tenido hijos.

—Así es, aunque tal vez tenía sobrinos. Leander se hacía pasar por un tal David, ¿verdad? David Langenberg; fácil. —Guardó la tarjeta y los papeles en su portafolio—. ¿Te envió tu padre las direcciones IP?

—Sí, cuando estábamos en la East Side Gallery. —Le mostré la lista en mi teléfono—. Todavía no he tenido oportunidad de revisarlas.

—Mándaselas a los informáticos de Milo. —Me sonrió, melosa y satisfecha.

—¿No te quejabas antes de que te hacían todo el trabajo?

—Déjalos. —Acortó el espacio entre nosotros y colocó los dedos sobre mi pecho. Estuve a punto de retroceder (¿estaba jugando conmigo?), pero entonces se apartó a toda prisa, como si en ese preciso instante se hubiera dado cuenta de lo que había hecho—. Me muero de hambre, ¿quieres ir a cenar?

Charlotte Holmes nunca estaba satisfecha. Charlotte Holmes nunca estaba hambrienta. Charlotte Holmes nunca era la chica que te convencía para pedir una *pizza* de pan *naan* y un par de zarzaparrillas con helado de vainilla, en un sospechoso antro del barrio turístico, pero eso era exactamente lo que le apetecía hacer.

Ya en el establecimiento, nos sentamos junto a la ventana y observamos cómo nevaba. Tomó el *pepperoni* de la *pizza*, pedazo por pedazo, mientras yo tomaba notas sobre las direcciones IP en mi cuaderno.

—Esta la han situado en la Kunstschule Sieben —indiqué—. Así que, al menos uno de los correos que Leander envió salió de allí. A lo mejor siguió a Nathaniel hasta la escuela. O quizá sea la misma dirección IP que la de la residencia del cuerpo facultativo de antes.

Holmes asintió mientras hacía una gigante torre de *pepperoni* con los dedos. No estaba seguro de cuánta atención me estaba prestando.

—Hay unas cuantas que son de cafeterías. El equipo de Milo nos ha enviado algunos de los nombres. Parece ser que Leander iba a un Starbucks… ¿crees que estará cerca del sitio en el que se hospedaba? La última salió de esta dirección de aquí. —La señalé con el lápiz—. Está en una parte de la ciudad que no hemos explorado.

—Vale —dijo.

—¿Me estás escuchando?

—Ajá. —Tras meditarlo un instante, se metió la torre gigante de *pepperoni* en la boca—. Madre mía —dijo con la boca completamente llena—. No pensaba que fuera a salirme bien. ¡Mis cálculos eran correctos!

Nunca la había visto actuar de esta forma.

—¿Qué te has tomado? —solté sin pensarlo.

Holmes me miró ofendida, pero el gesto perdió fuerza por los mofletes de ardilla listada que se le habían puesto. Masticó durante un minuto y tragó.

—Hemos encontrado pruebas definitivas. Si atrapamos a Nathaniel y lo interrogamos, confirmaremos su conexión con Hadrian Moriarty. Estoy segura de que August lo lleva de camino a Greystone en estos instantes. Encontraremos a mi tío antes de que el día acabe, estoy convencida.

Los instintos de Holmes no se habían equivocado este otoño, cuando se negó a considerar a August Moriarty como sospechoso de la muerte de Lee Dobson. Pero esto era distinto. No tenía que ver con el sentimiento o la nostalgia. Y tampoco era ilusión. Parecía...

—Demasiado fácil —le dije—. ¿No te parece demasiado sencillo? ¿Toda la información que necesitabas estaba bajo la tarima del suelo?

Holmes puso los ojos en blanco.

—La navaja de Ockham, Watson. Le he mandado un mensaje a August para decirle que llevara a Nathaniel de vuelta a Greystone esta noche. Me ha contestado que no volvería hasta tarde. Tenemos un rato libre.

Intentaba distraerme, lo sabía, pero la alegría de su voz era contagiosa.

—¿Qué quieres hacer, entonces?

—Una cita —respondió.

—Una cita. —Parpadeé—. ¿Qué clase de cita? ¿Quieres hablar? ¿Bailar? ¿Ir al cine? ¿A tomar algo?

—Mejor. —Se mostró tímida de repente, apartó los ojos de los míos y miró por la ventana—. Es algo que... bueno, algo que me encanta. Pero solo lo podemos hacer aquí.

—Algo alemán.

—Bueno, allá donde fueres... —añadió, y así es como terminamos en el mercadillo navideño del palacio Charlottenburg, tres días antes de la propia festividad.

A primera vista, parecía una marea de velas flotantes sobre un estanque oscuro. Eran puestos blancos, filas y filas de ellos iluminados desde el interior, como si se trataran de nubes a la luz del sol, una al lado de la otra, y todos culminados por una estrella encendida y envueltos en guirnaldas. La gente se agolpaba a su alrededor con orejeras y guantes, bebía de tazas y comía galletas gigantes con glaseado. Era absurdo, cautivador, un poco extraño, y... sinceramente, me encantaba la Navidad. Desde siempre. Esa noche eché mucho de menos a mi familia, al pensar en envolver regalos junto a la chimenea en casa.

Y luego estaba Holmes, que se comportaba como si hubiera sufrido una experiencia cercana a la muerte y hubiera vuelto para contarme todo lo relativo a la luz. Me di cuenta de que se sentía aliviada. Aplastantemente aliviada. Cuando en nuestro último caso comprendió que August no era el culpable, actuó de la misma manera: no paraba de hablar y comía de todo.

¡De todo!

—¿Has probado el *stollen?* —dijo y me arrastró hacia un puesto gestionado por un hombre viejo y feliz que parecía salido de una película navideña—. *Was kostet das?* —le preguntó mientras nos señalaba a los dos. El hombre respondió y Holmes sacó un puñado de monedas de euro del bolsillo.

—¿Qué estoy a punto a comer? —cuestioné mientras me ofrecía una rebanada de pan con motitas que parecían joyas.

—*Stollen* —repitió con impaciencia—. Es una especie de pastel de frutas, solo que menos penoso. Milo lo envía a casa en vacaciones. Eso y una vela para el abeto que solemos encender junto al árbol artificial.

Lo probé, despacio, pero la verdad es que no estaba nada mal.

Después, vinieron las galletas y luego el vino caliente y especiado que olía a canela y clavo. Deambulamos por entre los puestos, mientras comíamos de unas bolsas de papel marrón y nos manchábamos los guantes de migas. Habíamos parado de camino para que Holmes recuperara su chaqueta en el Piquant, el restaurante en el que habíamos quedado para comer con Phillipa, y ahora se subía el cuello para que la nieve no se le colara por la nuca. Entonces, con una risa cohibida, alargó la mano e hizo lo mismo con el mío.

—De lo contrario, te mojarás la espalda de la camisa —agregó mientras me rozaba el pelo con los dedos—. Y no quiero que eso ocurra.

Me recorrió un escalofrío.

En esta parte del mercadillo sonaba música de Händel por los altavoces, pero, de camino a la gigante noria iluminada, la música cambió a los 40 Principales. Sonó el final de una canción sobre zapatillas y a continuación…

—¡Madre mía! —le dije—. Son los L.A.D.

—Creo que acabo de oír a la niña de doce años que tengo detrás decir lo mismo.

—Cállate —añadí—, o no dejaré que te montes en la noria.

—Estás dando por hecho que quiero montarme.

—Pues claro que quieres. —Hice una pausa—. ¿No?

Me sonrió con picardía sosteniendo la taza de vino especiado entre las dos manos. Tenía un poco de azúcar glas en la punta de la nariz.

—Sí —respondió—, quiero subir.

Zapateamos sobre el suelo uno al lado del otro mientras hacíamos cola. Holmes hacía eso de apoyarse en mi brazo durante un segundo y alejarse, como si fuera un gato al que han pillado bocarriba, cuando bajaba los ojos hacia ella.

—Quiero la cabina número tres —pidió cuando nos acercamos a la parte delantera.

—¿Por qué?

—¿No te has fijado? Es la más *columpiante*.

—*Columpiante* no existe.

Me lanzó esa sonrisa particular que rara vez veía; esa que podía abrir candados, cerraduras, cámaras acorazadas y que era una trampilla que descendía hacia todo lo demás. Levanté la mano y le toqué la punta de la nariz, por lo que me llevé el azúcar blanco con el dedo.

—Ahora sí —dijo en voz baja.

Como cabía esperar, el operario de la atracción no tenía dientes, los chicos que teníamos encima no dejaron de tirarnos palomitas a la cabeza y, cuando nuestra cabina se detuvo, no lo hizo en lo más alto de la noria para proporcionarnos buenas vistas de la ciudad, sino que, antes de bajar, frenamos con una sacudida en el lugar perfecto para contemplar los pies de todo el mundo.

—¿Solo dos minutos? ¿Por cinco euros cada uno? —Holmes escarbó en su bolsa de papel marrón—. Ojalá pudiera lanzarme sobre algo.

—¿Nunca habías estado en una feria?

—Una vez monté en el London Eye con mi tía Araminta. Creía que llevarnos a mi hermano y a mí de «excursión» nos vendría bien. —Hizo una mueca—. Además, nos regalaba ropa por Navidad una talla más grande para que «la aprovecháramos». Es la clase de persona por la que se inventaron las comillas.

—Leander me contó que los Moriarty mataron a sus gatos —le dije, y después palidecí. No había sido mi intención sacar el tema, sobre todo ahora que estábamos en el otro extremo del caso y que no discutíamos.

«¿De veras lo estamos?», preguntó una voz en mi cabeza

Pero Holmes se limitó a asentir.

—La dejaron completamente para el arrastre. Ahora vende miel de su colmenar y no habla mucho con nadie. Hace dos o tres años que no la veo. —Nuestra cabina de metal cubierta de lentejuelas se inclinó hacia delante y después hacia atrás—. ¿Nos van a dejar bajar de esta cosa en algún momento?

—Pensaba que preferías la más *columpiante*.

—Me están entrando ganas de vomitar.

—Cierra los ojos y disfruta de los L.A.D. Está sonando «Girl I See U Dancin».

—Te sabes el título.

—«*Girl I see u dancin / something something ransom...*».[*] Oh, venga ya, pero si te encanta.

—¿Me encanta? Creo que te equivocas de persona.

Fruncí el ceño mientras la miraba.

—Conozco tus secretos más profundos y oscuros, Charlotte Holmes. No me vengas con rollos.

La sonrisa de su rostro se congeló y se volvió forzada, todo a la vez, como una racha de viento frío del norte, y mientras abría la boca para preguntarle el motivo, la cabina se bamboleó de nuevo hacia delante.

* «Nena, te veo bailando / bailando algo cautivador...». (*N. de la T.*)

Capítulo 8

Cuando volvimos a la habitación de Holmes sobre la medianoche, encontramos a August Moriarty esperando en la puerta, con el sombrero en la mano.

—¿Dónde está Nathaniel? —preguntó ella con cierta frialdad en la voz.

—He dejado que se fuera —respondió.

Holmes se estremeció como si se esforzara para no saltar sobre él.

—Me pediste que confiara en ti, que todos los hiciéramos, y luego vas y dejas marchar al hombre al que quiero interrogar y le comunicas a Hadrian, no solo que sigues vivo, sino todo lo que sabes, y…

—No vimos a Hadrian. Mi hermano se ha escondido, Holmes —dijo August—. No sé dónde está. Y Nathaniel y Milo tampoco, aunque el hecho de que tu hermano esté en un vuelo nocturno limita sus recursos.

—Entonces, ¿por qué te viste obligado a dejar marchar a Nathaniel? —le pregunté—. Tenemos un taco de facturas de las falsificaciones que hicieron los alumnos de Nathaniel y que le vendió a tu hermano mayor. Además hay una tarjeta de visita de David Langenberg, el alias de Leander, que también encontramos en el apartamento del profesor. ¿Y dejas que se largue? ¿Así sin más?

—No sabe dónde está Leander —añadió August—, y esto nunca ha tenido nada que ver con las pinturas de Langenberg. Me da igual lo que hayáis encontrado.

—¿Estás seguro de que no lo sabe? —Holmes dio un paso hacia él—. ¿Estás seguro?

August sacudió la cabeza como si tratara de librarse del ruido que la ocupaba.

—Estoy seguro.

—¿Por qué? —pregunté—. ¿Por qué te muestras tan despreocupado con todo esto?

—Saqué unas imágenes de la casa de los padres ancianos de Nathaniel. Están en una residencia, al norte de la ciudad. Conseguí el nombre en segundos, y la dirección también. Amenacé con matarlos esta misma noche si tan solo imaginaba que me mentía. —Su voz se quebró—. ¿Recuerdas mi apellido? ¿O necesitas una explicación de por qué me creyó?

—Existe un conexión —le dije a Holmes. Cualquier cosa, lo que fuera, valía para apaciguar la situación—. Tenemos un vínculo. Sabemos que tu tío se hacía pasar por un Langenberg...

—Eso no lo sabemos —replicó ella—. No sabemos nada.

—Pero...

—Vete a la cama, August —ordenó Holmes, que abrió la puerta y la cerró con tanto énfasis a nuestra espalda que parecía haber sellado una tumba.

—Menudo portazo —comenté.

—No queda nada más que podamos hacer esta noche. Tendremos que esperar hasta mañana.

—¿Estás segura? —Aunque me avergüence decirlo, reprimí un bostezo.

Para mi sorpresa, se volvió para mirarme. Y lo hizo de verdad, como si se esforzara por distinguir alguna señal lejana.

—Watson, tienes un aspecto horrible. ¿No duermes bien?

—Desde octubre no. —Me apoyé sobre la pared y disfruté de la sensación de dejar mi peso sobre una superficie sólida—. ¿Es esta tu manera de expresar tu preocupación por mí o es que esta noche te apetece jugar a las verdades crueles?

Holmes me contestó con brusquedad, pero entonces se detuvo. Con mucho cuidado, levantó la mano y me colocó los dedos en el rostro.

—Estoy preocupada por ti —admitió.

La afirmación no sonaba ensayada del modo en que sí lo hacía cuando August trataba de hacerse el simpático. En realidad, no creía que ni él ni Charlotte Holmes fueran majos en el fondo; como mucho eran amables. Y era esa amabilidad la que propició que Holmes me condujera hasta la escalera de su cama elevada.

—Es más cómoda que la cama plegable. Pero ya lo sabes, has dormido en ella.

—¿Qué vamos a hacer? —Subí y me metí bajo las sábanas.

—No lo sé —respondió—. El plan B, sea cual sea…

—No te quedes despierta hasta muy tarde.

—No. —Con una mano en la escalera, levantó la mirada hacia mí. Se había desabrochado los tres botones superiores de la camisa y distinguí la línea pálida de su clavícula—. A lo mejor estoy… cansada más tarde.

—Vale —dije, con tanta prudencia como pude—. Quizá sigo aquí.

¿Quería que subiera y se metiera conmigo en la cama? ¿Quería ella? ¿Saber la respuesta a alguna de esas preguntas cambiaría lo que íbamos a hacer?

En el otro extremo de la habitación, revolvió en su maleta en busca del pijama y después exclamó que iba a cambiarse. Me di la vuelta, intenté no escuchar el crujido de la tela al deslizarse y me recordé que estaba muy cansado. La verdad es que me sorprendió darme cuenta de que lo estaba. Hacía mucho tiempo que me sentía agotado y no podía dormir.

Sinceramente, en ningún momento había olvidado lo que Lucien nos había dicho en el apartamento de Bryony Downs: «Me alegra conocer las cosas que te importan, Charlotte, porque son muy pocas. Mi hermano te daba igual, tu familia también, pero este chico…». Refiriéndose a mí. El punto de presión; el punto débil. Un pensamiento que me torturaba las noches que metía la cabeza bajo la almohada e intentaba no sentir en la espalda la luz del rifle de un francotirador.

La puerta se abrió y se cerró con suavidad. Holmes había salido sin que me diera cuenta y se me estaban cerrando los ojos. Antes de quedarme dormido, saqué el móvil. «Nos acercamos», le escribí a mi padre, aunque no lo creía. «¿Puedes reconsiderar lo de enviarme los correos electrónicos de Leander? No los leeré. Le diré a Milo que les eche una ojeada y extraiga lo que nos haga falta».

Era todo mentira, una excusa. Él sabía que leería cada palabra como Milo era consciente de que Lucien tenía a sus padres en el punto de mira y yo sabía, a ciencia cierta, que Holmes y yo desconocíamos lo que queríamos.

Cuando me desperté, habían pasado varias horas; lo noté incluso en aquella habitación sin ventanas. Me sonaban las tripas y alguien hablaba. Una voz masculina. Me incorporé sin perder un segundo.

—Lottie, estoy bien. Nos vemos pronto. —Otra vez la voz, más enlatada esta vez, y después hecha pedazos—. Lottie, estoy bien. Lottie est… Lottie, estoy bien.

Holmes estaba en un pequeño oasis de luz. La encontré sentada sobre la cama plegable con las piernas cruzadas y un portátil, tenía una lámpara a su lado y el pelo le caía sobre la cara mientras aporreaba las teclas—. Porras. —Oí que decía—. Maldita sea.

—¿Qué tal vas? —pregunté, y ella dio un salto.

—Watson —dijo—. Uno de los técnicos me ha enseñado a separar una grabación en capas, a aislar el ruido de fondo. He estado trabajando con el mensaje que me dejó Leander. ¿Qué hora es?

—No tengo ni idea. —Miré mi teléfono; eran las diez de la mañana—. ¿Has descubierto algo?

—Sí. Hay algo, un eco… de los que… —Iba a reproducirlo otra vez, pero, de pronto, sin aviso alguno, cerró el portátil de golpe—. ¡Mierda! —Exhaló entre los dedos de una mano—. Mierda.

—Ven aquí. —No sabía si esa idea, la de trepar a la cama conmigo, nos resultaría reconfortante. Por la mirada sincera que me lanzó, ella también se mostraba escéptica—. No me refiero a eso. Solo… ven aquí arriba.

Subió la escalera y se sentó a mi lado; con las espaldas apoyadas en la pared, escudriñamos su pequeño reino.

—Lena me ha escrito —comunicó.

—¿Y qué dice?

—Que por qué estamos en Alemania, que este país es un aburrimiento —dijo con su voz de citar a la gente—, y además Tom ha empezado a echarse desodorante Invierno Nuclear, lo que pone cachonda a Lena y le da asco al mismo tiempo.

—Sí, creo que tiene sentido —confirmé. Sonrió. Los dos sabíamos que adoraba a su compañera de habitación y que nunca lo reconocería en voz alta.

—Todas las habitaciones en las que te instalas tienen este aspecto —dije en su lugar—. El desorden, los libros de texto extraños (¿de dónde los sacas para empezar?), y la mesa de laboratorio. Siempre con la mesa de laboratorio y lo de hacer saltar cosas por los aires. Es como si todo se almacenara en alguna pequeña caja dentro de ti que… se abre de golpe cuando te tomas unos segundos para estar tranquila.

—Eso es precioso, Watson.

Sonreí.

—Es verdad, sabes que lo es. Eres como una tortuga con tu mundo sobre la espalda.

—No existen muchas cosas que uno pueda controlar, ¿sabes? Cuándo naces, cuál es tu familia, qué quiere la gente de ti y qué eres realmente. Cuando tienes tan poco que decir en todo el asunto, creo que es importante ejercitar cierto control en cuanto se presenta la oportunidad. —Sonrió y agachó la cabeza—. Así que vuelo cosas por los aires.

—¿Lo has oído? Casi dices algo profundo. Has estado a punto.

Presionó uno de los pies con calcetines contra el borde de la cama.

—A Leander le gustaba hablar sobre la importancia del control. Nadie lo habría imaginado. Todo el mundo sabe que es un vago y que vive como un auténtico perezoso. Va de una de sus propiedades a otra, con el violín bajo el brazo, y escoge algún delito extraño cuando le va bien. Vive de su fondo fiduciario, sale a comer a restaurantes, asiste a fiestas —pronunció la última palabra con tanto desdén que me atraganté de la risa.

—¡Fiestas! Ya sabes lo que dicen: primero las fiestas y, como te descuides, llegan los asesinatos.

Puso los ojos en blanco.

—Watson, a algunas personas no les gusta leer. O los deportes. Les disgusta la rutina impuesta o el ritmo lento, o el rápido, o el ruido. Que parezca demasiado intelectual o no lo suficiente. Pero ¿soy yo una anomalía porque no me gustan las fiestas o los restaurantes? ¿Está mal que no me atraiga la idea de que exista un conjunto de respuestas preestablecidas y que me juzgarán por lo bien que sepa o no darlas? —Con voz de niña pequeña, añadió—: «Sí, por favor, tomaré el salmón, ¡tiene un aspecto estupendo! ¿Podría pedirle otro refresco? ¡Mil gracias!». Detesto la idea de interpretar un papel cuando no soy yo la que ha escrito el guion. Necesito un objetivo más amplio que desear un pudín de chocolate sin que la camarera llame a la policía para que me detenga.

Tomé nota en mi cerebro para investigar el resto de esa anécdota más tarde.

—Leander sobresale en ese tipo de cosas —reveló—, porque posee cierta aberración genética que hace que se le den bien las personas. Les cae bien. Confían en él casi de inmediato y, como puede simular ser un hombre normal, tiene la capacidad de pasar inadvertido y que lo dejen tranquilo. Dice lo que debe, la gente le da su visto bueno y sigue adelante. —Me miró—. Siempre he querido ser invisible y, como lo deseo, es imposible.

—¿Qué clase de vida quieres tener? —le pregunté—. Después de todo esto, de la escuela y de Lucien.

Lo pensó durante un largo minuto. No tenía ni idea de qué me respondería. Holmes siempre había tenido una conexión tan endeble con su entorno, que era como si ella fuera más real que cualquier otra cosa que la rodeara. En el colegio, caminaba de un lado para otro con una mochila llena de libros, pero era como si fueran el mero atrezo de una obra de teatro. Como es lógico, era consciente de que también saldría a comprar zapatos y champú, pero no imaginaba un mundo en el que lo hiciera. Y la semana pasada la había visto mientras se cortaba el pelo sobre el fregadero y me había preguntado si lo habría aprendido sola de algún vídeo de YouTube, porque me resultaba extraño que se lo hubiera enseñado alguno de sus padres. Aunque tampoco la imaginaba viendo algo en YouTube.

Claro que, a lo mejor, solo era mi percepción. Quizá solo me resultaba infinitamente fascinante porque el mundo nunca me había maltratado como a ella, ni me había dejado en carne viva, infeliz y deseando desaparecer. Utilizaba champú del supermercado. Lo sabía porque había usado su ducha en Sussex y me había quedado allí, oliéndolo, a la vez que el agua me golpeaba la cara, pues era imposible que una chica como ella comprara en las mismas tiendas que yo, porque la había idealizado hasta decir basta —a pesar de todos mis esfuerzos por evitarlo—, y porque incluso, aunque no estuviera enamorado de ella, no me imaginaba queriendo a otra persona.

—Quiero una agencia —dijo—. Una agencia de detectives pequeña. En Londres, puesto que es el único sitio adecuado para vivir. Recuperaremos Baker Street. Ahora es un museo y, aunque ninguno de mis familiares quiere vivir allí porque es demasiado vulgar para ellos, a ti te haría feliz, creo, y de cualquier modo conserva todos los muebles originales, así que no tendríamos que comprarlos. Las tiendas de muebles son horrorosas, ¿no te parece? Y aceptaremos casos. Tú puedes tratar con los clientes, consolarlos, tomar notas. Los resolveremos juntos y yo me encargaré de las finanzas, puesto que se te dan tan mal las mates. —Hizo una pausa—. Suena infantil explicado así. Imagino que en la práctica parecerá más adulto.

—¿Eso es todo, entonces? —le pregunté. Lo hice en voz baja, aunque mis pensamientos se agolpaban desordenados dando voces. Nunca me habría imaginado que soñaba despierta de esta forma tan parecida a la mía—. ¿Es eso lo que quieres? ¿Entro yo en esos planes cuando te los imaginas?

—Si los dos logramos sobrevivir tanto tiempo… —Echó la cabeza hacia atrás y la apoyó en la pared para mirarme—. Estás decidido a asumir toda esta responsabilidad por los errores que he cometido. Empiezo a pensar que te gusta tener una diana en la espalda. Así que, si insistes en quedarte, más me vale hacerte un hueco. Yo…

Entonces la besé.

La besé despacio. Con paciencia. Todo era siempre demasiado desesperado entre nosotros —el cronómetro se acercaba a cero, el último secreto estaba a punto de desvelarse—, o demasiado prudente, o demasiado clínico; un experimento que se desmadraba y que salía mal. Era algo colosal e imposible, besar a tu mejor amiga, y cada vez que lo intentábamos, nos las arreglábamos para fastidiarlo de tal manera que la siguiente tentativa parecía cada vez más imposible.

Quería ofrecerle una escapatoria. Siempre lo hacía, sobre todo, después de lo de Dobson. Pero, Dios mío, me costaba tanto. Cuando se inclinó sobre mí y sus dedos recorrieron mi garganta, tuve que cerrar los puños para no tocarle la espalda. Entonces, deslizó una mano por debajo de mi camisa y me obligué a apartarme.

Su respiración era rápida.

—¿Y si no hiciéramos nada de esto? Si solo fuéramos amigos. ¿Te unirías a mí? ¿Estarías conmigo, allí, en Londres? Dime que sí.

—Pero nosotros nunca… nunca hemos sido solo amigos, ¿no te parece?

Estiró la sábana que había entre nosotros y evitó mi mirada.

—No me querrías de ninguna forma entonces. No querrías que fuera solo tu amiga.

—Me lo estás pidiendo todo…

—Todo no tiene que significar esto. —Se le quebró la voz. Cuando acerqué la mano para tocarla, ella se alejó con una mueca de dolor—. Todo es un campo de minas, Jamie. No sé cuándo daré un paso en falso. A lo mejor no llega hasta dentro de dos años, ¿y entonces qué? Si ya te has encadenado a mí, ¿estarás resentido conmigo si dejo de querer que me toquen? ¿Si un día me levanto y mi propio infierno privado ha vuelto y me rodea por completo, y no te dejo volver a besarme? A esas alturas, no serías capaz de dejarme. Eres un hombre honesto. Pero lo sé. Nadie podría soportarlo. Poco a poco te… te marcharías. —Se rio—. Dios, ahora solo me apetece reducirlo todo a cenizas para saber qué es lo peor que podría pasar y así controlarlo.

La miré fijamente.

—¿Que harías qué? ¿Me pedirías que me marchara?

—O podría acostarme contigo. —La mirada en sus ojos era fría—. En última instancia, eso tendría el mismo efecto: hacer que te fueras, echarlo todo a perder.

Me estaba alejando de ella. Se había aventurado tanto que ahora, no solo corregía su rumbo en exceso, sino que lo hacía armada hasta los dientes. No podía soportarlo, no podía quedarme ahí sentado un segundo más y escucharla decir esas cosas porque, además, por espeluznante que parezca, seguía excitado.

—Vete.

—Esta es mi habitación y estás en mi cama. ¿A dónde pretendes que vaya?

—A cualquier otro sitio. No puedo… lárgate, Charlotte.

Pasaron unos segundos terribles, y después algunos más, y, cuando bajó la escalera, se dirigió directamente a la puerta.

Mi teléfono no había dejado de sonar con mensajes durante el rato que estuvimos hablando. De mi padre, al parecer; eran las seis de la mañana en Estados Unidos. Me centré en ellos para distraerme. Cualquier cosa me valía para mantener la mente ocupada.

«¿Por qué me los vuelves a pedir? Ya te he explicado la razón por la que no te los enviaré».

«Papá», escribí. «No se me ocurre otra opción. Milo está en Tailandia. Holmes me ha abandonado. No puedo hacer ladrillos sin arcilla».

No contestó.

«A no ser que vengas tú mismo a buscarlo, no sé me ocurre de qué otra forma podemos recuperar a Leander».

«Te los enviaré».

Miré su mensaje durante un largo minuto.

«¿Estás seguro?»

«Sí. Deberías saber que vas a pasar todas las vacaciones escolares en mi casa hasta que cumplas los cincuenta».

«Tomo nota», imité a Holmes sin darle muchas vueltas. Cuando me di cuenta de que lo había hecho, le quité el sonido al móvil y me lo guardé en el bolsillo. Volví a tumbarme y me obligué a dormir un poco más y dejar de prestar atención por si la escuchaba. Ya volvería —o no—, y, de cualquier modo, no podía enfrentarme al mundo ahora mismo. ¿Qué podía hacer? ¿Ir a consolar a August por amenazar a alguien que podría haber secuestrado a Leander?

Al final lo conseguí, dormirme, aunque ya era mediodía. Los sueños me rehuyeron. Eran ligeros y amenazantes por partes iguales, incomprensibles en el escándalo que armaban. Cuando me desperté, palpé a mi alrededor en busca del teléfono. Era la hora de cenar; había perdido todo el día. Necesitaba lavarme la cara y poner el cerebro en orden.

Me tropecé con August, que no paraba de enviar rápidos mensajes en su móvil, en el pasillo. Parecía exhausto.

—¿Un día duro? —dijo.

—Podría preguntarte lo mismo. ¿Dónde está Holmes?

Respondió mientras hacía un gesto con la mano.

—La vi hace unas horas. Tenía aspecto de querer matar a alguien. ¿Qué averiguó mientras yo estuve fuera? No me lo contó.

Emití un gruñido evasivo.

—No importa. De todos modos, tenía información para ella —dijo—. Un amigo mío dio con una dirección. Hay un lugar para fiestas, que durante el día se convierte en un lugar medio respetable, al que van algunos marchantes. Es lunes, así que es posible que esté muerto, pero he pensado que quizá merezca la pena echar un vistazo. Es un sitio por el que mi hermano Hadrian podría dejarse caer: muchos artistas, un montón de coca… ya sabes.

No estaba seguro de haberle oído bien.

—Le has dicho eso a Holmes.

—Claro —comentó mientras seguía con la vista fija en el móvil—. Quizá podríamos ir esta noche.

—¿Dónde está Holmes ahora mismo?

August se encogió de hombros.

—¿Cenando?

—Rebobina. Le has contado a una Charlotte Holmes enfadada dónde puede encontrar cocaína en una ciudad desconocida.

August me miró con dureza.

—Mimarla es una idea terrible, ¿sabes? Charlotte siempre está al tanto de dónde puede conseguir coca. Es una drogadicta en rehabilitación. ¿Cómo crees que funciona eso? Confío en que conoce sus límites. No hay mucho más que se pueda hacer.

—¿Que no hay mucho más que...? —Me planté ante su cara—. Cuando tenía catorce años, la conociste durante... ¿cuántos meses? ¿Cuáles crees que son sus límites?

—Mi hermano es un adicto —protestó—, así que sí, sé algo sobre el tema y, a menos que acabes de destrozar su mundo por completo, no creo que esta situación sea... —No terminó la frase. El rubor de su sus mejillas desapareció de golpe—. Dios santo, Jamie. ¿Qué has hecho?

Capítulo 9

Lo único en lo que podía pensar en la parte trasera del taxi era: «Tiene que existir una palabra compuesta en alemán para cuando te sientes culpable y furioso al mismo tiempo». Hacía unas horas, Holmes me había dicho que siempre estaba dispuesto a asumir la responsabilidad de sus errores. Y aquí me encontraba, dándole la razón. Lo que más me exasperaba de todo era que August había preguntado de inmediato qué le había hecho, como si yo fuera lo bastante cruel como para alargar las dos manos y romperle el corazón. Se lo había hecho ella solita. ¿O no? Me había dicho que la abandonaría si ella sufría; que me acostaría con ella y que después saldría corriendo.

Madre mía, iba a vomitar. Busqué a tientas los controles de la ventanilla para abrirla y dejar que entrara el aire. El taxista me regañó en alemán hasta que August se inclinó entre los asientos para intervenir y razonar con él. Sus voces elevaron el tono y pensé que devolvería justo allí sobre el suelo.

Me centré en mi respiración, de la forma en que lo hacía durante los entrenamientos de *rugby*, hasta que el estómago dejó de darme vueltas.

—Distráeme. ¿A dónde vamos exactamente? ¿Quién te transmitió esta información?

August se recostó en su asiento y miró fijamente la nuca del conductor.

—Es una casa okupa dedicada al arte. En origen eran unos grandes almacenes y después una prisión nazi. Ahora es casi como una ciudad en sí. Hay una cafetería, un cine, talleres… Es un espacio compartido y, a veces, celebran noches de puertas abiertas. Recorres el espacio con una copa de vino y le echas una ojeada a las obras en las que trabajan los artistas. Si eres marchante, es una buena oportunidad para ver qué se cuece por ahí fuera, aunque es mejor que te guardes esas intenciones para ti mismo. No les gustan mucho los hombres de negocios.

—Suena como si ya hubieras hecho esto antes.

Sonrió con tristeza.

—Aficiones de un hombre muerto. Mi nombre por aquí es Felix, por cierto.

—¿Felix? ¿En serio?

—Cállate, Simon —replicó en una imitación tan asombrosa de Holmes que hizo que me entrara la risa.

August hizo que el taxi nos dejara a media manzana de distancia para que nos aproximáramos al edificio por la parte de atrás. Se situaba en una colina baja y cubierta de hierba y era una monstruosa y gigantesca mole enmarcada por un cielo que se oscurecía. A medida que nos acercábamos, empecé a escuchar música, aunque no sabría decir de dónde provenía. Las puertas, de un rojo alarmante, estaban cubiertas de purpurina, clavos y pequeños ojos pintados. Con la mano en el pomo, titubeé un segundo.

—Espera… —Con manos expertas, August me retiró el pelo de la cara—. Abróchate la camisa hasta el cuello y métetela por dentro. Dóblate los bajos de los pantalones. No, más. Y quítate los calcetines, tienes que llevar las deportivas sin ellos. No hables mucho, pero no porque tengas miedo, ¿vale? Estás aburrido. Toma una bebida en una mano y ojea el teléfono con la otra.

—¿Aprendiste todo esto de Holmes o fue al revés? —le pregunté mientras buscaba un lugar en el que guardar los calcetines.

—Tuvimos infancias extraordinariamente parecidas —respondió; su mirada era tan dura e inexpresiva que sus ojos parecían piedras—. Vamos.

El edificio estaba iluminado de una forma extraña, con escaleras que reptaban hacia arriba a lo largo de las paredes. No me costaba imaginarlo como unos grandes almacenes; las paredes eran altas y tenían molduras, y las escaleras eran lo bastante anchas como para haber dado cabida a un interminable flujo de clientes. Pero la pintura se había descascarillado y faltaban trozos de las paredes, como si una mano enfurecida los hubiera arrancado. Ahora todo estaba pintado de un azul y amarillo eléctricos —las paredes, las ventanas, los extensos techos— y, mientras que la mayoría de los murales eran hermosos de un modo abstracto, aquí y allá distinguí retazos de una cara dibujada, y oculta en la propia pintura, que tenía los ojos fijos en mí.

—August. —Se me estaba erizando la piel de los brazos.

—Lo sé —dijo, y levantó una mano mientras escuchaba—. La música viene de arriba, ¿de la tercera planta, tal vez? Intentémoslo ahí.

Subimos las escaleras despacio. August me garantizó que la estructura del edificio era segura, pero había algo frágil en aquel sitio que habían reconvertido tantas veces, como si, durante el proceso, hubiera perdido su esencia. En el segundo descansillo, nos echamos a un costado cuando un grupo de chicas tatuadas pasó a nuestro lado entre risas. Una de ellas lanzó a August la clase de sonrisa que las chicas de Sherringford me dedicaban a mí a veces.

Se habían levantado paredes falsas a lo largo de la tercera planta, que dividían el enorme espacio en pequeñas habitaciones. Estudios, pensé. August los había llamado talleres. Ninguna de las paredes llegaba hasta el techo, así que se veía el conjunto de luces que cada artista había instalado para iluminar su espacio. Había una mesa junto a las escaleras, y August llenó dos vasos de plástico con vodka y soda y me ofreció uno con una ceja ligeramente enarcada. «No hables», decía su mirada. «Y tampoco te lo bebas».

Se adentró, arrastró los pies lentamente, metió la cabeza en los estudios y saludó a la gente en alemán. «*Ja*», decía («sí»), e inclinaba la cabeza en mi dirección mientras murmuraba algo que sonaba como una disculpa. Nos quedamos de pie un minuto mientras August charlaba con un chaval con el pelo rapado sobre la escultura gigantesca de un pepinillo de metal. Yo me entretuve con el móvil. Tenía un mensaje de Lena: «Dnde estáis? q ha pasado con Londrs? Estoy aburridísima». Lo ignoré y, en su lugar, recuperé la colección de correos electrónicos de Leander, pero tampoco pude centrarme en ellos.

Estaba atento por si escuchaba la voz de Holmes. Me fijé en que August miraba hacia la puerta delantera del estudio en todo momento por si la veía pasar. Lentamente, seguimos con nuestra peregrinación. Un conjunto de televisores, que emitían antiguos noticiarios de los años cuarenta, en blanco y negro, mientras resonaba música disco. Un conjunto de dedos de los pies hechos de cerámica y oro, colocados en una bandeja rosa para que parecieran refrigerios. Pequeñas pinturas de chicas desnudas, expuestas por un hombre con cara de engreído al que me hubiera gustado golpear en la garganta. Pero no lo hice, sino que ojeé los correos electrónicos sin realmente leerlos. Tanto trabajo para conseguirlos y ahora no me encontraba lo bastante bien como para concentrarme. «Querido James», empezaban todos. «Querido James, querido James…».

Entonces me topé con uno que comenzaba con «Querido Jamie», fechado a principios de diciembre, y durante un instante dejé de buscar la voz de Charlotte.

Querido Jamie:

No sé por qué he sentido el deseo de escribirte con ese nombre. ¡Nadie te ha vuelto a llamar así desde que yo lo hacía! Dedico todo mi tiempo a juntarme con los profesores de la escuela de Bellas Artes y sus pequeños rebaños de alumnos. Todos sienten un cariño abrumador los unos por los otros —me refiero a los alumnos—, como si se estuvieran ahogando y a la vez sustentaran la vida de los demás. Sinceramente, no entiendo cómo no terminan en el fondo del lago con semejantes circunstancias, pero aquí siguen, soldando y dibujando bajo el bondadoso ojo de su profesor. Nathaniel se une incluso a las fiestas. Creo que le gusta pensar que está un poco enamorado de mí, lo que me viene bien para mis propósitos, pero claro, es terrible para los suyos. Nunca es una buena idea enamorarse de tu procurador…

Esperaba que se refiriera a un procurador de arte, no de drogas. Aunque, a juzgar por los ojos de los artistas que me rodeaban, las líneas entre esos dos mundos parecían difusas. Algunos, que te guiaban a través de su trabajo y le tomaban el pelo a August en alemán sobre algo que le hacía ruborizarse, eran muy inteligentes. Pero otros se sentaban en una esquina, sin dejar de sonreír a más no poder y con las manos sobre el regazo, como si aquello fuera lo único que pudiera hacer para no desmoronarse.

Otro estudio… Parecía que había pasado una hora, pero como estaba mirando el teléfono, sabía que solo habían sido diez minutos. Estaba haciendo un sobresfuerzo monumental para no mandar a callar al pintor y subirme por las paredes mientras grito el nombre de Holmes. «Existe una alta probabilidad de que esté bien», me dije. «Casi siempre está bien». Pero el pintor le estaba soltando un monólogo a August y utilizaba las manos para explicarle algo, de manera que me acomodé en una silla de plástico y seguí leyendo correo de Leander.

Oigo el nombre de Hadrian por todas partes. No sabría por dónde empezar a hablarte de la fortuna que ha conseguido. Y, aunque creo que no está relacionado con este fiasco de Langenberg, sé que tiene contactos que podrían venirme bien para darle un buen empujón al caso. Milo me ha tenido informado, pero solo para que me aparte del camino de Hadrian. Ojalá mi sobrina pudiera programar sus bajones con menos tino, la verdad. Hemos mantenido una tregua con los Moriarty durante casi un siglo pero, ahora vas tú y me convences para que me meta en un caso de arte falsificado, justo después de que hayamos quemado la bandera blanca. Siempre he pensado que todo el asunto habría valido la pena si Charlotte y August realmente hubieran compartido una historia de amor a lo Montesco-Capuleto. ¡Imagínate qué historia! Aun así, él terminó muerto y mi pobre niña desterrada, así que supongo que en el fondo sí que tenía algo de Romeo y Julieta.

Si sueno un poco desquiciado, es porque lo estoy. No sé cuánto más tiempo podré seguir viviendo como David Langenberg: tiene un gusto espantoso para las corbatas y su estudio es un congelador. Por no mencionar que mi cuñada vuelve a estar enferma (fibromialgia, una desdichada enfermedad) y que, sin su salario, sinceramente, me preocupa un poco que Alistair no sea capaz de mantener el hogar familiar considerando la forma en la que se gasta el dinero. Con todo, les debo una visita, de manera que veré qué puedo hacer. Alistair siempre me ha ayudado mucho con mis casos y me encantaría conocer por fin a tu hijo.

Cómo me gustaría volver a estar contigo fumando esos ridículos cigarrillos en nuestra buhardilla de Edimburgo mientras hacíamos saltar la alarma de incendio con el humo. Y cocinabas fatal, pero Dios sabe que yo no sé hacerlo para mí mismo. Te echo de menos, James. Cuídate.

Me había esperado algo mucho más frío. La clase de ejercicio analítico, paso por paso, que Sherlock Holmes siempre le decía al doctor Watson que debía escribir en lugar de sus «historias». Estos correos electrónicos, sin embargo… no eran tanto resúmenes de un caso como cartas, de la clase que le escribes a alguien que conoces tan bien que podrías verlo a tu lado, incluso cuando se encuentra al otro lado del océano y vive otra clase de vida.

Mi padre había borrado sus respuestas, así que traté de imaginármelas. Era lógico que se preocupara cuando Leander dejó de escribirle, daba la impresión de que mi padre había sido su único salvavidas durante los meses que había trabajado en este complicado caso. Se había hecho pasar por David Langenberg. Un pariente del artista; alguien con intereses financieros en lo que le hubiera ocurrido a las nuevas obras de Langenberg. Ese correo era de los últimos de la lista, solo quedaban otros dos.

Querido James:

He tenido un encuentro interesante esta noche. Al salir de mi piso, cuando apenas había empezado a mentalizarme para convertirme en Langenberg, nuestro profesor Ziegler casi me arrolla. Teníamos planes para cenar, así que no me sorprendió verlo allí.

Sé que no te he hablado mucho de las particularidades de mi relación con Nathaniel. «Mi» relación… La de David más bien, y perdona mi modestia, o bueno ¿la suya? Baste decir que he tenido que realizar bastantes promesas románticas para asegurarme su continuado interés en nuestro pequeño proyecto. Pero nunca nos hemos encontrado en ninguna situación en la que yo le haya pasado las manos por el pelo.

Nathaniel es un tipo atractivo. Me besó en el umbral de la puerta. Me sorprendió con unas flores y decidí seguirle el juego. Coloqué los brazos alrededor de su cuello y…

No puedo escribirte sobre eso. Ya conoces mis sentimientos sobre este y todos los asuntos, Jamie.

A veces, todavía sueño contigo, ¿sabes? Pero supongo que tampoco puedo escribirte sobre eso.

Me cubrí los ojos con una mano y después seguí leyendo.

> Nathaniel llevaba una peluca. Oculté mi desconcierto pero, aunque se me da muy bien evitar que mis sentimientos se reflejen en mi rostro, creo que notó el cambio en el ambiente. No obstante, bajamos al final de la calle a por una *currywurst*, como tantas veces antes, y hablamos de la fortuna que estábamos amasando a costa de sus alumnos y de su propio trabajo. ¿Sabes que ahora me encantan las pinturas de Langenberg? ¿Incluso cuando las realizan las manos de Nathaniel? Hay dolor en ellas, soledad, aislamiento. ¿Sonaría patético si dijera que llevo el arte en las venas? Porque así es; soy un artista. Mi medio es invisible, pero, aun así, lo soy.
>
> Quiero verlo mientras pinta un «Langenberg». No solo porque creo que él, este Nathaniel de ojos azules con la nariz partida por dos sitios, no es quien los ha dibujado, sino porque creo que no es Nathaniel. Su aspecto es como una versión borrosa de la fotografía que hay de él en la página web de la facultad. Es él y a la vez no lo es.
>
> Me he pasado la noche viendo unas odiosas entrevistas en internet. ¿Sabías que Hadrian Moriarty tiene esa misma clase de nariz? Y, aun así, no se parecen en nada. He sentido su rostro. Mis manos han recorrido su pelo.
>
> Creo que me estoy volviendo loco.
>
> A lo mejor es toda esta soledad la que me vuelve paranoico. No estoy seguro. Pero no puedo enfrentarme a la humillación de pedir ayuda a mi sobrino. Mañana salgo hacia la casa familiar. Necesito ver a mi hermano.

August trataba de llamar mi atención, pero negué con firmeza. Me quedaba un correo por leer. Estaba fechado dos días después.

> Querido James:
>
> Perdona que no te escribiera ayer. Estoy en casa, recordando cómo ser yo mismo e intentando zafarme de los últimos retazos de este estafador monacal.
>
> Me alegro de ver a tu hijo. Se parece a ti prácticamente en todo y, como tú, está sobrepasado. Charlotte

está... distinta. Es precavida, desconfiada. Nunca había sido muy sincera, pero esta clase de miedo irracional es nuevo. No tiene nada que ver con tu Jamie y, al mismo tiempo y de alguna manera, sí que está relacionado con él.

He pillado a Charlotte sola esta tarde. Mantuvimos una larga conversación sobre su padre. Van a producirse ciertos cambios en la casa y tenía que hacerla partícipe de ellos. ¡Qué chiquilla! Barbilla alta y voz grave. Lo comprendió de inmediato.

¿Me haría parecer débil si te confesara que a veces, cuando estoy ebrio, finjo que es mi hija y no la de Alistair?

Hay más cosas que solucionar por aquí: las finanzas, los estudios de Charlotte. Emma se encuentra en... cierta situación y han pedido venir al médico. Hay mucho más detrás, pero eso es todo lo que puedo contar. Derecho a la intimidad, ya sabes. Regresaré a Berlín tan pronto como me sea posible.

Feliz Navidad. Asa algunas castañas por mí.

Y ya está. No había más.

Me resultaba muy complicado volver a la realidad. Hice un esfuerzo por recordar donde estaba, por ponerle palabras al frío y al espantoso nudo que sentía en el estómago. «Holmes está aquí. Hemos venido a buscarla. No tienes ni idea de cómo vas a encontrarla».

Y Hadrian Moriarty ¿sería Nathaniel Ziegler? Me había creído un genio cuando lo descubrí entre la multitud. Cuando me invitó a su apartamento. Nathaniel fingió dejarse llevar por el pánico cuando mencioné el nombre de Leander y pensé: «¡Sí! Una señal de que he dado con el hombre que buscaba», y no sabía cuánta razón tenía. ¿Hadrian se estaba haciendo pasar por Nathaniel? ¿Habría sido durante todo el tiempo o solo en esos encuentros? ¿Enseñaba en la facultad o solo se reunía con Leander por la noche en esa vacía residencia para profesores?

En los correos electrónicos de Leander, solo era una especie de corazonada. No creía estar en lo cierto.

Pero, madre mía, ¿y si lo estaba? «Razónalo, Watson». August Moriarty había visto a Nathaniel la noche anterior y lo había dejado marchar. ¿Y si hubiera conspirado con su familia todo el rato? ¿Y si Nathaniel y él no hubieran ido a ver a Hadrian porque Nathaniel era Hadrian?

¿Y si todo esto era una estratagema para conducirnos hacia donde Lucien Moriarty quería?

Con frenesí, volví al primero de los correos y los revisé a toda prisa, ya no tenía sentido fingir. Seguíamos en el mismo maldito taller y, cuando levanté la vista hacia August, su atención seguía fija en el rostro del artista que le hablaba aunque su voz se había vuelto más silenciosa.

Miré a mi alrededor. Este artista estaba interesado en pintar de una forma más tradicional que el resto que habíamos visto. Por lo menos sus lienzos no eran luces de neón que parpadeaban ni estaban cortados en tiras diminutas. Eran retratos. Cada uno mostraba una cabeza oscura, de perfil, con la expresión oculta. En color negro y gris, con retazos de blanco roto. Lo que representaban estas obras era distinto a los Langenberg falsos, pero todas se asemejaban inequívocamente a *Finales de agosto*.

El artista no se parecía a Nathaniel Ziegler. Ni tampoco a Hadrian Moriarty, que podrían ser la misma persona. No, este tipo tendría unos dieciocho años.

Cuando vio la expresión de mi rostro, August señaló al artista con un dedo.

—¿Más vodka? —preguntó—. Ahora volvemos.

Tendría que guardarme mis sospechas por el momento. Había que encontrar a Holmes.

«August Moriarty te secuestró», susurró una voz en mi cabeza, «y, aun así, pensabas que estaba de tu lado. ¿Cómo puedes ser tan idiota?».

—August —siseé ante la entrada del estudio, pero él meneó la cabeza ligeramente. «Ahora no», articuló.

Mientras serpenteábamos de vuelta a la mesa de las bebidas, me pregunté si Holmes estaría aquí. A lo mejor se había escabullido a alguna cafetería para estar sola y pensar. Quizá seguía en el cuartel general de Greystone, mientras practicaba escalas en su violín tras haberse olvidado de nuestra pelea en cuanto sucedió. A lo mejor había escogido la opción sensata, por una vez, y había llamado a alguien para hablar del tema, aunque ¿a quién? No tenía ni idea.

No. Debía centrarme en el presente. Sentía que ella estaba ahí, en alguna parte, y por la expresión en el rostro de August, él también lo sentía.

—Baño —dijo, y señaló una puerta que había en el otro extremo de la habitación dividida—. Ya que lo has preguntado.

Asentí. Entonces, nos dividiríamos. «Confía en él de momento», me recordé. «Ya lidiarás con él más tarde». Me arrastré despacio hacia los baños y levanté la vista del móvil para comprobar rápidamente los pasillos. Se oían voces por todas partes, pero ninguna era la de Holmes. Aunque eso no tenía por qué significar algo. Me acordé de la vez en la que se escondió bajo el porche de mi padre y se tomó el resto de su alijo de golpe, sentada en el barro frío como una muñeca de rostro inexpresivo. Me había costado un sufrimiento hacerla hablar, hasta que al final cedió y lo sacó todo. Una larga y oscura ola de confesiones.

Había menos talleres por esa zona y las paredes colgantes formaban pequeños estudios. Había sillones y una televisión con Netflix puesto. Un bar más elaborado, con estantes y estantes repletos de botellas de licor que llegaban hasta el falso techo, y frente a una pared pintada de pizarra y cubierta de extraños y pequeños rayos de sol. En algunos de los estudios, lo único que había eran personas que reían, vestidas de artistas o con trajes, y sentí curiosidad por aquellos extraños y pequeños espacios abiertos: ¿quién sería el propietario? Si es que alguien lo era. ¿Y quién decidía quién entraba y quién salía?

Y, aun así, no la localicé por ninguna parte, hasta que, al final, lo hice.

Era la chica de pelo rubio rodeada por un mar de hombres. Mi mirada la había pasado por alto, pero luego distinguí sus ojos, grises, fríos e insólitos.

Di marcha atrás rápidamente, tomé otro vaso y me serví un zumo de arándanos con manos temblorosas. «Parece estar bien», me dije, «está hablando, es feliz, está bien», y traté de reunir la confianza necesaria para introducirme en una habitación llena de desconocidos y sacarla de allí. ¿Dónde estaba August? No lo veía. No sabía qué tapadera se había inventado Holmes, qué hacía o si, en el caso de verme, se vendría conmigo.

Volví a acercarme, despacio. No quería ahuyentarla. En el borde de la multitud, esquivé a un tío con barba que agitaba los brazos mientras despotricaba sobre Banksy, y me coloqué en el campo visual de Holmes.

Pero no daba la impresión de que me hubiera visto. Mientras la observaba, sacó un cigarrillo de un paquete que le ofrecieron.

—¿Alguien tiene fuego? —preguntó con su voz grave y ronca. Vamos, que estos artistas hablaban inglés o, al menos, reconocieron el gesto, porque tres hombres distintos rebuscaron en sus bolsillos y sacaron sus mecheros. Holmes se inclinó hacia delante sobre el Zippo dorado de alguien y, durante una milésima de segundo, me miró fijamente. «Todavía no», articuló, y sacudió la cabeza.

August también debía de haber interpretado las señales.

—No pensaba que esta fuera tu clase de ambiente —dijo en voz alta, y emergió detrás de mí para quitarme el vaso que sostenía—. Gracias por la bebida.

—Te he perdido entre la multitud. —Uno de los hombres desplazó un dedo por el hombro desnudo de Holmes y ella soltó una risita—. ¿Y a ti? ¿Te gusta este ambiente?

—No —respondió en forma de gruñido, pero no iba dirigido a mi pregunta—. Conozco a ese hombre. ¡Michael! —gritó August mientras saludaba con la mano.

El hombre que se encontraba más próximo a Holmes, el más musculoso y con el pelo menos blanco, vio a August y le correspondió con cortesía saludándolo también con la mano. Era evidente que no le interesaba nada de lo que August tuviera que decirle; en su lugar, se inclinó para susurrarle algo a Holmes al oído. Ella levantó la vista y le sonrió ampliamente.

—¡Oh! ¿Dónde? —La oí que preguntaba.

—Ese es el guardaespaldas de Hadrian —murmuró August—. Su guardaespaldas particular; no trabaja para Milo. No sabía que estaría aquí esta noche.

—¿De eso conoces este sitio? ¿De venir con tu hermano? ¿Con Hadrian?

August asintió de manera imperceptible.

—¿Y está aquí?

Dudó y después negó con la cabeza.

O sea que había estado ahí. Había pasado todo este tiempo hablando con el delincuente y cretino de su hermano mayor, delante de nuestras narices, y sentí que las manos se me agarrotaban a los costados ante el deseo de querer estrangularlo. Si no estuviéramos en un lugar público…

—Michael —dijo lo bastante alto como para que lo escuchara—, venga, vamos a tomar algo.

El gigante alzó su copa como respuesta y se alejó. Holmes iba pegada a sus pies con los dedos entrelazados con los suyos.

—Llama a tu hermano, pedazo de imbécil —pedí a August—. Que le diga a su guardaespaldas que se vaya a casa. Yo la seguiré.

No recordaba haberme sentido nunca tan devastado. En el pasado, siempre había respetado los límites de Holmes, sobre todo, cuando se disfrazaba y buscaba información. O seguía su ejemplo o me mantenía completamente al margen. Mis expectativas con respecto a esta situación eran más bajas; siempre lo eran. A lo mejor mi padre nos había pedido que preguntáramos por Leander, pero no era mi tío. Quizá me encontrara en la casa de Holmes cuando sucedió, pero no era mi madre a la que Lucien estaba envenenando.

Había tratado de convencerme de que esta era nuestra misión, y estaba equivocado.

Claro que, a la que violaron y la que se drogaba con cocaína, oxicodona y cualquier otra cosa que no estuviera bajo llave, sí que era mi mejor amiga. También era la que siempre podía cuidar de sí misma, sin embargo, aquí estaba, siguiendo al gigantesco guardaespaldas alemán hacia lo que parecía una pequeña habitación cuadrada remodelada como ropero.

«¿En una casa okupa dedicada al arte y cubierta de grafiti?», preguntó una diminuta parte de mi cerebro. «¿Un ropero… es arte?», y mierda, mierda…

Como era diciembre, o porque eran unas instalaciones artísticas —¿quién sabe?—, el ropero estaba lleno de abrigos. Me escondí tras unas pieles que llegaban hasta el suelo y, aunque no veía nada, los escuchaba a los dos a la perfección.

—Te he observado desde que has entrado —murmuraba él—. Iluminabas cada habitación.

—Tampoco es complicado pasarte a ti por alto, ¿sabes? Dios, debes de hacer mucho ejercicio, ¡mira qué brazos! Eres mucho más fuerte que mi guardaespaldas. Y más guapo. —Soltó una risita—. ¿Necesitas trabajo?

No sabía cómo analizar todo aquello. Nunca había visto a Holmes bajo los efectos de la cocaína; no sabía cómo le afectaba. Ni a ella ni a nadie, en realidad. ¿Qué ocurría en las películas? ¿No te hacía hablar más deprisa y sentirte más confiado? ¿O eso era la heroína?

—Tengo contrato *de* muchos años con mi jefe. Él es… *hombre enfadado*.

—¡Oh, solo era una broma! No está aquí, ¿verdad? No quiero meterte en ningún lío.

A veces me sorprendía pensar en qué medida el trabajo de espía de Holmes se basaba en decirles a hombres idiotas lo que querían oír.

—Esta noche no. Me envía *para que* vigilar a un hombre que pinta para él, pero tampoco ha venido. Es tonto. No devuelve sus llamadas y debe varias obras. Esto *traerá problemas* al hombre. Después *voy* a East Side Gallery, a veces está allí. —Se escuchó un crujido, como si la estuviera introduciendo entre uno de los percheros de los abrigos—. ¿Vienes conmigo? *Después, vamos de fiesta.*

—Ya estamos en una. Podríamos pasárnoslo bien ahora —murmuró ella.

Mi cerebro hizo cortocircuito. «Sabe cómo apañárselas», me dije. «Siempre lo sabe».

Oí un sonido húmedo, como si se besaran. Los crujidos fueron en aumento.

—Espera… —Y entonces sonó tan insegura, tan asustada, que tuve que guardar los puños en los bolsillos—. A veces mi ex se pasa por aquí. No quiero que te haga daño.

—¿*Hacerme* daño? —Al parecer esto era un concepto nuevo.

—No, no creo que pudiera, pero no quiero montar una escena. —Había una nota de picardía en su voz—. Le rompí el corazón. ¿Lo has visto? Es muy alto, guapo; mayor. Tiene el pelo negro y lo lleva peinado hacia atrás.

Leander.

—¿Con él? ¿*Tú salgo* con él?

—Fue un error —balbuceó, como una chica que da marcha atrás—. Lo siento, fue un error, estoy preocupada por ti.

—No. No tienes que *preocupar* por él. Mi jefe se ha encargado de ello, ¿sí? Ahora…

Otra vez, un sonido húmedo. Aunque bueno, esta vez era distinto, y también se escuchó el resuello distorsionado de un hombre, un gimoteo, y antes de que fuera plenamente consciente de lo que hacía, salí de mi escondite con los puños en alto…

… a tiempo de descubrir cómo Holmes le clavaba el codo en la garganta al tipo por segunda vez, que se deslizó sobre el suelo y arrastró con él una avalancha de abrigos.

—Ha intentado subirme el vestido. —Con una mano temblorosa, se colocó la peluca—. Vámonos; ya.

Nos precipitamos hacia las escaleras. Incluso ahora, con la mandíbula apretada y trémula, interpretaba el papel que había adoptado: lo que parecía, hasta en la ropa, una versión rubia de Marie-Helene. ¿Era así como se inventaba los personajes? ¿Escaneaba con la mirada a una chica a la que acababa de conocer y horas más tarde la imitaba con una peluca y un conjunto de pecas pintadas?

Se produjo un alboroto a nuestra espalda. Cuando me volví para mirar, vi a un hombre que salía a duras penas del ropero, al que, al instante, atrapó otra persona que se lo llevó a rastras… ¿August?

—Más deprisa —dijo Holmes, y descendimos ruidosamente por las escaleras de colores chillones, dejando atrás la lámpara de araña quemada y la puerta con los ojos pintados. En cuestión de segundos, nos encontrábamos en el exterior y bajamos corriendo la colina. Sin embargo, yo no había prestado atención a nuestra llegada y ahora me daba cuenta de que no había nada a nuestro alrededor, solo las pesadas siluetas de fábricas y camiones que se alargaban hasta la línea del cielo.

—¿Dónde estamos? —le pregunté, pero me agarró del codo y tiró de mí. Al final de la manzana, derrapó hasta detenerse y me arrastró alrededor de la esquina de un almacén. Busqué el móvil en los pantalones.

—Tengo que contarte algo sobre August. —No hubo respuesta—. Está en contacto con su hermano. Creo que ha hablado con él todo este tiempo. —Todavía nada—. ¿Holmes?

Se había arrodillado en la acera con las manos sobre el hormigón. Una vez, y luego otra, vomitó en plena calle. Me agaché junto a ella para sujetarle el pelo; los largos mechones de aquella peluca fría y tiesa entre mis dedos. Un viento helado recorrió la calle de golpe. Aunque Holmes no tiritaba, de un momento a otro se pondría a nevar.

—¿Estás bien?

—Sí. —Tosió; después se quitó la peluca y la tiró al suelo. Y la redecilla del pelo. Y las pestañas postizas. Sin ellas, casi volvía a ser ella misma, la chica con la ropa negra de segunda mano y la mirada desesperada—. ¿Puedes llamar a un coche?

—No tengo cobertura —respondí—. ¿Y tú?

—Se lo pediré a Milo.

—¿No está en Tailandia?

No añadió nada más durante un largo minuto. En su lugar, miró al otro lado de la calle, hasta donde se extendía la casa okupa. El viento volvió a levantarse e hizo que el pelo se le pusiera en la cara.

Oímos ruedas sobre la gravilla. Mientras los dos mirábamos, un coche negro de alquiler con chófer dio la vuelta a la esquina. No tenía matrícula.

—Me pregunto a quién le habrá puesto el micrófono esta vez —musité mientras abría la puerta—, si a ti o a mí.

El conductor era otro de los hombres callados y vestidos de negro de Milo. Cuando nos acomodamos en los asientos de atrás, Holmes le hizo un gesto con la mano.

—A casa.

Permanecimos en silencio durante un buen rato. Con indiferencia, le pidió al conductor una bolsa de plástico y él se la tendió como si ya la tuviera preparada. No tenía muy claro qué decir después de cómo habíamos dejado las cosas en Greystone. Le di varias vueltas en la cabeza… ¿Una disculpa? ¿Un interrogatorio? ¿Cómo podía contarle lo que había averiguado de las cartas de Leander? Se había reunido con él, decía la última. Hablaron de los cambios que habría en su casa. ¿Debería empezar por ahí?

En un principio, daba la impresión de que no íbamos a decir nada de nada. Sacó su teléfono, empezó a escribir en él —¿a quién?, no tenía ni idea—, y habló, con la voz cruel y ronca que solo había escuchado una antes, cuando terminó de teclear.

—Quieres que hablemos de esto.

Suspiré.

—Tengo que contarte algo sobre August.

Tomó aire.

—Watson. Si lo que quieres contarme es que dudas de sus lealtades, no me interesa. Sí, es posible que esté en contacto con su familia y que se niegue a hacerme de canguro, pero no me interesa lo que has descubierto porque, ahora mismo, prefiero confiar más en él que en ti. Y esto nos lleva al segundo punto. Espera un momento.

Con mucho cuidado, volvió a vomitar en la bolsa de plástico.

—Dos —continuó—. Cuando me dijiste que me largara, lo hice. Pues bien, esta soy yo yéndome. Quiero marcharme. No quiero seguir con esta terrible reiteración en la que tú ya no tienes ninguna fe en mi habilidad para autocontrolarme porque tengo problemas de chicos —pronunció esas últimas palabras con un gruñido—. ¿Acaso ahora soy de cristal? Vienes a buscarme, ¿y no me dices de primeras que tienes información nueva sobre mi tío?

—¿Cómo lo sabes?

Holmes me miró como si fuera idiota.

—¿Me lo preguntas en serio?

—Holmes. August vuelve a estar en contacto con su hermano, y no me importa que crea que nos —me— está haciendo un favor, eso es una estupidez monumental. ¿Qué hizo? ¿Entrar en su consulta como si nada, vestido como un vendedor de libros? «¡Sorpresa! ¡No estoy muerto! ¡Ah, y fíjate, estamos reviviendo la historia!».

—¡Cállate, Watson! ¡Vete! Mira, el semáforo está en rojo, estoy segura de que sabrás volver a casa. ¿Tienes cobertura para llamar a un taxi? —Volvió a mirar hacia el espejo retrovisor, pero el conductor no se inmutó—. ¿Necesitas que vaya contigo y te lleve de la mano?

Apreté la mandíbula. Venía a por mí como un *bulldog*, en la parte trasera de aquel coche con chófer que olía a vómito y nos conducía a Dios sabe dónde, pero bajo ningún concepto permitiría que me sacara de mis casillas.

Holmes volvió a mirar hacia atrás y después al conductor.

—¿Por qué no dejas de mirar por la ventanilla?

—Estamos pasando por el Muro de Berlín. ¿No tienes ni idea de geografía o de verdad no sabes dónde estamos?

—Yo...

—Búscalo, no estamos lejos del cuartel general de Greystone.

Ahora estaba nerviosa, dispersa, y el coche iba más rápido. Esperé un segundo antes de preguntar:

—¿Te encuentras bien? ¿Necesitas que…?

—Está claro que no me encuentro mal físicamente por algo que me hayas hecho tú. Por lo general eres intenso, pero ahora mismo te comportas como un completo imbécil.

Aunque la conocía lo suficiente como para saber que me provocaba a propósito, esto no se parecía a lo de siempre. Por lo general, cuando venía a por mí con uñas y dientes, era porque algo la había frustrado y daba la casualidad de que yo estaba en la misma habitación. Le gustaba tener algo concreto con lo que pelearse. No era lo que más me gustaba de ella, pero tampoco era lo peor, y el enfado se le pasaba en uno o dos minutos.

Y sí, antes habíamos tenido una pelea desgarradora, y sí, a lo mejor era algo de lo que no podríamos recuperarnos, pero, cuando Holmes estaba realmente enfadada conmigo, no soltaba insultos cutres ni me decía que buscara el Muro de Berlín en el móvil.

La última vez que vino a por mí con esta agresividad, fue para echarme de su laboratorio antes de que una explosión nos matara a ambos.

No podía ser cierto. Me volví para mirar por la luna trasera del coche. Aunque estaba oscuro y no conocía la ciudad, no creía recordar los gigantescos edificios industriales por los que estábamos pasando. Nos adentrábamos en Dios sabe qué barrio y, sin duda, no íbamos de vuelta a Greystone.

Holmes me contemplaba fijamente. «Búscalo en tu teléfono», me había dicho. Y eso hice.

Volvía a tener cobertura y Holmes me había escrito todo ese rato.

Este coche no es de Greystone.
Vete.
Le he enviado un SOS a August y Milo. Vendrán a buscarme.
Vete.
Vete, ya.

Antes de que ideara un plan o dijera: «No, no pienso dejarte, saldremos juntos de esta», el coche impactó contra algo. A pesar de que llevaba el cinturón abrochado, me pegué un buen golpe contra la consola.

—¡Sal! —gritó Holmes con voz ronca y sin molestarse en susurrar—. ¡No eres tú el que les interesa!

«¿Qué está pasando?», quería preguntar, y «¿por qué ahora?». El conductor salió y rodeó la parte de atrás del coche despacio.

Alargué el brazo para tomarla de la mano.

—¡Por Dios, Watson! —dijo. Tenía el rostro sereno y brillante—. Esto va a ponerse feo.

—Lo sé —repliqué—. No iré a ninguna parte. —El chófer uniformado de negro me sacó del coche con sus enormes puños y me tiró sobre el parabrisas.

Le daría una buena paliza. Ese era mi trabajo, ¿no? Ser el matón. De manera que interpretaría mi papel. Tenía un rostro normal y corriente, la cara de alguien que trabaja en una tintorería, pasea perros o es un viejo amigo de mi madre, pero también era un desconocido, alguien a quien no había visto nunca y que me estaba dando puñetazos en la cara. Era una estupidez sorprenderse por ello. Todo lo que hacíamos era movernos por los límites de esta clase de peligros, así que, ¿de dónde provenía el *shock* de que me arrastraran por la camisa al meollo de la cuestión y me rompieran la nariz?

—¡Corre! —grité.

¿Dónde estaba Holmes? No la veía por ninguna parte, pero solo intentaba conseguirle tiempo. Ese hombre tenía cuarenta y cinco kilos de músculo sobre mí, y yo no era especialmente delgado. Cuando me golpeó en la mandíbula, oí que algo se astillaba. Daba igual. No podía ver ni oír, y no se debía a la sangre que me caía a borbotones por el rostro. Era porque estaba furioso.

Le enganché la pierna con la mía y lo derribé. «¡Menos mal que practico *rugby*!», pensé con cierta ironía, amarga y distante, porque ahora lo tenía bocarriba. Forcejeó conmigo, dispuesto a zafarse de mí, y, aunque en realidad yo no sabía nada de peleas callejeras, sí que se me ocurrió meterle los dedos en los ojos. Con los antebrazos, me lanzó hacia atrás y volvió a ponerse en pie.

A través de la sangre, vi que Holmes estaba detrás de él. ¿Qué hacía? ¿Por qué no había huido o había ido en busca de ayuda? Pero ahí estaba. Le retorcía el brazo al conductor por detrás de la espalda. Con su elegante y sosegada eficiencia, le dio una patada en las rodillas con las botas de tacón afilado mientras, a la vez, pedía ayuda sin parar.

Él se giró y le dio semejante empujón que la dejó despatarrada en el suelo.

Grité su nombre; una, dos veces. ¿Estábamos en la zona industrial? Presté atención por si se oían coches, sirenas, cualquier señal de vida humana, y después me detuve porque todo lo que oía eran los gruñidos del chófer mientras me clavaba los puños en el estómago. Traté de quitármelo de encima, pero no lo logré. Era como si me estuvieran dando una paliza debajo del agua: así de despacio pasaba para mí el tiempo. Además, era muy impersonal. Nunca imaginé que luchar por tu vida fuera tan invasivo y tan frío. ¿Habían pasado cinco minutos? ¿Una hora? Detrás de él, sobre la calzada, Holmes gimió y se sentó con el rostro sonrojado por la gravilla, pero eso es todo lo que vi porque me golpeó en la mandíbula.

Le dije a Holmes que corriera, o eso intenté porque terminé escupiendo un espeso riachuelo de sangre. Justo cuando el conductor se echó hacia atrás para lanzarme otro puñetazo, vi que Holmes se ponía en pie con dificultad.

—No lo mates —dijo una voz, pero no era de ella. ¿Dónde me encontraba?—. A mi hermano no le hará gracia.

Creo que el conductor asintió. No veía nada por ninguno de los dos ojos y la cabeza me bailaba sobre el cuello.

—Lo siento, chico —susurró. Tres palabras que me sorprendieron tanto que casi me atraganto. Cuando volvió a golpearme, me dejó completamente inconsciente y descendí, descendí y descendí.

Capítulo 10

Antes de nada, debería aclarar que ofrezco este relato bajo una fuerte coacción, y solo gracias a la confirmación reiterada de que Watson no lo leerá hasta que hayan pasado de dieciocho a veinticuatro meses desde los acontecimientos descritos. Al contrario de lo que él cree, hacerlo enfadar no me produce ningún placer. Me pidió que rellenara algunos huecos del período en el que se encontraba incapacitado y que lo contara de forma que resultara llamativa para el lector. «Nada de volcar datos, Holmes», me previno.

Pero si al final lo llevo a cabo, será según mis propias normas. Estos son los hechos: nos encerraron en el sótano de Hadrian y Phillipa Moriarty. Había una alfombra roja muy mullida, sobre la que tumbaron a Watson, y aunque a mí me habían atado, más o menos había logrado soltarme. Todo esto era culpa de August.

No estoy segura de si recordaréis este detalle concreto de su última narración de nuestras aventuras, pero Watson tarda una cantidad absurda de tiempo en despertarse cuando lo dejan inconsciente. Podríais argumentar que yo no debería saber estas cosas, que una buena compañera trabajaría de manera activa y exitosa para que tales circunstancias no se dieran.

Vuestras suposiciones serían correctas. Pero sí que intento impedir dichos incidentes. ¿Por qué sino lo habría dejado en el deprimente hotel de Milo? (Antes de que llegáramos, le pedí a mi hermano que llenara nuestra habitación de clásicos en edición de bolsillo y novelas de misterio —el veneno de Jamie Watson, con perdón de la expresión—, con la esperanza de que se enganchara tanto a *Matadero cinco,* que no se diera cuenta de que, de vez en cuando, me escabullía para trabajar un poco por mi cuenta. El hecho de que Milo encargara los libros en alemán es un chiste que no tiene gracia y que no es, ni de lejos, error mío).

Sí, estaba furiosa con Watson. De hecho, estaba bastante enfadada, pero no tenía nada que ver con la ira que sentí cuando vi su rostro de terrible preocupación por encima del hombro de mi objetivo. De los dos, soy la única que ha tenido éxito al resolver un delito. En realidad, como compañera soy, por mucho, la más competente, por no mencionar que preveo las cosas mucho mejor que él. Y no, no estoy alardeando, son hechos cuantificables.

He aquí algo que no puedo decirle a Jamie Watson: no puedo ser tu novia porque me aterra que intentes envolverme entre algodones y recluirme. «Intentar» es la palabra operativa ya que él necesita que lo salven mucho más a menudo que yo.

Pero en esto, al menos, había fallado. Ver a Watson tumbado en aquella alfombra mullida era perturbador por varias razones. Cada pocos minutos me aseguraba de que respiraba y, entre medias, me sentaba sobre los talones a su lado para pensar en nuestra situación.

El sótano no tenía ventanas o puertas visibles. Nos habían confiscado los teléfonos y me sangraba la nuca. Nos concedería a Watson y a mí misma diez minutos de descanso antes de empezar a destrozar los muebles de madera para fabricarme un arma.

Mi padre me había entrenado para que estableciera las prioridades en situaciones como esta. «Haz una lista concreta», me decía. «Sé implacable».

1. Mantenerme con vida. Obsérvese que, aunque parezca interesado colocar esta en primer lugar, quien no la sitúe al principio de su lista será porque es padre o un mentiroso, y yo no soy ninguna de las dos cosas. Por no mencionar que no conseguir mantenerme a mí misma con vida se traduce en que el resto de esta empresa se volvería irrelevante.

2. Mantener a Jamie Watson con vida, puesto que la temeraria indiferencia que siente por su seguridad personal juega en su contra. Ninguno de los dos cree que necesitemos que alguien nos cuide, aunque uno sí que se muestra en desacuerdo; así que nos hallamos en un punto muerto. Como demuestran los acontecimientos más recientes, Watson se meterá de lleno en un altercado físi-

co que sabe que perderá, en un intento por conseguirme algo de tiempo para escapar. Resulta evidente que necesita que cuiden de él, por no decir que alguien debería examinarle la cabeza a fondo.

3. Rescatar a mi tío. Porque Leander nunca se marcha sin dejarme algún detalle —un libro sobre la vivisección, una pluma de faisán— y nada lo despierta en mitad de la noche. Apenas existen situaciones que lleven a mi tío a abandonar su cama por propia voluntad entre las diez y las cuatro. Y lo más importante: nunca, jamás de los jamases, me ha llamado Lottie; no desde que, con siete años, le dije que odiaba ese nombre. Aclarado este punto, puede y sabe cuidar de sí mismo y, por esa razón, podría argumentarse que debería situarlo más abajo en esta lista.

4. Mis padres… ¿cómo explicarlo? Lo ideal sería que permanecieran con vida. Aunque, de cualquier modo, no los imagino en otro estado puesto que son capaces, implacables y lo bastante ricos como para aprovechar al máximo esas dos primeras características. (Jamie los llamaría «vampiros», término que también tiene llamativas cualidades). Soy consciente de lo decepcionados que se sienten conmigo, lo que en su momento me pareció motivador, pero ahora me resulta tedioso. Tengo una especie de vago deseo de rescatarlos para demostrarles que estaban equivocados. Aclarado este punto, aunque no quiero que los envenenen, puedo entender por qué Lucien va a intentarlo.

Esta es la clase de cosas que Watson preferiría que no dijera en voz alta. «Eres terrible», me diría, «son tus padres». En ocasiones, Watson es demasiado sentimental. Todavía no lo he visto junto a un cachorro, pero creo que sería demasiado para mí.

Nota bene: mi hermano no aparece en esta lista porque tiene unos setenta y dos mil guardias armados y un ego del tamaño de un zepelín pequeño.

Todos los elementos anteriores se han clasificado con cuidado. Deben aparecer antes del número cinco, el más difícil: hacer feliz a Watson. (Podría argumentarse que la sitúo la última de mi lista de prioridades porque es la más complicada y odio el fracaso). ¿Qué quiere Watson? Que seamos lo más felices posible y que compartamos un amor romántico. En nuestro caso, como soy «una especie de robot roto», por emplear sus palabras, estas dos ideas se excluyen mutuamente. Es un chico y está enamorado de mí, pero solo porque el mundo lo aburre. Y su mundo es tedioso porque este lo ama; ¡claro que lo ama! Por eso, todo le resulta tan sencillo y, cuando su mundo se expande y se vuelve miserable, busca algo de interés entre la oscuridad. Aunque esté estropeada, al menos mis luces de emergencia le resultan interesantes a un chico como él.

A menudo he pensado que Watson y yo teníamos todos los adornos de una relación romántica estándar —exclusividad absoluta, una intensidad obsesiva, peleas constantes, resolución de crímenes—, y me he sentido confusa sobre qué más quiere. Sexo, por supuesto, pero eso es una nimiedad difícil de manejar, gigantesca e imposible.

(Mi última relación romántica no fue estrictamente romántica *per se,* pero sí que tuvo relación con los crímenes: un vehículo cargado de cocaína, la policía local, etc.).

Watson todavía no se había movido. Según mi cuenta, aún me quedaban tres minutos más antes de empezar a descuartizar el sillón.

Bajé la mirada hacia él, hacia sus ojos cerrados y su cara machacada, y comencé a pensar. Se me ocurrió que podría tener algún daño cerebral. Tal vez existía alguna posibilidad de que no se despertara. Quizá me quedaría en ese sótano, sola, y después me matarían, o lo que es peor, el omnipotente y gilipollas de mi hermano mayor me rescataría y después me dejaría sola para que me enfrentara con August Moriarty, «la conciencia humana». Y si eso ocurría, jamás volvería a ver a Watson haciendo eso tan suyo de casi tropezarse con el bordillo al cruzar la calle y que después trata de compensar agitando los brazos. Ni, evidentemente, pronunciaría su nombre de nuevo, *Watson,* de la forma en que lo hago, con afecto y también con cierta desesperación. Entonces, me prohibí seguir pensando en él.

La mejor forma de ayudarlo era ignorarlo por el momento. A menudo he descubierto que es la mejor opción.

El sótano apenas estaba amueblado, así que elegí lo más parecido a una silla y la aporreé contra el suelo para partirle las patas. Tomé el pedazo de madera más afilado, probé a ver cuánto medía y pesaba y después volví a arrodillarme junto a Watson. Comprobé cómo estaba. Seguía respirando y empezaba a pestañear, pero no respondía ni a mi contacto ni a mi voz. Con suerte, en otro par de minutos, estaría listo para marcharnos.

Repasé la información que había reunido sobre nuestra situación.

Esta no era la residencia principal de Hadrian y Phillipa; ningún *bon vivant* con amor propio viviría en la zona industrial y, además, las paredes eran bloques de hormigón pintado. Nos habían trasladado a alguna especie de propiedad secundaria.

Por la mezcla de productos químicos de conservación que flotaba en el ambiente, di por sentado que nos encontrábamos en unas instalaciones en las que envejecían el arte que producían de manera fraudulenta.

Incluso aunque nos sacara por el hueco de la ventana, no podría evitar tener que enfrentarme a un Watson incapacitado y a una carretera vacía en medio de ninguna parte. Milo estaba en Tailandia y, a pesar de que sabía que me vigilaba casi todo el tiempo, no estaba segura de cómo o con cuánta rapidez respondería a mis mensajes. (Antes de que me quitaran el teléfono, le había enviado un mensaje de contingencia a una vieja amiga en el que le pedía ayuda y transporte. Tendría que esperar).

Los Moriarty habrían hackeado cualquier micrófono que Milo me hubiera colocado, seguramente después de que el guardaespaldas de Hadrian recuperara la conciencia y llamara a su jefe. Aquel coche había aparecido cuando yo lo solicité. (Dediqué los siguientes veintisiete segundos a localizar dicho micrófono —Milo había hecho que me lo cosieran en la manga de la chaqueta— y después lo aplasté con la bota).

Lo cierto es que August tenía tanta culpa de esto como cualquier otra persona. Si mi lectura sobre él la noche anterior había sido correcta —un zapato sin abrochar, las llaves a punto de caérsele del bolsillo de atrás—, August le había dado esquinazo a Nathaniel casi de inmediato y se había marchado a pedirle ayuda a Hadrian para encontrar a Leander. Él, como yo, nunca es tan descuidado. Además, nunca amenazaría con matar a los padres de un hombre, ni siquiera aunque lo llevaran a sus límites más absolutos. August evaluaría la situación e iría a ver a su hermano para intentar negociar un trato.

Milo lo había anunciado:

—Irá a ver a Hadrian —me había dicho al oído justo antes de marcharse—, y cuando el polvo se asiente, sabremos exactamente cuál es su contribución. Solo tienes que esperar el momento.

¿Quién necesitaba dinero y recursos cuando tenía a un Moriarty con un corazón tan tremendamente generoso?

La verdad es que no podía culparlo. Las familias son animales complicados.

A través de los gruesos muros escuchaba un repiqueteo escaleras arriba. Tenía la tonalidad vacía de alguien que aporreaba una puerta de madera. Era posible que fuera August comportándose como un mártir total. Tampoco lo había perdonado todavía por llevar a Watson a aquella fiesta. «Problemas de chicos», pensé, y cuando volví a darle golpecitos a Watson en el hombro, esta vez lo hice con más fuerza de la necesaria.

Abrió los ojos de golpe.

—Holmes —dijo. Sonó como un graznido terriblemente ronco. Tenía la boca y la mandíbula hinchadas. Y los ojos. Y le habían roto la nariz.

Mientras lo contemplaba, pensé en cuál de los dedos de Hadrian pisaría primero con todas mis fuerzas.

—No hables —le pedí, porque no quería que hiciera esfuerzos—. Escúchame. Estoy a punto de ponerme a gritar. Te lo cuento para que no reacciones físicamente. Aparecerá alguien, pero yo lo apartaré. Te arrastraremos por las escaleras y alguna de las personas que está arriba nos proporcionará una dirección. Después, mi contacto nos ayudará a organizar nuestro traslado a Praga.

Era más información de la que solía ofrecer, así que la aparente confusión de Watson no me sorprendió en absoluto.

—¿Estás listo? —pregunté.

Parpadeó, lo que tomé como un sí.

Me preparé. Con los dedos, me repartí la sangre que tenía en la frente por la cara y me cubrí las manos con ella. Empuñé mi porra improvisada, que me hacía sentir como una diosa de la guerra, y me situé detrás de la puerta cerrada con llave.

Entonces empecé a llorar. En silencio al principio, después fui subiendo el volumen despacio, como uno haría con la radio, y dejé que las lágrimas trajeran a mi garganta la correspondiente espesura. Quería que el sonido pareciera auténtico cuando comenzara a lamentarme.

—Jamie —susurré. Giró la cabeza en mi dirección y supe que le dolía. «Tú no», articulé y repetí su nombre—. Jamie… Dios mío, Jamie. Por favor, no. Por favor… por favor, respira. —(Esta parte era necesaria, no sabía si había alguien al otro lado de la puerta) —. No puedes estar muerto —dije, y elevé la voz y el tono. Me encorvé y me llevé las manos a la cara—. ¡No puede ser! ¡Me lo prometiste! ¡Me prometiste Londres, me…! Dios… ¿quieres respirar? ¡Por favor, vuelve a respirar! ¡Haré lo que sea! No me importa lo que soy para ti, ¡seré lo que sea, haré lo que sea! Por favor, por favor…

Para entonces, la pena y la rabia me habían embargado por completo y me permití explorar más adentro hasta que se hizo insoportable. Lo había perdido. Se había ido, aunque no de la forma en la que me había imaginado, dando un portazo en mitad de la noche (estaríamos en la universidad —o él al menos, ya que yo pintaba en una universidad lo mismo que en cualquier otra parte, es decir, nada en absoluto—, y tendríamos un pequeño apartamento, en Baker Street quizá, con una cocina, una buena biblioteca y, al menos, una habitación en la que nadie podría hablarme bajo ninguna circunstancia, a no ser que hubiera un incendio; y todo iría bien entre nosotros hasta que una noche, en la cama, el antiguo terror volviera a aparecer en mi interior, donde él me tocara, y me consumiría ese sentimiento de incorrección, de haberme dejado embaucar y de haber permitido que alguien volviera a tocarme de esa manera; de haberlo consentido. ¿Quién era esta persona y por qué me tocaba? Esto era un timo, me había dejado engañar por él o por mí misma o por los dos y, o me derrumbaba por completo o lo echaba de allí, y, al final, tal y como sucedía en mi cabeza, siempre era yo la que lo echaba a pesar de que quería que se marchara tan poco como siempre). Pero jamás tendríamos eso, ¿verdad? Ni siquiera llegaríamos tan lejos. Me lo arrebataría alguna otra cosa, algo antes de eso, algún asunto secundario al que lo arrastrara, algo como esto: un tío desaparecido, un hombre ansioso de probar mi sangre… y él no se alejaría por su propio pie. No, en su lugar tendríamos un arma, un virus, un cuchillo en la garganta o lo de ahora, que él me gritara para que me marchara mientras me quedaba observando, como un animalillo estúpido, cómo un matón de los Moriarty lo hacía pedazos poco a poco, y yo no servía de nada. Y después nos encerrarían en alguna parte y lo único que podría hacer sería verlo morir en el suelo; y «Watson», me oí decir en voz alta, «Watson, por favor, por favor…», y me derrumbé con lo que se aproximaría a unos sollozos histéricos.

«Si vas a interpretar un personaje», me decía mi padre, «no puede ser un personaje. Tienes que creértelo».

Y me mostré extraordinaria. Me lo creí por completo, en todo momento.

De hecho, estaba tan metida en la lectura interna de mis peores temores, que, cuando la puerta se abrió, estuve a punto de olvidar lo que debía hacer.

Pero me encontraba en mi posición, escondida detrás de la puerta y fuera de la vista. Levanté la pata de la mesa.

—¿Dónde está el chico? —preguntó el matón con brusquedad dando dos pasos hacia el interior de la habitación, y fue pura suerte que no me viera y que no viniera con nadie más.

—Aquí —dije, y lo golpeé en la cabeza. Cayó al suelo con la velocidad habitual. Le quité el juego de llaves de la mano y lo hice rodar hasta la esquina. Por suerte, no era el hombre que le había dado una paliza a Watson, de lo contrario le habría asestado otro porrazo.

—Mmm —decía este y, cuando volví a su lado, quedó claro que solo estaba medio consciente. Me costó un poco persuadirlo, pero al final lo apoyé en mi hombro y conseguí ponerlo en pie. Estaba muy musculado, lo que hacía que pesara bastante, y mientras que esto era algo en lo que evidentemente me había fijado —y sí, apreciado, después de todo seguía siendo una chica heterosexual—, no me gustó nada tener que cargar con él para sacarlo de la habitación. Él soportaba parte de su peso, pero no era suficiente.

El pasillo estaba vacío, como imaginaba, y había un tramo de escaleras en cada extremo. Me quedé allí de pie, escuchando, consciente de que Watson me estaba manchando de sangre y de que yo, por mi parte, hacía lo propio con la alfombra. Mientras calculaba las probabilidades de qué escalera supondría una ruta más directa hacia nuestro destino, también pensé en el estado de mis botas, que Lena me había convencido para que comprara en algo llamado web de ofertas exprés, una experiencia que me había parecido tan traumática como para no querer repetirla jamás. Se activaba un temporizador, que te indicaba el tiempo del que disponías para quedarte las hipotéticas botas mientras introducías tu cuenta bancaria, lo que me llevó a reflexionar sobre la falsa escasez que tenemos en nuestras vidas («¡Solo queda un zapato!», «¡Actúa ahora!», «¡Solo un día más de rebajas!»). Y el modo en que tosía, con profundidad y desde el pecho, el chico que estaba apoyado en mi hombro en ese momento, hacía sonar una espantosa alarma en algún rincón de mi cabeza. Escasez y abundancia, auge y decadencia, pues era la única vez en mi vida que había tenido algo como esto y después se acabaría, sería el fin...

Claro que solo eran mis pensamientos más profundos. El resto de mi persona, como siempre, sabía lo que tenía que hacer. El pasillo occidental. Subiríamos los peldaños de uno en uno.

Había esperado desde la noche anterior a que los Moriarty movieran ficha y ahí estábamos.

«Repasa los hechos antes de empezar a hacer deducciones», decía mi padre.

Los hechos eran obvios y esto es lo que había deducido:

Nos habían encerrado en el sótano porque éramos niños y, por lo tanto, supuestamente secundarios. Milo se había marchado de viaje —estoy segura de que la noche anterior, Hadrian se las ingenió para sacarle esa información al ingenuo de su hermano pequeño—, por lo que Hadrian vio su oportunidad. Quizá le explicó a su hermano mayor, Lucien, que sería capaz de hacer lo que, en su mente, Lucien no podía: castigarme por lo que le hice a su hermanito August. Después de todo, todavía estaba vivita y coleando.

Aunque todo esto es una idiotez, claro está. Lucien estaba haciendo un trabajo estupendo: ¿mi madre envenenada? ¿Mi padre, no se sabe cómo, todavía en buen estado? ¿Una multitud de cámaras en el hogar familiar, un médico interno y ninguna prueba demostrable? ¿Le daba vueltas a la situación al menos una vez cada siete minutos? Desde luego. Si Lucien tuviera interés en matarme, ya lo habría hecho, con o sin Milo. No, jugar conmigo era su pasatiempo, y los entretenimientos dejan de serlo cuando están enterrados bajo la estatua de un ángel en un cementerio insoportablemente pijo.

Nunca me había preocupado que Lucien me matara; me preocupaba que acabara con Watson. Pensad en el infinito número de traumas mentales; sería excepcional, la venganza perfecta. ¡Por no hablar de las reiteraciones! Caso uno: me incriminan por el asesinato de Watson. Caso dos: mato a Watson de verdad porque, por poner un ejemplo, me ponen en la difícil situación de tener que elegir entre rajarle el cuello o ver cómo una ciudad explota. Caso tres: lo hago y, aun así, Lucien la vuela por los aires. Caso cuatro al veintinueve: el último supuesto es tan penoso que ni me atrevo a considerarlo.

Watson se apoyó más en mi hombro. Había dejado de mover las piernas, pero su respiración en mi oído me permitía saber que seguía con vida. Habíamos llegado al despacho de Phillipa. Sabía que era el suyo por la forma en que la alfombra se había desgastado: la había dejado marcada y, además, a menudo el tacón de una mujer, un tacón alto a juzgar por los puntos de presión y porque se los había visto puestos en nuestro espantoso almuerzo. Justo al otro lado de la puerta, su guardaespaldas comprobó la hora. Escuché el chasquido de su teléfono cuando lo bloqueó.

Con este tendría que esforzarme un poco más que con el anterior.

* * *

Dos minutos y medio después, había dejado al guardaespaldas inconsciente, lo había tirado por la ventana y apuntaba con su arma a Phillipa Moriarty.

No me hacía especial ilusión volver a verla. Presentaba más o menos la misma apariencia que la última vez. Su rostro tenía ese aspecto demacrado y apreciativo que suelo asociar con los niños pequeños.

—¿Qué quieres?

Disponíamos, aproximadamente, de otros treinta segundos antes de que su hermano pequeño apareciera con la caballería. El repiqueteo en la puerta había cesado al fin y no servía de nada preocuparse por August; ya no se podía hacer nada y, de cualquier modo, me había fijado en que llevaba un cuchillo oculto en la bota.

Sostuve a Watson en pie; sus piernas empezaban a ceder y, con esfuerzo, logró estirarlas. Sus pestañas se movían arriba y abajo.

—¿Dónde será? —le pregunté a Phillipa.

—¿De qué hablas?

Con la otra mano, le quité el seguro al arma.

—Veinte segundos. ¿Dónde será la subasta y a qué hora?

Los pasillos por los que había arrastrado a Watson, en esta planta y en la inferior, estaban repletos de cuadros. Obras con un montón de pintura negra y jóvenes eduardianos con aspecto triste que se observaban las manos, algún escarabajo de cristal o microscopios y que se miraban los unos a los otros. Aunque esto era un almacén, Phillipa adoraba su mercancía y estaba orgullosa de sí misma, de sus joyas de la corona, de las pinturas de Hans Langenberg falsas. Además, ¿qué es un Moriarty si no alguien que embellece su matadero?

(Watson, cuando leas esto, espero que aprecies mi autocontrol para reservarme esta información hasta este instante).

Evidentemente, los venderían a diferentes compradores a través de su red privada; la única pregunta era cuándo.

—En enero —respondió—. El veintisiete. Es una pena que no estés muerta, Charlotte.

—Sí, bueno, todos cargamos con cosas que no queremos —respondí—. Enero es demasiado tarde. Celebrarás una antes.

—¿Cuándo? —Escupió la palabra.

—Mañana.

—¿Y por qué demonios iba a hacer eso?

—Porque te delataré. Porque enviaré cada pedazo de información que reúna sobre tus operaciones al gobierno. Porque, si no lo haces, haré que mi hermano reviente este almacén de aquí a veinte minutos, con un ataque de precisión que explicará como un entrenamiento y después, por si acaso, haré lo mismo con tu casa. Porque tengo un arma, vieja bruja, y soy perfectamente capaz de hacer que tu muerte parezca un suicidio.

En ese momento ni yo estaba muy segura de si me estaba tirando un farol.

—Está bien —respondió al fin—. ¿Dónde?

Di unos pasos hacia delante. El despacho tenía suelo de hormigón y los zapatos de Watson lo rozaban.

—Donde celebras las subastas en Praga. ¿Sigues utilizando el museo después de que cierre? Dame la dirección.

Titubeó. Mi tiempo se había acabado; podía escuchar las pisadas que subían pesadamente las escaleras.

Con mucho, muchísimo cuidado —como una debe hacer en estas situaciones—, disparé al panel de cristal que había sobre su cabeza y ella chilló.

—¡Phillipa! —gritó alguien desde abajo.

—Dame la dirección o haré que congelen todos tus bienes inmuebles mañana por la mañana. —Medité durante un segundo—. Y que envíen al jardinero que se ocupa de tus orquídeas a unas vacaciones permanentes.

—Sin tu hermano, no tendrías ningún poder —replicó.

—Cierto. Por desgracia para ti, sigue con vida. La dirección, ya.

Me la dio: estaba en Praga, en el casco antiguo. Me la aprendí de memoria. Las pisadas estaban ahora en el pasillo. Watson soltó un jadeo desde lo profundo de su pecho. Bajo su peso, yo había dejado de sentir el hombro izquierdo.

—Devuélvenos nuestros teléfonos —exigí. Los colocó sobre la mesa y los recogí con una mano—. Gracias, has sido de gran ayuda.

—¿No quieres saber lo que le ha pasado a tu tío? —me preguntó—. ¿No te importa en absoluto?

Ya sabía lo que le había ocurrido a Leander. No quería creerlo y me había insistido a mí misma en que necesitaba encontrar pruebas consistentes. Pero la verdad es que lo sabía; lo había notado en el cuerpo —no en el cerebro, así que quizá no de una forma legítima—, aunque mi corazón me lo llevaba diciendo desde el día que abandonamos Sussex. ¡Mi corazón! ¡Menudo disparate!

También sabía que no podía hacer nada para rescatarlo hasta que asociara a Lucien Moriarty con el crimen. Si era o no culpable, no venía al caso.

La alternativa era impensable.

—Cuéntale a quien sea lo de la subasta, que voy a asistir y haré que te maten. No —dije, mientras Watson tosía—, lo haré yo misma.

La puerta se abrió de golpe a mi espalda.

—Charlotte —dijo August con cautela, mientras los dos hombres que iban detrás de él alzaban las armas. Ambos tenían cortes de pelo al estilo de Greystone: militar y con unas buenas patillas. Milo apreciaba la estética.

Me relajé un poco.

—August —respondí, porque saludar a los amigos es de buena educación.

—Charlotte. Hay una chica en la azotea. Dice que se llama Lena... —Se aclaró la garganta—, ¿y que ha traído el helicóptero que querías?

Capítulo 11

En la parte trasera del coche de Hadrian Moriarty, le había enviado a Watson ciertas sugerencias para que huyera. En el proceso, también había descubierto una serie de mensajes de mi compañera de habitación de Sherringford, Lena, que me informaba de que había decidido hacer algunas compras de última hora en «una ciudad europea», y que había escogido Berlín («Aunque, esto… Char, tendrán un Barneys*, ¿no?») porque estaba cansada de que «tú y Jamie me deis esquinazo. ¿Es porque Jamie sigue enfadado con Tom?».

Tom y Lena, nuestros compañeros de habitación de Sherringford, salían juntos. Y no, Watson no seguía molesto con Tom, a pesar de que el pequeño gusano sarnoso lo había espiado durante todo el último semestre a cambio de dinero. Tom había creído, de manera equivocada, que su novia, la hija de un magnate del petróleo, lo dejaría tirado si no tenía los medios suficientes para impresionarla con regalos, viajes, etc.

Cosas que impresionaban a Lena Gupta según mi experiencia con ella: chaquetas de alta costura cubiertas de cierres automáticos, pinchos y demás detalles metálicos; excentricidades espontáneas; cosas que explotaban; chicos que estaban dispuestos a sostenerle el bolso. Cosas en las que Lena tenía cero interés: la situación financiera de los demás. Era la clase de chica que me dejaba sacarle sangre para un experimento sin hacer ni una sola pregunta. La verdad es que nunca hacía muchas. Esta cualidad, entre otras, la convertía en una amiga excelente.

Cuando, ante el almacén de los Moriarty, les había enviado tanto a ella como a mi hermano un mensaje que decía que necesitaba asistencia médica, Milo no respondió de inmediato. Pero

---

* Grandes almacenes muy populares en Estados Unidos. Su interior está dividido en tiendas de distintas marcas de diseñadores famosos, por lo que su clientela suele tener una buena posición económica. *(N. de la T.)*

Lena sí. Me escribió un «¡ok!» seguido de un montón de caritas sonrientes con corazones en los ojos. Mientras apaleaban a Watson, aproveché los pocos segundos que necesitaba para enviarle nuestra ubicación antes de unirme al combate.

Lena apareció con un helicóptero de evacuación médica, dos enfermeras, un piloto y un Tom de ojos saltones con unos auriculares puestos. Una preciosa estola de piel sintética le cubría los hombros a Lena. Me alegré mucho de verla.

—Deberíamos volver a vivir juntas el año que viene —le dije mientras ayudábamos a Watson a subir a la cabina. August se acomodó junto al piloto.

—¡Pues claro! —gritó por encima del ruido—. ¿Crees que podremos conseguir una habitación en los dormitorios de Carter Hall? ¡Tienen baños privados!

Tumbaron a Watson en una camilla y, aunque estaba consciente, se esforzó por no hablar. Se le había hinchado tanto la mandíbula que tenía el tamaño de un pomelo. Me hizo un gesto para que le diera su teléfono.

«Correos electrónicos», escribió con dificultad.

—¿Los de Leander a tu padre? ¿Los tienes en tu móvil?

«Sí. Léelos».

Tomé el teléfono. Las dos enfermeras me echaron de allí. Le pusieron una vía y le pasaron una pequeña linterna por los ojos. Tom echó un vistazo al rostro maltratado de Watson y después enterró el suyo entre las manos. ¿Empatía? ¿Sentimiento de culpa retrasado? Ascendió un cuarto de escalón en mi escala de estima.

Ordené que llevaran el helicóptero de vuelta a Greystone. Había un helipuerto en la azotea y médicos dentro del edificio. Quería evitar la participación de la policía lo máximo posible, y llevar a Watson a un hospital en ese estado haría saltar algunas alarmas.

Lo trasladaríamos a la enfermería y August los acompañaría para pasar los controles de seguridad. Antes de que se pusieran en marcha, pedí a las enfermeras que comprobaran si había hemorragias internas, un recordatorio que estoy segura que apreciaron mucho.

—¿Tú no vienes? —me preguntó August.

—No —respondí—. Necesito tres cigarrillos y cincuenta minutos de silencio. No se puede fumar en las habitaciones de un hospital y, de todas formas, no puedo pensar cuando él tiene ese aspecto.

—Podrías servirle de consuelo —dijo. Estaban montando a Watson en una camilla con ruedas.

—Su consuelo no es mi prioridad. —Después de todo, se encontraba en el puesto número cinco—. Si pregunta, dile que lo quiero.

August parpadeó y me miró asombrado, como si hubiera dicho algo extraño. Estaba acostumbrada a que me mirara así. Durante el tiempo que compartimos en Sussex, cuando todavía era mi tutor, lo hacía a menudo: en cuanto daba una respuesta inesperada a sus preguntas, me contemplaba despacio y parpadeaba casi con languidez. Algunos lo habrían interpretado como una señal de juicio, pero yo me lo tomaba como si fuera de fascinación.

Nunca fue nada más que eso para él. Aunque no se convirtió en atracción, como sí ocurrió en mi caso, actuaba como si tuviera algún derecho sobre mí. Me pregunté si él entendería la naturaleza de ese derecho. Yo era la artífice de su ruina. Si quería estar cerca de mí, era para evitar la caída de otras personas.

—Preguntará —dijo.

—Entonces ya sabes que tienes que responder. Vete.

Y eso hizo.

—Me quedaré por aquí —comentó Lena—. No te preocupes, no hablaré. —Como siempre, Lena me comprendía a la perfección. Cuando levanté la vista, estaba jugando al Tetris en el móvil.

—Charlotte —dijo Tom con algo de incomodidad—. Yo…

—No —lo interrumpí, y eso hizo que cerrara la boca.

Saqué un Lucky Strike de la cajetilla y lo encendí. Tras cuatro largas inhalaciones, mis nervios se libraron de una parte de su frenético zumbido. Lo echaba de menos cuando no estaba allí, pero sabía cómo recuperarlo, rápidamente, en caso de que me hiciera falta. Tengo la habilidad de regular mis sistemas, aunque me ha llevado muchísima práctica. Por no mencionar varias visitas a centros de rehabilitación.

En los veintiocho minutos siguientes, urdí, revisé y finalicé mi plan. Para ser sincera, me alegraba de que August y Watson no estuvieran. Tomar decisiones democráticas, como un equipo (¿era eso lo que éramos?), no nos había servido de nada hasta el momento. Las cosas avanzaban mejor cuando me convertía en la bondadosa dictadora de ambos.

Iríamos a Praga, a la subasta de arte. Creí a Phillipa cuando dijo que la celebraría y también cuando aseguró que no le contaría a nadie que asistiríamos. Adoraba sus orquídeas, después de todo. Y esas subastas eran su medio de vida. Pondría guardias armados y esperaría que mis objetivos fueran tan infantiles como la idea que tenía de mí.

Ello no significaba que la subasta fuera segura —no lo sería—, sino que no tenía dudas de que entraríamos.

Los detalles. Algo sobre vigilancia, pensé, y sobre privacidad. Cuando llegué a aquella horrible casa okupa para artistas el día anterior, me pasé un rato dando vueltas por los estudios abiertos mientras intentaba centrar mis pensamientos. La pelea con Watson me había afectado más de lo que me hubiera gustado, y mi nuevo paradero no era muy tranquilizador.

Lo digo en serio, la absurda cantidad de cocaína que había disponible me resultaba imposible de ignorar. Cuando el segundo chico en diez minutos me ofreció una raya, la rechacé con tanta dificultad que me preocupaba decir que sí la próxima vez.

Me retiré a un estudio que se encontraba en una esquina. El artista no estaba, pero su trabajo sí. Tenía que ver con las grabaciones, con esas cámaras de vigilancia que cubren tanto las esquinas de las calles europeas como de las británicas, y con las formas que había ideado para evitarlas.

Exponía ciertas máscaras que me resultaron intrigantes.

Contaré algo más sobre esto más tarde.

Vayamos a los últimos correos electrónicos. Los revisé mientras me fumaba el segundo cigarrillo.

Descubrí que Leander había fingido, a ratos, que era su hija. Yo nunca había simulado que fuera mi padre. Los padres son estrictos, distantes y crueles, y Leander no era ninguna de esas cosas. Aun así, me sentí afortunada.

Lo más importante, sin embargo, es que mi tío dudaba de su propia teoría de que Nathaniel fuera Hadrian disfrazado, y yo lo secundaba. ¿Cómo demonios habría impartido clases? ¿Y cómo habría logrado que funcionara? De todas formas, si hubiera algo de cierto en ello, necesitaba saberlo.

Le envié tres mensajes a mi hermano. En esta ocasión, me contestó enseguida y me ofreció sus recursos. Aprobaba mi plan. Su último mensaje decía: «Estoy seguro de que también desearía que yo fuera su hijo».

«Bueno, solo lo ha dicho sobre mí», contesté con cierto placer, y después apagué el móvil.

Lo siguiente en el orden del día era confirmar con Lena ciertos detalles financieros menores. Hablamos sobre lo que nos pondríamos para el evento porque sabía que le haría ilusión —a esas alturas le debía unos cuantos favores— y nos rompimos la cabeza pensando en las vías de escape. Me informó, además, de que en Sherringford había introducido mi nombre en algo llamado Amigo Invisible. El resto de chicas de nuestra residencia se intercambiaría regalos cuando regresáramos en enero y, según Lena, era obligatorio que participara. Repliqué que contribuiría con un libro sobre caracoles. Frunció el ceño, pero se mostró de acuerdo y se encogió de hombros.

Con eso solucionado, revisé las fotografías de la familia Moriarty. Todos rubios, altos y con un aspecto ligeramente agresivo, incluso August, que se había dejado la piel por tratar de suavizar su imagen con ese corte de pelo tan típico de los profesores. Ahora lo había reducido al máximo. Esa apariencia había desaparecido y, lo que quedaba, era espinoso y triste. Watson comparaba a menudo nuestras vidas con el arte y el entretenimiento: esto es como una telecomedia, aquello parece un circo. Si ese fuera el caso, August Moriarty había pasado de vivir en una novela académica a interpretar a Hamlet, príncipe de Dinamarca. Este último era más interesante, claro está, era posible que, en alguna que otra ocasión, me hubiera entretenido mirando su vieja fotografía en la página web de la Universidad de Oxford.

Porque ese hombre —el de la fotografía— estaba muerto. Los dos los sabíamos, como sabíamos que era por mi culpa. Me pregunté si nuestra relación actual sería una especie de luto compartido por el antiguo August Moriarty. Lamentarte por tu yo anterior es un tanto extraño, sin embargo, creo que es algo que cualquier chica entiende. Me he desprendido de tantas pieles que apenas sé quién soy ahora mismo; músculo, quizá, o tal vez solo memoria. O a lo mejor simplemente la voluntad de seguir adelante.

Cuando levanté la vista, todavía sumida en mis pensamientos, pillé a Tom con el cuello estirado en un intento de ver mi pantalla. No me siento particularmente orgullosa de decirlo, pero le gruñí.

—Char —dijo Lena con suavidad y sin apartar los ojos de su móvil.

—Eres un traidor —le espeté a Tom—. Lo demostraste con el señor Wheatley. Te juro que si vuelves a pasarle información confidencial a alguien, que si vuelves a traicionar a Watson, encontraré la forma de convertirte en un sombrero. Deja de mirar mi pantalla.

Tom se encogió en su chaleco de lana.

—Juguemos al Tetris —propuso Lena. Él asintió, tembloroso.

Había pasado el día entero profiriendo amenazas. No era mi *modus operandi* preferido, pero, puesto que estaba rodeada de delincuentes de poca monta, era de esperar.

Encendí el último cigarrillo.

Consideraciones finales. Para esta misión necesitaría reclutar a unos cuantos guardias armados. Solo aquellos tan leales a Milo que extenderían su compromiso hacia mí. A pesar de que no me gustaba trabajar con personas ajenas a mi círculo —Tom mascaba chicle, incluso entonces, sentado frente a mí—, entendía que era una necesidad. No podía interpretar mi papel si tenía que preocuparme de apuntar a alguien con un arma. Con ese fin, envié a uno de los numerosos mercenarios de Milo a buscar a Peterson y a unos cuantos más. Nos acompañarían a Praga.

Estaba resuelto, por tanto. Me fumé el cigarrillo hasta el filtro, en un intento por persuadir a mi cerebro de que redujera el ritmo de su arenga. Si lo exprimía durante mucho tiempo, terminaba agotada y me convertía en una inútil —me dormía, incluso—, de manera que había desarrollado métodos para calmarme. Repasar las declinaciones en latín era lo que mejor funcionaba. *Amo, amas, amat* era lo habitual, si bien, algo sentimental; y además, me gustaban las que tenían que ver con el cuerpo (*corpus* sonaba deliciosamente bien). Aunque esa noche solo me interesaba la palabra que significaba rey.

Rex, regis, regi, regem, rege. Tomé aire una última vez, esperé un segundo y después exhalé el humo. Ahora los plurales, más despacio: *reges, regum, regibus, reges, regibus.* Valoraba aquella sensación circular y la repetición; dativo, acusativo, ablativo. Tenía cierta musicalidad. Siempre me habían encantado los giros en dirección contraria.

Apagué el cigarrillo. Habían pasado cuarenta y ocho minutos. Le pedí al piloto que por favor encendiera de nuevo el motor del helicóptero y mantuve la vista fija en la puerta del edificio.

—Has ganado —le dijo Lena a Tom.

—Estás muy mona con ese traje de vuelo, ¿sabes? —respondió Tom.

Los ojos de Lena mostraban ingenuidad.

—Tenemos que conseguirte otro a ti.

—¿El tuyo venía con el helicóptero de Milo?

—No —respondió ella—. Lo tenía guardado por si acaso.

Tom le sonrió y enseguida estaban besándose. Ruidosamente. Antes no me había puesto los auriculares protectores, pero ahora sí.

Cuando la puerta por fin se abrió, August y Watson la atravesaron despacio seguidos de un reducido número de los hombres de Milo. Watson se había puesto hielo en la cara, llevaba varios vendajes y cojeaba, pero me alegraba ver que se movía con su terca determinación de siempre.

—¿Te encuentras bien para volar?

—Sí —respondió. Tuve que leerle los labios con todo el ruido que había—. ¿Te pasó algo en aquel almacén?

—Yo fui lo que le pasó al almacén.

Sonrió y después hizo una mueca de dolor.

—Intenta no mover la cara —le aconsejé—. ¿Recuerdas lo que te dije? ¿Sobre Praga?

—¿Lo de ir allí? —preguntó con cierta dificultad.

Asentí. El piloto nos hacía gestos para que nos diéramos prisa. Nos llevaría al aeropuerto y embarcaríamos en el avión de la empresa del padre de Lena. En esta ocasión, no nos servían los vuelos comerciales. Formábamos un grupo extraño y no quería que llamáramos la atención.

Eso ya vendría después.

—¿Cuál es el plan, Holmes?

¡Se me aceleró el pulso con esa pregunta! Nada en este mundo podría sustituir esa sensación.

—Bueno —le dije—, tengo una máscara para ti.

Había oído decir a la gente que Praga era una ciudad de cuento de hadas. Watson lo repetía en ese instante mientras avanzábamos lentamente desde el aeropuerto. Tejados en punta, edificios color pastel, calzadas adoquinadas, calles en zigzag. Un reloj astronómico situado en lo alto de una plaza. Ya había estado aquí una vez con Milo cuando éramos pequeños. Nuestra tía Araminta había decidido que necesitábamos «cultivarnos»; creo que nos confundía con unas bacterias.

—Sí que es una ciudad de cuento de hadas —insistió Watson—. Mira esas puertas. —Nuestro taxi descendía por una calle adoquinada llena de baches y cada pocos metros pasábamos por delante de una. Eran puertas de metal con aspecto medieval, reforzadas con filas puntiagudas de clavos amartillados—. Me pregunto que habrá detrás de ellas.

—¿En esta calle? Tiendas de regalos. —No soportaba que el término «de cuento de hadas» se extendiera. Por lo general, se empleaba con el significado de «extravagante», pero era incorrecto. En los cuentos de hadas, los bosques te engullen como si fueras su cena, tus padres te envuelven en una capa y te dejan solo en la oscuridad, no hay dos sin tres y solo sobrevive el hijo mayor. Como hermana pequeña, me ofendía particularmente esta última implicación.

—Te compraremos un vaso de chupito conmemorativo, si quieres —comenté.

Puso los ojos en blanco, pero sabía que estaba encantado.

—¿Dónde nos hospedamos?

—En un sitio apartado de toda esta locura; un lugar sensato.

—Define sensato. —Las enfermeras lo habían atiborrado de tantos calmantes que podía hablar sin sentir dolor y, daba la impresión, de que lo estaba aprovechando.

—Mi hermano nos ha encontrado un estudio cerca de la sala de subastas.

—Un estudio.

—Ha sido bastante caro.

—Holmes, no cabremos todos.

—Tampoco tiene ventanas, así que es totalmente seguro.

—¿No tiene ventanas? —Dirigió un brazo hacia la ventanilla para poner más énfasis—. Toda la ciudad está iluminada como un libro de cuentos. Mañana es Nochebuena, estamos en Praga, ¿y has alquilado un estudio sin ventanas?

Fruncí el ceño.

—Creo que en su origen era un cuarto de mantenimiento.

Estábamos los dos solos en el coche; Lena y Tom se habían marchado a su hotel. Aunque habíamos volado juntos, llegaríamos por separado a la subasta. August, por su parte, había dicho que se buscaría su propio sitio para dormir. Era consciente de que Watson y yo habíamos discutido y me imagino que nos estaba dando la oportunidad de arreglarlo con un beso.

—Te odio —me dijo Watson con energía—. ¿Qué te pasa con los cuartos y los armarios?

—Suelen estar bastante limpios. Y si no es así, siempre puedes encontrar artículos de limpieza en ellos.

—Holmes...

—En realidad he reservado una habitación en un hotel *art déco* —le expliqué, y momentos después nuestro coche se detuvo en su acceso circular. Siempre me había sentido orgullosa de saber escoger el momento oportuno para hacer o decir las cosas.

—Ponte el sombrero —le indiqué y le di el suyo—, y las gafas de sol. Que crean que somos estrellas de cine.

No quería correr el riesgo de que nos reconocieran.

—Eres lo peor —dijo entre risas—. No creo que me hayas dejado pensar que...

—Acaban de dejarte inconsciente en una pelea, así que se me ocurrió que te vendría bien dormir en una cama cómoda. —¡Watson se había reído! Sus ojos se habían arrugado por los extremos. No hacía ni unas horas que había pensado que podría estar muerto—. También tiene vistas al río —comenté, y, como un milagro, volvió a reírse.

A menudo le oculto información a Watson por este mismo motivo. Creo que lo detesta. Mis «trucos mágicos»... No sé si a estas alturas ha comprendido ya para quién son realmente las revelaciones.

En el interior, la recepcionista enarcó una ceja cuando vio la cara destrozada de Watson.

—Un accidente mientras cortaba el césped —le dije, y desvió la mirada.

—Si fue un accidente cortando el césped, ¿no tendría que haber habido cuchillas? —me preguntó Watson en el ascensor—. ¿Y el corte no sería, no sé, más profundo?

—Podría haber sido con un cortacésped. A lo mejor te caíste de él.

—Sí —añadió—, por favor sigue despojando a mis proezas de toda su heroicidad.

—Vale, sí, lo derribaste —concedí—. Pero después él te noqueó.

Todas las puertas de nuestro pasillo eran apropiadamente medievales. Con sus clavos remachados, paneles de vitral y demás. Cuando localizamos la nuestra, Watson sonrió para sí mismo y la abrió.

Esa noche hablamos. No se diferenciaba mucho del tipo de charlas que solíamos tener habitualmente: «Quiero esto», «Lo que quieres es imposible», «¿Qué nos queda entonces?», «¿Qué somos el uno para el otro?». Siempre me sentía como si él quisiera que diéramos con una solución, como si fuéramos una evidencia matemática que solo necesitaba ser contrastada. Durante largo tiempo, pensé que él me consideraba el problema, y después me preocupó que pensara que yo era la solución. No soy ninguna de las dos cosas. Soy una adolescente y él es mi mejor amigo. Lo seríamos todo el uno para el otro hasta que no pudiéramos serlo más. La habitación tenía dos camas, pero dormimos en lados opuestos de la misma y, si me desperté en mitad de la noche entre sus brazos, solo puedo deciros que no se enteró.

Tampoco se percató cuando me liberé de su abrazo y fui a sentarme al suelo del baño hasta que los gritos de mi cabeza se silenciaron. «Yo tengo el control», me recordé. «Yo tengo el control». Respiré profundamente catorce veces. Pensé en el kit que tenía escondido en mi bolsa de emergencias, pero me obligué a olvidarme de él. «Yo tengo el control de todo esto», repetí hasta que me sentí mejor, y después volví a meterme en la cama de Watson.

Nunca había querido mostrarme sensible delante de él, pero ¿y si mostrar vulnerabilidad fuera una decisión que tomaba por mí misma?

—Despierta.

Apenas se movió.

—Despierta —dije de nuevo—. Necesito que me contestes a una pregunta.

Esta vez se incorporó. Su rostro, lleno de manchas, era un completo desastre: ojos amoratados, labios cortados y magullados. Por experiencia, sabía que necesitaba dormir para curarse y, si esto no hubiera sido tan importante, jamás lo habría despertado —yo no era mi trastatarabuelo—. No existía placer alguno en ordenarle que se pusiera en peligro, en despertarlo antes del amanecer.

Prefería ver a Jamie Watson dormir porque, si lo hacía y lo observaba, estaba a salvo. Prefería que Watson se quedara en casa, investigando o leyendo novelas, porque uno siempre prefiere tener el corazón guardado a buen recaudo en el pecho. Cuando me enamoré de August Moriarty, fue porque me reconocí en él y me pareció un ejemplo de redención. Nos asemejábamos tanto en cómo nos habían criado, en cómo veíamos el mundo, pero él había escogido lo que necesitaba de esa infancia y se había resistido al resto con todo su ser. Pensaba primero en los demás; leía de manera indiscriminada; viajaba por el mundo; me escuchaba cuando hablaba, no como si yo fuera un experimento o una muñeca de cuerda, sino una persona completa, que encerraba sus contradicciones como todo el mundo. Quería ser él, yo, que nunca antes había deseado ser nadie. Si deseaba estar con él era por ese motivo.

¿Y Watson? Si August era mi contrapunto, mi espejo, Jamie era la única vía de escape de mí misma que había encontrado. Cuando estaba a su lado, comprendía quién era yo. Le hablaba y me gustaban las palabras que le decía. Le hablaba, y las palabras que él me respondía me sorprendían, me avivaban. Si August era mi reflejo, Jamie me mostraba mi mejor versión. Era leal y atento, robusto, como los caballeros de los relatos antiguos, y sí, incluso con la cara amoratada y el ceño fruncido, a kilómetros de distancia del sitio en el que nos habíamos conocido o de los lugares a los que llamábamos hogar, me resultaba atractivo.

—¿Qué ocurre? —Su voz sonó áspera debido al sueño.

—¿Es esto lo que quieres? —le pregunté. Ya se lo había preguntado en una ocasión, cuando traté de calibrar cuánta distancia tendría que poner entre los dos si respondía que sí.

—Eso creo —respondió—. Pero... ¿lo quieres tú también?

Me quité la ropa. Llevaba puesto un pijama, así que ni resultó una revelación lenta ni tentadora. Me contempló con los ojos entrecerrados. Cuando alargué la mano hacia el borde de su camiseta, me detuvo. «Yo lo haré», decía su rostro, y con una mueca de dolor, se la quitó. Su torso tenía un aspecto horrible, con golpes morados y rojos, y por la forma en que movía los hombros, como un boxeador viejo y cansado, era evidente que el efecto de los calmantes que le habían suministrado había remitido durante la noche.

—¿Es esto lo que quieres? —me preguntó con esfuerzo.

—Sí —dije, y odié que mi voz se quebrara—. ¿Podemos... podemos meternos debajo de las sábanas?

Yo me tumbé primero y él lo hizo después, colocando las sábanas cuidadosamente sobre nuestras cabezas como si fuéramos unos niños. Me embargó un descabellado deseo de reírme, no porque él estuviera sufriendo, sino porque yo también. Hasta ese momento no había identificado mis propios motivos. Siempre había sido muy hábil con la lógica, con la causalidad: *si esto... entonces aquello; si aquello... entonces esto*.

Si los dos estábamos destrozados, entonces...

Después de lo que sucedería en los próximos días, con las decisiones que tendría que tomar para recuperar a Leander y para salvar a mi familia de sí misma, había una posibilidad de que Watson no quisiera volver a saber nada de mí. De lo contrario, quizá habría esperado para esto. Algunos meses al menos, otro año; para ver si era capaz de curarme un poco más. Pero no podía esperar.

Y lo cierto es que lo deseaba.

Con el dorso de la mano, trazó la línea de mi mandíbula, después la de mi cuello y me tensé cuando sus dedos me rozaron la clavícula. Su piel estaba caliente. Y su aliento también. Tenía mucha más experiencia que yo y volví a pensar, como siempre, en la última vez que alguien me había acariciado de esa forma, en los dedos gordos de Dobson que me desabrochaba la blusa del uniforme, y en que me hubiera gustado decir algo, lo que fuera, pero iba tan colocada de opiáceos que los cables de mi cerebro no estaban bien conectados, las manos me pesaban y...

Watson se detuvo. Me contempló, observó mi rostro y, cuando asentí, me envolvió en sus brazos y me besó, despacio, y fuimos paso a paso, hablándolo, hasta que terminamos.

Supongo que podría recitar la progresión literal de los acontecimientos, pero he descubierto que poseo ciertas reservas en cuanto al pudor. No utilizamos protección; no mantuvimos relaciones. Hicimos otras cosas. *Dicere quae puduit, scribere jussit amor…* Durante un tiempo, pensaré en sus hermosos brazos. Son tan bellos como los de una escultura que vi una vez cuando era pequeña en un museo, en alguna parte, cuando todavía no había llorado en la cama de mi mejor amigo en un hotel de Praga al amanecer.

* * *

Cuando nos despertamos, nos vestimos rápidamente porque teníamos cosas que hacer.

Nos pasamos todo el día siguiente recluidos, mientras dábamos los últimos retoques a mi plan. Es decir, le conté a Watson los detalles y lo instruí para que mejorara su diálogo hasta que se molestó y lo convirtió en un arranque de cólera. Nunca antes habíamos trabajado en tándem de esta manera, al menos no a propósito, y resultó que se nos daba bastante bien.

Así pasó el tiempo hasta la hora de la comida. Le pedí a Peterson que nos trajera el USB y también nuestros disfraces y el atrezo. Llegado el momento, Watson exigió un bocadillo (se me había olvidado que comía con frecuencia). Le dije que llamara al servicio de habitaciones y después insistí en que abriera la puerta con su máscara puesta. Todo salió como estaba planeado: el chico que subió la comida se marchó gritando por el pasillo.

No hablamos de besarnos ni de volver a meternos en la cama. Jugamos al póker y perdió. Después jugamos al *euchre**[*]* y también lo vencí, y lo mismo volvió a ocurrir al jugar al Gin Rummy.[†] Luego me ganó al *old maid*,[‡] y finalmente llegó la hora de irnos.

---

[*] Juego de cartas en el que se emplea una baraja de naipes francesa y que se divide en bazas. *(N. de la T.)*

[†] Juego de cartas de origen estadounidense que consiste en hacer combinaciones y en el que se emplea una baraja inglesa. *(N. de la T.)*

[‡] Juego de cartas parecido al juego de las parejas. *(N. de la T.)*

—¿Tienes el USB? —me preguntó mientras se palpaba los bolsillos.

—Claro —respondí—. ¿Recuerdas lo que estamos haciendo?

—«Como Michel Foucault dice en *Vigilar y castig...*»

—Excelente. —Hice una pausa—. Hoy trata de disfrutar. Creo que para ti será divertido.

Hasta que dejó de serlo. Hasta que no quiso volver a mirarme a la cara.

—¿Sabes? —dijo a la vez que se frotaba los ojos a través de los agujeros de su máscara—, puede que consigamos salirnos con la nuestra.

No entendía por qué lo decía con semejante tono de sorpresa. Podríamos llegar a un final desastroso, destructivo, terrible, acabar con recuento de bajas y con mi mejor amigo renegando de mí, pero yo siempre me salgo con la mía.

Capítulo 12

—¡Pues claro que estamos en la lista!

El recepcionista bajó la vista extrañado hacia su portapapeles.

—Lo lamento, señorita…

Charlotte Holmes se pasó una mano por su pelo negro y corto. Las gafas de culo de botella que llevaba sobre la nariz hacían que sus ojos parecieran unos enormes y ridículos platillos.

—No me diga que no encuentra Elmira Davenport. ¡Cómo se atreve! Vuelva a comprobarlo. —Tenía los brazos doblados por los codos, con las palmas de las manos hacia arriba, y cuando se volvió hacia mí, las giró por las muñecas como si fuera un juguete—. ¡No me creo que nos tengan que someter a la hegemonía de las listas! ¡De las listas! ¡Soy una artista y usted me está obligando a interpretarme a mí misma! ¡Esto es inaceptable!

—Inaceptable —entoné yo.

—Sigo sin encontrarla —dijo el hombre en tono de disculpa.

—Vaya a buscar a Phillipa entonces. Estoy segura de que ha sido un malentendido. —Se había formado una cola detrás de nosotros, de mujeres con vestidos elegantes y hombres con traje y abrigos largos, que tiritaban de frío. Holmes no iba a rendirse y la gente empezó a quejarse—. ¡Vamos! ¡Búsquela!

El hombre se escabulló al interior de la sala de subastas y regresó acompañado de la Moriarty rubia y testaruda. Si entrecerraba los ojos, podía recordar haberla visto en aquel almacén de Berlín. Aunque, para ser sincero, no me acordaba de mucho más de aquella noche: la alfombra, Holmes dándome ligeros cachetes en las mejillas, el violento golpeteo de las hélices del helicóptero… el resto había desaparecido. Para alguien que practicaba deportes de contacto, no tenía una constitución muy robusta.

Phillipa se detuvo de golpe cuando vio que éramos nosotros.

—¡Phillipa! —dijo Holmes—. ¡Esto es una fiesta! ¡Y menuda fiesta! Kincaid y yo estamos ilusionadísimos. ¡Con qué poco tiempo la has organizado! Sí, estupendo.

—Estupendo —repetí.

—Déjalos pasar —dijo Phillipa al final. Estaba seguro de que nos había reconocido, aunque no importaba si lo había hecho o no. Sabía que vendríamos.

—Pero señora —replicó el recepcionista—, no vienen ataviados según el código de vestimenta. Ni siquiera sé qué decir con respecto a esas máscaras…

Encogiéndose de hombros, Phillipa se escapó de vuelta a la fiesta. Pero el recepcionista no tuvo tanta suerte.

—¡Kincaid! —Holmes me sonrió ampliamente—. Kincaid no desea que el panóptico lo vea. —Trazó un arco a lo loco con los brazos—. Su máscara le pixela el rostro, ¿vale? Las cámaras de la calle, las que hay aquí… ¡no pueden verlo! ¡Representa el territorio sin vigilar! Esa es su obra artística… ¡desaparecer!

—Soy un artista —recité—. Soy mi propia obra artística.

Holmes bajó la voz hasta convertirla en un susurro.

—Y llevo puestos estos vaqueros pitillo porque me niego a fingir que soy de una clase a la que no pertenezco.

—Ella no pertenece a esa clase.

—¡No soy de la clase que lleva enaguas! ¡Soy Elmira Davenport!

—¿Es esa…? ¿Es Elmira Davenport? ¡Dejad que pase! —dijo un hombre a nuestra espalda—. Crea obras de arte audiovisuales. Muy extrañas y muy persuasivas.

La cola empezó a murmurar.

—Sí, creo que he oído hablar de ella. —Oí que decía alguien—. ¿No se pintó de morado en lo alto de la Torre Eiffel?

—¡Sí! —Como por arte de magia, Holmes se sacó un puñado de tarjetas de visita del bolsillo, y se las dio a la multitud.

—¿Se subastará tu trabajo, querido? —preguntó la mujer del hombre tocándome en el hombro.

—Sí, se subastará —recité otra vez.

—Tendrán que esperar al final del todo —explicó Holmes con un guiño—, cuando siempre sucede lo mejor.

Tiró de mí por la muñeca y entramos —dejando atrás al recepcionista, que protestaba sin parar, y a la pequeña concentración de hombres con americanas de vestir—, y nos dirigimos al fondo, a la sala central del museo.

Se había montado un escenario con un podio para el subastador y dos zonas de asientos colocados en cascada. Por el aspecto, daba la impresión de que las subastas de arte de Hadrian y Phillipa atraían a más de cien personas, y la mayoría de ellas se las había ingeniado para venir a pesar del poco tiempo con que las habían convocado.

—He oído que van a subastar algo increíble —comentaba el hombre que teníamos al lado—. Ni siquiera aparece en el catálogo.

Su amigo le contestó en voz baja y no logré escucharlo.

—No —respondió el hombre—. Es totalmente legal. Los dos se dedican a explorar el mundo de manera profesional, así que claro que traen a casa obras maravillosas que se pensaba que habían desaparecido. Pero eso no significa que sean robadas. ¿No viste a Hadrian en *Art World Today?* ¡Hablaba precisamente de este tema!

Holmes y yo nos paseamos por la sala. Ella le daba la mano a la gente mientras yo miraba de forma amenazadora desde la distancia. Todo el mundo, por lo que parecía, había oído hablar de nosotros en algún sitio que no lograban recordar del todo. Menuda panda de mentirosos. Era increíble lo lejos que llega el ser humano para creerse que estaban al día.

Mientras hacíamos las rondas, no dejábamos de escuchar ecos sobre la cuestionable legalidad del catálogo de Hadrian y Phillipa. Si alguien comentaba: «Pero se suponía que todas estas obras estaban desaparecidas», otra persona aseguraba, en voz especialmente alta: «Pues se les debe dar muy bien encontrarlas». La habitación entera apestaba a desesperación, y Holmes la recorría mientras revoloteaba de un lado para otro, sacudía su erizada peluca y despotricaba sobre arte, el intelecto y el alma. Sonaba como si Nathaniel Ziegler fuera hasta arriba de esteroides, lo que creo que era precisamente su intención.

Se me secaba la garganta. Todavía no me sentía como yo mismo —para ser sincero, cada hora descubría que me dolía una parte nueva del cuerpo—, y me llevé a Holmes a otro sitio para que nos reorganizáramos.

—¿Estás disfrutando? —le pregunté.

—Inmensamente.

—¿Ves a Peterson y su escuadrón?

—Estaban fuera, detrás de nosotros en la cola. ¿No reconociste al hombre mayor? ¿El que había oído hablar de Elmira? ¿O creías que me había forjado una fabulosa reputación mundial en la última hora y media?

Resoplé.

—¿Ese era Peterson?

—El resto de su equipo está de camino. Y Tom y Lena tienen asientos en la primera fila. Busca a la chica con pieles.

—Dime que no lleva pieles de verdad.

Holmes se ajustó el poncho.

—A Lena no le gusta matar para conseguir lo que quiere.

Estudiamos la sala, hombro con hombro. Localicé a August al otro lado de la habitación, apoyado perezosamente sobre el escenario, y aparté la mirada. No quería llamar la atención sobre él.

—La verdad es que tengo muy buenas sensaciones sobre esto. Y me sentiría incluso mejor si no pareciera el Hombre Elefante.

—Era eso o cubrirte los moretones con maquillaje blanco profesional y traerte como si fueras mi mimo.

Me llevé la mano bajo la goma de la máscara para tocarme el cuello. Una de las «abrasiones», como las había llamado la enfermera, había empezado a sangrar de nuevo. Claro que nadie podía notarlo porque solo llevaba al descubierto los ojos y la boca. El resto de mi cara, y el cuello hasta la altura de la clavícula, estaban cubiertos por una serie de píxeles descomunales con la clase de encriptado que le ponían a las fotos de desnudos en la televisión por cable. Era una barra censurada con patas, así que las cámaras no le darían ningún sentido a mis rasgos, o esa era la idea que le explicaba a todo el mundo que me lo preguntaba.

—¿Tu mimo andante?

—Qué concepto tan elevado. —Holmes imitó la forma de hablar a lo Frankenstein de Kincaid—. Muy innovador.

Un grupo de mujeres mayores se acercaron bamboleándose al subastador para reclamarle sus paletas. Todas vestían de gala y una jugueteaba con la joya en forma de ciervo que llevaba enganchada en el sombrero. Todavía no había visto a Hadrian —temía ese momento—, pero Phillipa estaba de pie junto al subastador y sonreía como una muñeca de cuerda.

—¿Quiénes son todas estas personas? Es un evento de última hora la víspera de Navidad. ¿No deberían estar en casa con sus familias?

Holmes me miró con ojos penetrantes.

—*Marketing*, Watson. ¿Una pequeña subasta de obras raras y selectas para su colección? ¿Un cuarteto de cuerda tocando Händel? ¿Aperitivos? ¿El arquitectónicamente laureado museo de arte moderno reservado para la velada? Pues claro que han venido todos. Apesta a exclusividad, a privilegios.

—Me he quedado en la parte de tu argumentación en la que has utilizado la palabra «aperitivos».

—Claramente son *hors d'oeuvres* —dijo—. Solo que no sabía si estarías familiarizado con el término. No hablas francés, ¿verdad?

Desde la noche anterior, las cosas entre los dos se habían vuelto más sencillas. Era como si hubiéramos estado tirando de extremos opuestos de una misma cuerda y ahora nos hubiéramos encaminado hacia el centro para doblarla juntos. La noche anterior había sido… Para ser sincero ni siquiera estaba seguro de si había sido real. En mitad de la noche, en una ciudad como Praga, la chica a la que quiero se coló en mi cama. No sería capaz de describirlo sin utilizar términos simples y estúpidos. Había sido complicado. Ella estaba preciosa. Los dos llevábamos tiempo frustrados. Había dicho mi nombre. No quería hacerla llorar de nuevo. Todo lo que sabía era que no quería que volviéramos a pelearnos jamás. Tampoco quería intentar besarla otra vez. No hasta que yo entendiera mejor las circunstancias —y a nosotros—. Quería existir en este *impasse* cuanto pudiera, en este momento en el que parecía que nos llevábamos bien.

Y puesto que éramos nosotros dos, lo de no pelearnos se parecía demasiado a… pelear.

—He estudiado francés —le recordé—. Hace años que voy a clase. Este otoño me esperaste a la salida del aula casi todos los días.

—Imposible, estoy segura de que me acordaría.

—Que sí. Sabes que es verdad, pero te gusta ponerte cabezona.

—Tengo una memoria impecable, Watson. Dime algo en francés.

—No.

—¿No puedes decirme nada en francés? ¿Una frase? ¿Una palabra?

—Sí que puedo, pero no pienso hacerlo.

—¿Ves? Tengo razón. No sabes decir ni una palabra…

—*Hors d'oeuvres* —solté, y atrapé un par de blinis de la bandeja de un camarero que pasaba en ese momento—. ¿Quieres uno?

Debajo de la peluca y de las gafas de culo de vaso, a pesar de todas las discusiones que habíamos tenido en las últimas semanas y de la ridícula máscara que yo llevaba puesta, Holmes me contemplaba como si fuera su violín.

Era una mirada que no me había dirigido en toda la noche anterior, y no sabía qué significaba.

—«Dile que lo quiero» —murmuré.

Su mirada no cambió.

—¿August te lo dijo?

Me lo contó mientras cargaba conmigo a través de la puerta de la azotea y me bajaba a la enfermería privada de Milo. Me habían tumbado en una cama de hospital incómoda —¿por qué siempre acababa en una?— y me habían preguntado si recordaba las últimas horas y dónde había estado. Como le conté a August, que me colocó una mano sobre el hombro, lo recordaba: le había dicho a Holmes que huyera.

«Está en el helicóptero. Me ha dicho que te diga que te quiere». Cuando me transmitió el mensaje parecía sentirse triste, aunque no por sí mismo.

Tardé unos segundos en procesarlo. «La primera parte no tiene lógica», dije, «pero la segunda es una locura».

«Se encuentra bien», aseguró August a las enfermeras. «Dadle un paracetamol y una bolsa de hielo».

—Sí, me lo dijo —indiqué—. ¿Te parece bien?

Me rozó la mano con la suya.

—Me parece bien —dijo mientras el bullicio a nuestro alrededor se calmaba—. Están yendo a sus sitios. Tengo que acercarme a hablar con el subastador. Encuentra a August, ¿vale? Y a Tom y… ¡oh!

Que nadie diga nunca que Lena no sabe hacer una entrada.

Entró caminando despacio sin ni siquiera levantar la vista de su iPhone con cristales incrustados. El recepcionista se apresuró a sujetarle la puerta como si fuera una reina. Sobre los hombros lucía un abrigo de piel colocado como una capa y, debajo, llevaba un top que apenas le cubría el pecho. Se ataba alrededor de sí mismo y dejaba al aire más de doce centímetros de piel sobre los pantalones de cuero ajustados que le cubrían las piernas. Se había teñido el pelo negro de un degradado de azul y dorado y, cuando finalmente levantó la vista para mirar a su alrededor, puso los ojos en blanco y se llevó la mano al bolso.

En ese momento me fijé en los tres guardaespaldas que la seguían. Eran los mercenarios de Greystone disfrazados, que la condujeron a toda prisa hacia su asiento al principio de la sala y dejaron otro a su lado para Tom que, con el traje, el rostro sudado y un montón de paletas, tenía el mismo aspecto que el ayudante saturado de trabajo de cualquier estrella del pop.

Esa tarde, los técnicos de Milo habían creado una red de páginas web, cuentas de Snapchat, referencias a noticias falsas y vídeos con letra en YouTube sobre Serena, la nueva promesa de la música *dance*. Y aquí estaba, en carne y hueso, con la intención de empezar una colección de arte en su casa de Laurel Canyon. Había solicitado una invitación antes de la cena, una que los Moriarty le habían enviado a toda prisa. A lo mejor Phillipa sabía que Holmes y yo nos presentaríamos disfrazados, pero queríamos que pensara que Serena era real.

Phillipa se apresuró a saludar a la estrella del pop, con Hadrian a su lado. Tenía que ser Hadrian; era rubio y alto, pero se movía encorvado y con las sacudidas de un cangrejo. Lo observé durante unos minutos; Hadrian, en su estado natural. Busqué restos de Nathaniel, pero Hadrian tenía la nariz más larga y sus cejas eran más finas y se situaban más arriba. No había ni rastro de la calidez y accesibilidad de Nathaniel.

Puesto que los Moriarty estaban distraídos, Holmes aprovechó la oportunidad para hablar con el subastador y le metió algo pequeño en el bolsillo. Después regresó a su asiento antes de que la vieran.

El silencio invadió la sala. Estábamos a punto de empezar. Un par de guardias armados se colocaron a cada lado del escenario. Eran hombres de Moriarty, dispuestos a detener cualquier problema antes de que comenzara.

—Señoras y caballeros —exclamó Hadrian mientras subía velozmente los escalones hacia el escenario. Su voz tenía el mismo timbre que la de Nathaniel, solo que, de alguna manera, sonaba menos… culta; más áspera—. Muchas gracias por pasar la Nochebuena con nosotros. Nos encanta verlos en nuestras subastas privadas. Su lealtad significa mucho para nosotros. Repartimos estas invitaciones de un modo selecto y apreciamos su discreción. Dicho esto, puesto que nuestro negocio es un asunto familiar, entendemos que el de ustedes también lo es, por lo que la muestra de esta noche será más breve de lo habitual para que todos podamos volver a nuestras casas a disfrutar de los pasteles y las tartaletas de fruta.

¿Tartaletas de fruta? No me extrañaba que todos los Moriarty se sintieran tan desgraciados si esa era su idea de la Navidad.

—Comencemos —dijo, y cuando bajó del escenario, August Moriarty se lo llevó de inmediato a otro lado.

El plan estaba en marcha.

El subastador abrió el acto con un cuadro de Hans Langenberg. Era un claro desafío, una forma de tantear nuestras motivaciones. Mientras lo anunciaban, Phillipa giró el cuello para mirar fijamente a Holmes, que se encogió de hombros con una sonrisa.

—Una obra de la misma época que *Finales de Agosto* —indicó el subastador. Una pantalla detrás del cuadro enumeraba distintas «curiosidades» sobre la pintura—. Fíjense en las pinceladas. El uso de los crudos aquí, en las esquinas. El espectador no ve los rostros de los dos niños, pero incluso desde este ángulo, podemos deducir que el artista ha escogido no detallar sus rasgos. Sin embargo, la muchacha que se encuentra entre ellos tiene unas cejas llamativas y los labios rojos. ¿Ven la expresión salvaje de su rostro, que el pintor sugiere únicamente con unas pocas líneas? ¿El mapa de su mano? Es un trabajo exquisito. Abriremos la puja con cien mil.

Se escuchó una breve oleada de conversaciones y las paletas comenzaron a aparecer en el aire: los números 103, 282 y 78. En la primera fila, Tom se inclinó para hacer una pregunta a Lena al oído, que asintió sin apartar los ojos de su teléfono. Con entusiasmo, Tom levantó la paleta que compartían, la 505. El precio fue subiendo y la paleta 505 no dejó de alzarse hasta que al poco, el resto de números, empezaron a retirarse de la competición de uno en uno.

Tendría que haberle prestado atención a la subasta y no a August y Hadrian, que estaban apartados en un lado, con las cabezas juntas y discutiendo en feroces susurros. En dos ocasiones, Hadrian se volvió para mirarme por encima del hombro, pero su hermano tiró de él con brusquedad. Nunca habíamos hablado mientras no iba disfrazado, por lo que el intenso odio de su mirada me sorprendió. Parecía muy personal.

Me lo había pasado bien hasta ese momento; vale que había sido una diversión algo tensa, pero no por ello dejaba de serlo. Estaba muy sorprendido de que esto estuviera siendo tan entretenido, de que me estuviera pasando a mí, de que estuviera a punto de acabar con una subasta elitista de arte en la República Checa en el día de Nochebuena. Lo que volvió a desanimarme fue caer en la cuenta de que era evidente que Hadrian quería descuartizarme. Ni me imaginaba lo que sentiría por Charlotte Holmes.

Justo en ese instante, mientras me fulminaba con la mirada, no se parecía en nada a Nathaniel, y me pregunté por millonésima vez si Leander se habría equivocado.

Me pregunté si seguiría con vida.

Despacio, me acerqué hasta que, más o menos, logré distinguir la conversación que mantenían.

August trataba de recuperar la atención de su hermano.

—Mírame —siseó—. Si lo que sostienes es que toda esta locura es sobre mí, sobre mi «muerte», entonces haz el maldito favor de mirarme cuando te hablo.

—¡Novecientos mil! —exclamó el subastador. Lena dio unos golpecitos en el hombro a Tom, que volvió a levantar la paleta 505. En el escenario, la sonrisa avariciosa de Phillipa se ensanchó—. ¡Vendido… —cacareó el hombre—… al número 505! Nuestra siguiente obra también es de Hans Langenberg…

Los Moriarty se burlaban de nosotros. Uno a uno, sacaron sus Langenberg falsos y los subastaron por cientos de miles de dólares. Incluso Hadrian, aún en plena discusión con August, no dejaba de volverse para sonreírle a su hermana. Los guardias con armas semiautomáticas que había a los lados del escenario impedirían que Holmes y yo hiciéramos cualquier movimiento evidente contra ellos. Si lo intentábamos, estaríamos perdidos.

Tres cuadros, cinco, seis… Las pujas no dejaban de subir y Lena, con su disfraz, las ganaba todas. Los Moriarty habrían comprobado su situación bancaria cuando aceptaron su petición para unirse al evento. Se sentían confiados con respecto a estas ventas; con respecto a ese dinero.

Empecé a sudar bajo la máscara. Sabía que nos acercábamos al final.

—Y *El pensamiento de un reloj de bolsillo* es para el número 505 —exclamó el subastador mientras retiraban el cuadro del escenario. El público gruñó entre sí. No podía culparlos. En su mayoría, eran personas mayores y conservadoras, aficionadas al arte, que habían salido en Nochebuena en busca de obras nuevas, solo para que una estrella del pop adolescente, que no dejaba de mascar chicle, se adjudicara todas las pujas.

—Ese era el último —dijo Hadrian a August mientras le colocaba una mano en el hombro—. Les daré las buenas noches a todos y después terminaremos nuestra conversación.

August sonrió ligeramente.

—Sí —dijo—, adelante.

Antes de que Hadrian diera otro paso, el subastador se aclaró la garganta.

—Tenemos una última pieza que presentar, una que no está incluida en el catálogo.

La estancia permaneció en silencio. Phillipa miró sorprendida al subastador con la sonrisa congelada en el rostro.

Holmes los adelantó.

—¡Ah, sí! —exclamó, se levantó de su asiento al final de la sala y estiró los brazos hacia los lados—. Sí, ¡estoy superemocionada con esto!

—¡Es Elmira Davenport! —comentó Peterson en un susurro mal disimulado—. ¡Me pregunto si será una de sus primeras creaciones!

El hombre junto a él asintió como si estuviera versado en el asunto.

—Davenport es el futuro de los vídeos artísticos.

—Yo siempre lo he dicho —comentó su mujer.

Debió de percatarse de que estaba perdiendo el control de la situación, porque Phillipa alargó el brazo y agarró al subastador con fuerza.

—Señorita Davenport. —Phillipa marcó cada palabra—. Estoy segura de que podremos incluir su obra en nuestra próxima muestra…

—¡Que nos la enseñe ahora! —gritó Peterson.

—¡Sí! —exclamó otra voz—. ¡Ninguno de nosotros se lleva nada a casa! ¡Dennos una oportunidad!

Tom se volvió hacia Lena y le dijo en voz alta:

—No te interesan los vídeos artísticos, ¿verdad?

—Los odio —respondió ella con voz de aburrimiento.

—¡Los odia! —repitió alguien, y entonces se formó un alboroto en la sala. Las altas paredes de aquella parte del museo recogieron las voces y las hicieron rebotar. Era como si un enjambre de abejas descendiera desde el techo. En el escenario, Phillipa se mordía el labio con tanta fuera que se le había puesto blanco. August agarraba a Hadrian con fuerza para mantenerlo en su sitio y, aunque los guardias armados se miraban los unos a los otros a través de la estancia (yo no los perdía de vista), no hicieron ningún movimiento para echar mano a sus armas.

Con toda aquella expectación, Holmes y yo subimos al escenario.

El subastador se retiró del atril para dejar que Charlotte tomara su lugar.

—¡Hola a todos! Sí, soy Elmira Davenport, ese es mi nombre. Dicho lo cual, creo que deberíais llamarme como os dé la gana. ¡Lo de la identidad es tan agobiante! ¡Es una creación!

—Una creación perniciosa —entoné yo.

—La identidad es un concepto resbaladizo. ¡Nos llaman por tantos nombres! ¡Todos nuestros yoes tienen distintas necesidades! Hoy estoy en Praga, lejos de mi familia en un día que se supone que es para pasarlo juntos pero ¿soy de la familia si no estoy con ellos?

—No, no lo es.

—¡No lo soy!

—No es de la familia sin familia —coreé.

—Hoy estoy aquí por casualidad. Oí hablar de esta subasta y decidí que sí, os mostraría una obra para ilustraros sobre quién soy. Sobre quiénes sois vosotros. Sobre quiénes somos todos por debajo de nuestros envoltorios. Aquí a mi lado, Kincaid ¡se esconde de las cámaras! ¡Oculta su rostro del vuestro! ¿Qué es su rostro?

Hizo una pausa y miró al infinito por encima de las cabezas del público, que la observaba desde abajo, fascinado, o al menos fingía que lo estaba.

—Pero ay… —dijo con la solemnidad de un erudito—, nadie sabe lo que es un rostro. Aunque tengo mis teorías: un rostro produce una voz, una voz transporta el sonido y, en ese sonido, nos encontramos presos. Dejadme que os presente una obra que dice «rostros», «familia», «identidad», «¡presos!» Todo eso.

Asentí.

—Esta obra trata sobre todo eso.

La pantalla que había tras el caballete se oscureció, y lo mismo ocurrió unos instantes después en aquella sala resonante. Se escuchó algo que se arrastraba; algunos susurros; un ligero altercado sobre el escenario, y los segundos se prolongaron hasta que el vídeo en blanco y negro por fin se reprodujo.

Eran las imágenes de una cámara de seguridad. El exterior de un almacén visto desde arriba. Un hombre gigantesco se limpiaba las manos en los pantalones. Se irguió y fijó la vista en la lejanía. Después se dobló y, tomando una visible bocanada de aire, levantó el cuerpo flácido que tenía a los pies y se lo cargó al hombro.

Era mi cuerpo, pero el público no tenía por qué saberlo. Mi identidad no era importante en esta historia.

Se escucharon las interferencias de unos altavoces invisibles, colocados en alguna parte tras el escenario. De ellos salió la voz de una chica que sonaba destrozada, desesperada.

—¿Qué es lo que esperas conseguir exactamente con esto? —preguntó—. No podrás retenernos durante más que unas horas y lo sabes.

El hombre inclinó la cabeza.

—Lo siento —dijo—. ¿Dónde debería colocar al chico?

—Ten cuidado con él —solicitó la chica, que apareció en el vídeo. Me pregunté qué estaría pensando el público de ella; era pequeña y se balanceaba en sus botas y su diminuto vestido—. Por favor. Es mi… Ten cuidado.

Entonces, el gigante dijo algo que no se escuchó y se llevó el cuerpo.

Ahora solo quedaba la chica en la imagen. Se abrazó a sí misma.

—Imagino que querrás nuestros teléfonos —expresó.

Se hizo una pausa donde debería haber una respuesta. La chica hablaba con alguien que no aparecía en el encuadre.

—Solo trato de ayudarte a ser meticulosa —dijo, se sacó el móvil del sujetador y lo balanceó entre sus dedos—. Toma, cógelo.

Entre el público, la voz aflautada de un joven dijo: «¿No te encanta la composición del plano?». A mi lado, Holmes cambió el peso de una pierna a otra.

—No, no pienso entregártelo —añadió la chica del vídeo—. ¿Qué te hace pensar que te ayudaré a destruirme?

—Los acontecimientos pasados lo sugieren —respondió la voz, apenas audible. Era de una mujer, pero seguía sin aparecer en la imagen—. Me alegra poder ayudarte en todo lo que pueda. Te invito a que huyas, si eso es lo que deseas. A ver cuánto puedes alejarte. Venga, podemos cronometrarte.

—Debes de estar esperando a más miembros de tu escolta. Llevas una pistola en el bolsillo, pero eres demasiado cobarde para amenazarme con ella, incluso aunque yo vaya desarmada.

Una respuesta incomprensible.

La chica dio un paso adelante y después otro.

—¿Por qué lo haces?

—Deja de moverte —le ordenó la voz.

—¡No! —gritó—. ¿A dónde lo llevas?

—¿Estás ciega? Está en el almacén, donde acabarás tú también. Tenemos asuntos que tratar… —Ahora ya se veía, o al menos la parte trasera de su cabeza en blanco y negro, con el pelo claro y rizado.

—¿Merece la pena todo esto? Has secuestrado a mi tío, lo has escondido Dios sabe dónde, ¿y todo para seguir vendiendo tus cuadros falsos? —Se escucharon unos aspavientos entre el público y varias toses—. ¿Cuánto les estás sacando? ¿Es suficiente dinero manchado de sangre para ti? ¿Dónde está mi tío? ¡Volará esto por los aires! ¡Es detective! ¡Se lo contaremos a los medios! ¡Lo juro!

Pronunció su discurso con claridad, enunciando cada consonante. Presentó los hechos, que eran una pura explicación y expresó cada palabra con una emoción tan evidente que parecía una producción de Broadway. Me volví hacia ella —la real, la que estaba a mi lado— y sonreí, aunque no podía verlo a causa de la máscara. Holmes, mi santa patrona de las trampillas y los sistemas auxiliares, de siempre recordar que debes construir los cimientos para que más adelante, si fuera necesario, pudieras construir una espectacular casa encima.

Era su espectáculo, después de todo.

En el vídeo, Phillipa dio un tambaleante paso al frente y, cuando giró la cabeza, su rostro era claramente visible.

—Eres tú la que deberías preguntarte dónde está tu tío —dijo, como si fuera una villana despiadada, y el público se revolvió. Alguien se puso en pie y preguntó: «¿Esto es real o no? ¿Es una puesta en escena?». Las sillas se movieron ruidosamente hacia atrás y las paletas cayeron al suelo.

El vídeo seguía reproduciéndose.

—Te crees un genio, ¿verdad? —señaló Phillipa—. ¿Y si te dijera que ha estado delante de tus narices todo este tiempo?

—Madre mía —respondió la Holmes del pasado, que tomó una bocanada de aire tan sonora como para que el micrófono de su abrigo lo grabara. Me había explicado que así era como había conseguido el audio. Los Moriarty habían hackeado el que llevaba en el zapato, el que Milo había colocado allí para rastrear sus movimientos. Le había ordenado a uno de los técnicos de Greystone que se colara en los servidores de Moriarty para localizar la pista de audio y utilizarla en su «composición». «Las imágenes de seguridad son suyas», me dijo. «Las encontramos cuando buscamos la grabación. Les dará algo cuando las vean»—. ¿Cómo has podido? ¿Cómo…?

—Por fin —dijo Phillipa mientras los guardias aparecían en bloque para agarrar a la chica y llevársela a rastras fuera del plano—. Sí que habéis tardado.

Una puerta se cerró de un portazo. Después, el vídeo se cortó y volvieron las interferencias del altavoz.

Silencio.

Cuando las luces se encendieron de nuevo, ocurrieron tres cosas, una detrás de otra.

Una: los abuelos, abuelas y los elegantes hijos e hijas se rebelaron. No había otra palabra para describirlo. Un hombre agarró su silla y la lanzó contra el escenario, seguido de la mujer que tenía al lado, y después de otra persona y de otra, como si fueran niños que lanzaban ladrillos hacia un escaparate para ver cómo se rompía. Las mujeres mayores que había visto al entrar, las que lucían los broches con forma de ciervo y los elegantes sombreros de Navidad, se volvieron hacia la puerta, como si fueran bailarinas sincronizadas, para salir a toda prisa. El recepcionista la sostenía abierta. La verdad es que tenía que reconocerle el mérito; mantenía la misma expresión impasible que al principio de la velada.

Dos: el guardia de Greystone que había retenido a Phillipa Moriarty a un lado del escenario, con una mano sobre la boca, se tambaleó hacia atrás cuando ella le clavó el codo en la cara. Corrí para ayudarlo, pero él hizo un ademán con la mano para que me alejara mientras Phillipa salía corriendo, tras impulsarse con las manos, hacia la serpenteante escalinata de mármol que llevaba al museo en sí. El cartel que tenía sobre la cabeza decía Ala de Esculturas. Me quité la máscara de plástico y traté de seguirla. Tom, Lena y el resto de guardias de Greystone me imitaron. Había logrado bajar del escenario y alejarme menos de un metro cuando me detuve de golpe, aunque ellos me adelantaron a toda prisa y se lanzaron hacia las escaleras gritando su nombre.

Tres: Hadrian Moriarty le arrancó la peluca y las gafas a Charlotte Holmes y le apuntó en la cabeza con un arma.

—Id a ayudar a mi hermana —ordenó a sus propios guardias, que subieron las escaleras a toda prisa—. En cuanto a ti, niña —dijo—, ¿querías ver a tu tío? Pues te enviaré directamente con él. —Y apretó con fuerza el cañón del arma sobre la sien de Holmes, que palideció pero ni se encogió de miedo ni pronunció sonido alguno. Sus ojos grises fueron los únicos que se movieron, de un lado para otro como si leyera las líneas de un libro que yo no veía.

—Sabes tan bien como yo que Leander está vivo. —August surgió de entre las sombras. Un cuchillo brillaba en uno de sus puños—. Así que, por favor, deja de soltar amenazas prefabricadas y sé una persona, Hadrian.

—¿Está vivo? —pregunté a August sin apartar los ojos de Hadrian—. ¿Estás seguro?

—Estoy seguro, basándome en los hechos, completamente seguro.

—Lo que significa que tienes que haber participado en ello —añadí. La pistola de Hadrian seguía con el seguro puesto, pero tenía la otra mano alrededor del cuello de Holmes—. ¿Cómo?

—Estoy muerto, Jamie…

—¿Podrías dejar de actuar como si fueras la puñetera estrella de una maldita tragedia y contestar a mi pregunta?

August dio un lento paso hacia su hermano.

—Este verano, Hadrian me vio en un concierto de punk en Berlín a pesar de que iba de incógnito. Era la primera vez que salía solo desde que… desde que todo ocurrió. —Sacudió la cabeza—. Me tropecé con Nathaniel. O bueno, supongo que debería decir con Hadrian. Las noticias llegaron hasta mi hermano, pero no lo descubrí hasta esa noche.

—Te haces pasar por profesor. —Me dirigí a Hadrian con las palabras llenas de desprecio—. Das asco.

En ese momento, Hadrian hundió el arma en la cabeza de Holmes. Apreté los puños.

—No sabes nada sobre mí, *Simon*.

—Vamos, que August te ayudó.

Mientras Hadrian se centraba en mí, su hermano se había acercado cada vez más.

—No, claro que no. Descubrí que Nathaniel le había permitido a mi hermano hacerse pasar por él para sus reuniones con Leander. Para esas noches en la piscina subterránea, cuando Hadrian sale a buscar obras de arte nuevas. Nathaniel Ziegler es una persona real. Imparte clases durante el día, tiene amigos, un apartamento en una parte decrépita de la ciudad, pero también ha dejado que mi hermano aparente ser él. El departamento de inteligencia de Milo lo hizo posible, por lo visto. Y el dinero de mi hermano.

—Y estoy seguro de que eso hizo que fuera más fácil convencer a Nathaniel de reclutar a sus alumnos para que falsificaran cuadros que pudiera vender.

—Todos menos los Langenberg. Esos los pintaba el propio Hadrian.

—Seguro que estás orgullosísimo —espeté.

—Sí, bueno. —Agarró con fuerza el cuchillo—. Como siempre, estoy entusiasmado por formar parte de mi familia.

—Y sabías que Leander estaba vivo. ¿Conoces también su paradero?

August titubeó.

—No —respondió.

—Todo esto es precioso, de verdad —dijo Hadrian con calma—, pero me gustaría seguir adelante. —Entonces, Holmes cerró los ojos y su boca se movió como si estuviera contando.

—¿Qué quieres? —pregunté a Hadrian.

—Muy sencillo. —Le quitó el seguro a la pistola—. Quiero que ella muera. Se ha pasado la noche entera destrozando mi medio de vida, mi reputación. Mi reputación lo es todo. ¿Habéis visto cómo ha disfrutado haciéndolo? Ayer mandó a mi guardaespaldas al hospital; le machacó la nuez. Te mató, August. Ahora no tienes futuro, no tienes nada. Es una cría que cree que puede jugar con los adultos, y debe entender que esto no es un juego. —Hundió los dedos en su garganta y Holmes se quedó sin aire—. Quizá Lucien y yo no nos pongamos de acuerdo en el método, pero nuestro objetivo es el mismo: queremos castigarla. A mi hermano le gustaría prolongar todo esto; yo quiero que acabe, ya.

Estaba desarmado, no tenía ningún plan... Estaba desesperado por que Milo apareciera en ese momento. ¿Dónde estaba? ¿Por qué se había marchado a Tailandia? ¿Desde cuándo habíamos pasado de resolver casos nosotros solos, desde la habitación de nuestra residencia estudiantil, a depender de otros recursos? Estábamos en Europa... ¡En Europa! Y solos. ¿Cómo había sucedido? Y August, que agarraba aquel cuchillo como si supiera cómo usarlo, era otra mentira. Incluso ahora, lo sujetaba delante de él como si fuera una vela o una súplica. Demasiado complicado para estos genios. Y muy enrevesado para salir con vida de ello.

August se llevó el cuchillo a su propio cuello.

—Hadrian —dijo con calma—. Tira la pistola.

Su hermano lo miró. Se parecían muchísimo: la nariz, la mandíbula cuadrada. Eran un par de espejos a cada lado de una chica con el pelo negro. Solo se diferenciaban en los ojos. Los de August estaban sumidos en tal amarga melancolía que, al verlo entonces, no me cabía duda de sus intenciones.

—Deja de fingir que te preocupa lo que le pase a ella —dijo Hadrian—. Además, ¿qué vas a hacer?

Con mano firme, August presionó todavía más el cuchillo sobre su piel y un hilo de sangre brotó a cada lado del filo.

Hadrian frunció el ceño.

—¿Qué coño estás...?

—Ella me mató —añadió August. La sangre le goteaba por el cuello, un extraño eco de lo que se vertía de mis propios cortes. De manera involuntaria, me toqué mi propia garganta—. No paras de decirlo. Lucien lo gritaba la noche que la policía fue a casa de Charlotte para detenernos. Él acabó como chivo expiatorio (vale sí, fue a la cárcel unos meses por vender cocaína, pero ¿quién lleva la cuenta?) y, por ese motivo, tengo que esconderme; para siempre. Me había matado a trabajar durante años para llegar a dónde estaba. Convencí a las personas para que creyeran en mí a pesar de mi apellido. Esperaban que yo fuera un monstruo, que fuera como tú.

»Y ahora —August se rio a carcajadas con un tono agudo que debió desplazarle la garganta porque el cuchillo le cortó todavía más profundo—, ¿qué importa? No tengo nada. Me salvasteis la vida y después me desterrasteis, y ahora vivo en la torre dorada de Milo Holmes. Estoy en medio de todo este destrozo. Lo único que me queda son mis principios. ¿Sabes cómo lo hago? ¿Vivir mi vida? En todo momento pienso, ¿qué haría Lucien? Y después hago lo contrario. ¿Espiar la operación mercenaria de Milo? Claro que lo haría. ¿Envenenar a los padres de Charlotte solo para ver cómo se atormenta? Eso también es típico de él. ¿Decirle al crío de Watson que se quede para que yo juegue con su cabeza, lo utilice para acercarme a ella? No. Le previne. Robé uno de los coches de Milo, le di unas vueltas y orquesté un pedazo de estrategia impresionante para intentar convencerlo de que volviera a casa. ¿Qué haría Lucien? ¿Planear la muerte de esta adolescente porque era una adicta a las drogas perdida y confusa, a la que nadie había querido jamás y que arremetió contra mí cuando no pude darle lo que ella quería? —habló más deprisa—. Lucien la aborrece por eso. Y, a pesar de todo lo demás, a pesar de todo lo que hago, supongo que soy un fracasado porque yo también la detesto por ello. La odio. ¡La odio! Y a la vez no la odio en absoluto. —Respiró hondo—. Me niego a verla como algo distinto a lo que es. Es una niña perdida, y durante todos esos años en los que maduras, yo también lo era, y tú solías saber lo que eras, Hadrian. Venías al teatro conmigo, te quedabas hasta tarde leyendo *Una arruga en el tiempo,* hacías cosas de cerámica y las cocíamos juntos en el horno cuando mamá no estaba en casa para quejarse del olor; y algunas se agrietaban, pero creabas unas obras de arte hermosísimas…

—¡Cállate! —le ordenó Hadrian.

—Incluso esos cuadros de Langenberg. Hadrian conozco tu estilo; son increíbles…

—¡Para! —le suplicó—. De verdad, para...

—Eras mi hermano mayor. Te admiraba, pero ya se acabó —señaló August—. Dices que quieres matarla por mí. Pero si lo haces, si la matas, te juro por Dios que yo también me quitaré de en medio. Lo mismo me da una cosa que la otra. Tú ya te has asegurado de ello.

Entonces fui consciente de mi cuerpo, de mis extremidades inútiles, de lo pesadas que eran, de lo magulladas que estaban, de lo lento que me movería si intentaba detener a cualquiera de los dos. Detrás del escenario, en las alas del piso de arriba, se escucharon gritos, como si, tal vez, Tom, Lena y los mercenarios de Greystone hubieran atrapado a Phillipa después de todo. Volverían a bajarla, con sus armas listas, y cada pistola apuntaría a una persona; aquello solo podía ir a peor.

Durante todo esto, durante la confesión de August y el cuchillo en el cuello, los ojos de Holmes no se habían fijado en él ni una sola vez. Tampoco me miraba a mí. Los tenía cerrados, de una forma tan relajada como si estuviera dormida.

—¡Charlotte! —gritó Lena desde el balcón superior—. ¡La tenemos! ¡La tenemos! ¡Creo que le he puesto un ojo morado!

Frente a mí, Holmes tomó aire con dificultad y abrió los ojos. Con un único y sencillo movimiento, agarró el brazo de Hadrian en el que tenía la pistola, le hizo una llave para alejarlo y le golpeó la cara con la nuca. Hadrian Moriarty chilló, dio tumbos hacia atrás, y ella lo desarmó limpiamente con una sola mano.

La pistola salió disparada hacia el suelo.

Se produjo una pausa en la que ninguno sabía realmente qué hacer y, después, Charlotte Holmes se lanzó sobre él y lo redujo, le presionó la nariz contra el suelo de mármol y le colocó las manos detrás de la espalda.

—August —dijo por encima del hombro—. Si ya te has cansado de intentar matarte, ¿podrías traerme unas esposas?

Capítulo 13

Volvimos a Inglaterra, todos juntos, en uno de los aviones militares de Milo. Holmes, August, un par de Moriarty maniatados y yo. Por no mencionar a los guardias armados, aún sin nombre e intercambiables, que no apartaban la mirada de Hadrian y Phillipa, como si fueran perros rabiosos a punto de escaparse de sus correas.

—El señor Holmes ha solicitado que los vigilemos de cerca hasta que él venga a reclamarlos —me explicó un soldado cuando le pregunté qué pasaría a continuación.

—¿Están arrestados? ¿Arrestados legalmente? Es decir, ¿van a ir a la cárcel?

Holmes se encogió de hombros.

—¿Acaso importa? —dijo—. Nos libraremos de ellos de una forma u otra. Pero Sussex primero, por favor.

—¿Cuándo llegará Milo allí? —pregunté.

—Ya va de camino —respondió—. Tiene información sobre Lucien que necesita contarme en persona.

August se miró las manos.

—¿Podríais llevároslos a otra parte? —preguntó en voz baja, y los soldados se llevaron a sus hermanos a la parte trasera del avión, fuera de nuestra vista.

Habíamos dejado a Tom y Lena en el aeropuerto de Praga. Estaban a punto de tomar un avión de vuelta a Chicago para pasar las Navidades con la familia de él. Un compromiso, me había dicho Tom, por haber pasado tantos días de las vacaciones dando tumbos por Europa con Lena.

—¿Y tus padres te han permitido estar lejos tanto tiempo? —Quise saber. Estábamos en la acera, en la zona de carga y descarga de pasajeros. Holmes y Lena estaban dentro, donde arreglaban los trámites para que los Langenberg falsos fueran devueltos a Alemania. Era el día de Navidad y todo, salvo el aeropuerto, estaba cerrado.

Con las manos en los bolsillos, Tom asintió.

—Su familia lo está pagando todo, ¿sabes? Mis padres pensaron que no tendría mejor oportunidad para viajar un poco. No pueden permitirse nada de esto. Incluso aunque me suspendieron, pensaron que... bueno, ¿por qué dejar pasar una oportunidad?

Vamos, que no eran los padres del año. Entendía a Tom un poco mejor.

—¿Y ha merecido la pena? Me refiero a que, ¿Lena y tú os lo habéis pasado bien?

Para mi sorpresa, Tom sacudió la cabeza.

—Los echo un poco de menos; a mi familia. Después de todo lo que ocurrió el semestre pasado, pensé que querría huir de ellos, pero... Lena y yo hemos estado en muchos restaurantes elegantes y tiendas de locura en las que nos ofrecieron té mientras ella se probaba vestidos y, sí, todo fue muy interesante, pero echo de menos mi sofá. Y mi televisión. Y luego está todo este asunto contigo y con Charlotte.

—Ya... —Me bajé un poco más el gorro para que me cubriera las orejas. Sin la máscara de plástico, me sentía cohibido en público, sobre todo ahora que mis moretones estaban verdes por los bordes. Parecía un pedazo de carne podrida. August tenía una venda alrededor del cuello. Holmes no le hablaba a nadie salvo a Lena, y solo lo hacía en profundos susurros. No necesitaba que Tom me dijera que los últimos días habían sido duros.

—Tío, tienes... tienes que salir de todo esto, ya. ¿Armas? ¿Soldados contratados? ¿Toda una familia de tipos raros que quieren acabar con tu novia? No estás casado con ella, y me encanta Charlotte, creo que es interesante y, sinceramente, da mucho miedo, pero si no paras de seguirla, terminarás muerto.

—August se está ocupando de ello —dije.

Tom se encogió de hombros.

—Quizá. Pero, entonces, menuda decepción de mierda, ¿no?

Antes de que pudiera responder, Holmes y Lena salieron por las puertas giratorias con sus chaquetas oscuras y sus gorros. Lena introdujo su mano enguantada en el bolsillo trasero de Tom.

—¿Listo? —preguntó.

—Avísame si los alemanes no te reembolsan el coste de las pinturas —comentó Holmes—. Los Moriarty mostraron tener mucha cara al subastarlas todas, así que creo que tienes un lote completo. Imagino que los vídeos de vigilancia que conseguí no serán admisibles en el juicio, pero tenemos suficientes pruebas como para al menos confiar en que el gobierno te firmará un cheque.

—Todo irá bien —aseguró Lena—. De cualquier modo me gustan, así que igual pongo una en nuestra habitación esta primavera.

Holmes asintió firmemente.

—Si te dan problemas —añadió—, diles que pasen una linterna por los lienzos en busca de pelos de gato.

—¿Pelos de gato?

—Los bajos de los pantalones de Hadrian estaban cubiertos de ellos —explicó—. Eran blancos, así que deduzco que tiene uno de esos desgraciados persas de pelo largo. Todo el mundo sabe que Hans Langenberg murió solo. Pasaron semanas antes de que lo encontraran, y puesto que no he leído nada sobre que le comieran la cara…

Me pregunté cuánto tiempo se habría callado esa información.

—Nada de gatos, entendido. Lo diré si me preguntan. —Lena se inclinó para darle un beso a su compañera de dormitorio en la mejilla y le dejó una mancha de color rojo donde había posado sus labios—. Adiós, chicos. Feliz Navidad. ¡Nos vemos en el colegio!

Holmes sonrió brevemente.

—Venga, perderéis el vuelo.

Nos encontramos con August en la pista de aterrizaje. El avión de Greystone, —como él, al pie de las escaleras con el pelo atusado hacia un lado y ojos cansados—, nos esperaba. Más que el August de carne y hueso, parecía una fotografía de sí mismo.

Todos nos saludamos con una inclinación de cabeza, demasiado cansados para decir nada. Cuando subimos a bordo y nos sentamos, Holmes se acurrucó a mi lado y colocó mi brazo alrededor de sus hombros. A través de las capas de jerséis, bufandas y abrigos, todavía sentía cómo temblaba, de manera que la abracé con más fuerza.

Había estado a punto de morir, los dos lo habíamos estado. Aún no entendía del todo por qué estábamos vivos, dónde estaba su hermano o por qué regresábamos a Sussex. Su madre seguía en coma y Leander todavía no había aparecido. Habíamos realizado una proeza en Praga, eso estaba claro, pero si las cosas se hubieran torcido un centímetro a izquierda o derecha, los tres estaríamos en un cajón refrigerado ahora mismo. Todavía lo procesaba en el vestíbulo del museo, con la máscara en las manos, cuando Holmes bajó la vista hacia un esposado Hadrian Moriarty y dijo con tristeza:

—Supongo que no podemos alargarlo más. Tenemos que volver a casa.

—Marcharos entonces —había contestado August.

—No —le había replicado ella—. Tú vienes con nosotros.

Holmes se había negado a responder a más preguntas y yo estaba harto de intentar hacerlas.

Subieron a los Moriarty a bordo y los condujeron a la parte de atrás. El avión despegó y nos miramos los unos a los otros.

—¿Y ahora qué? ¿Qué vas a hacer? —pregunté a August, que se encogió de hombros.

—No lo sé —contestó—. Creo que... Creo que me he engañado un poco a mí mismo.

—¿En serio? —soltó Holmes.

—No seas sarcástica —dijo él con una media sonrisa de lado—. Desaparecí porque mis padres lo querían. Lo cierto es que empecé a trabajar en tu casa porque ellos lo deseaban, y acepté el trabajo en Greystone que me ofreció tu hermano porque estaba decidido a ponerle fin a esta guerra. Cuánto bien hizo aquello... Pero esta noche ha demostrado que no tengo que seguir.

—¿En Greystone? —pregunté.

—Con nada de esto —añadió—. Poner paz, ofrecer mi vida. Ahora podría... regresar a mi trabajo académico, a las matemáticas. Crear un personaje, uno nuevo construido de la nada. Podría falsificar mi historial o quizá incluso volver a doctorarme, pero esta vez me tomaría mi tiempo y disfrutaría de él y, así, conseguiría un puesto de profesor en alguna parte. He oído que Hong Kong es un buen lugar para los exiliados. Tal vez vaya para allá.

Resoplé.

—¿No es mucho trabajo volver a doctorarse?

—¿Qué harías tú sino, Jamie? ¿Introducir datos durante el resto de tu vida? —Sonrió—. Aunque esa sea tu pasión, estarás a salvo. Mi hermano Lucien no te tocará. No si sabe que estaría acabando con mi vida también.

—No sé si podemos contar con eso.

August se encogió de hombros.

—Perdóname si no siento la necesidad de tranquilizarte sobre la cuestión de tu propia seguridad. Tampoco es que parezca importarte. Te secuestré y te dije que te marcharas a casa, te previne sobre los riesgos de tu situación, y lo único que hiciste fue redoblar tus esfuerzos.

Lo miré fijamente. Incluso después de escuchar cómo se lo decía a Hadrian, de cómo lo pronunciaba ahora, no terminaba de confiar en él.

—Eso, en lugar de decirme: «Oye, puede que estés en peligro, Jamie». Pero claro, eso habría sido demasiado sencillo o totalmente atípico de un psicópata.

Para mi sorpresa, August le lanzó una mirada a Holmes.

—Me criaron para resolver problemas de una forma determinada. —Su voz sonó entrecortada y ronca, una imitación de la de ella—. Por término general, ignoro mi educación, pero en ese caso me pareció adecuada. Mantengo mis promesas, Charlotte.

Holmes se rio con burla.

—Iba en serio. Lo de matarte para salvarnos era verdad.

—Iba en serio, sí.

—Hong Kong —repetí. Traté de imaginármelo. El August de las fotos de la investigación que había hecho sobre él. Con barba de profesor, un maletín y un buen puñado de trabajos que corregir. En algún lugar recóndito, alejado de todo esto.

No pude aferrarme a esa imagen. No parecía posible que pudieras alejarte de esta tartana en llamas con un nombre nuevo y ninguna cicatriz salvo un rasguño en el cuello.

—Bueno, pues buena suerte con eso —añadió Holmes, y se recostó en mi abrigo.

—Deja de comportarte como una cría, Charlotte —le dijo.

—No me comporto como una niña, soy realista. ¿Cómo puedes pensar que tu hermano no es un completo monomaníaco? ¿Que tiene remordimientos? ¿Crees que no irá a por ti solo por diversión? —Soltó una carcajada—. Escogerás Felix como nombre, impartirás clases en alguna universidad cuya lengua oficial sea el inglés. Yo podría encontrarte en diez minutos, ¿pero Lucien? A él le llevará unos segundos.

—Esto no tiene nada que ver conmigo —respondió con seriedad—. Es por ti. Te molesta que dijera esas cosas. Lo entiendo, ¿vale? Sé que puede ser difícil.

—¿Difícil?

—Las acciones tienen consecuencias…

—No me digas esas chorradas de tutor, August, no las soporto…

Él levantó las manos en el aire.

—Pensaba que, de todos nosotros, eras el último bueno que quedaba. Pensaba que me habías perdonado.

—¿Cómo? ¿Cómo iba a hacerlo cuando…? —August se aclaró la garganta—. Sabes dónde está Leander. —No era una pregunta.

—¿Por qué crees que regresamos a Sussex?

—¿Cómo? ¿Hace cuánto que lo sabes?

—No. —Ella lo miró por encima de mi brazo—. Enséñame tu trabajo primero.

Aquella expresión, la que le había visto reprimir tantas veces, volvió a cruzar el rostro de August. Solo que ahora no trató de disimularla. Poco a poco, asomó; era la mirada de un hombre que había incendiado su propio hogar solo para enamorarse de las llamas. Se odiaba a sí mismo, cualquiera podría verlo —el vendaje que le rodeaba el cuello seguía manchado de rojo—, pero dudo que odiara a Charlotte Holmes tanto como aseguraba. Creo que era algo completamente distinto.

¿Quería ser ella? ¿Quería estar con ella? Ahora ya no importaba. Esto era el final, el epílogo. Después de lo que nos había dicho en Praga, no creía que nuestros caminos se fueran a dirigir hacia el mismo sitio durante mucho más tiempo.

August se inclinó hacia nosotros en su asiento, con las manos unidas frente a él.

—No has mostrado tener ninguna prisa por este asunto desde que llegamos. Tienes todas las herramientas del mundo para localizar a tu tío y, en su lugar, ¿no dejas de reproducir el mismo mensaje de voz, una y otra vez, sin desmenuzarlo para que lo analicen, sino que te limitas a escucharlo como si le guardaras luto? Mis hermanos estaban a tu disposición, a tu merced.

Los tuviste a punta de pistola y después en una subasta que les exigiste que celebraran. Y en lugar de sacarles información, a la fuerza, sobre el paradero de tu tío (no me mires así, sé a la perfección lo sedienta de sangre que estás), ¿muestras un bonito vídeo de vigilancia que los involucra en su desaparición y compras todos los cuadros de Langenberg? ¿Uno más dos, tres? No tienes pruebas sólidas. Es un trabajo detectivesco pésimo; sencillo y simple. Lo estás resolviendo de mala manera, Charlotte, con dinero y poderes prestados; y vas a utilizar a Milo, que a diferencia de ti tiene un código moral bajo todos esos intereses propios, para meterlos en un agujero negro como en el que pusiste a Bryony. Es como si trataras de llegar a toda prisa a alguna parte antes de que los fieros lobos te atrapen, y eso tendría sentido si temieras por la vida de Leander, pero no es así. ¿Y ahora confiesas que siempre ha estado en Inglaterra? No sé qué intentas hacer, pero ¿por qué me arrastras a ello?

Ya no la abrazaba. Me había quedado perplejo, en *shock*, y trataba de asimilarlo todo lo más rápido posible. No. Era mentira y yo lo sabía. Pero sí que había algo extraño en la forma en que Holmes se había comportado desde que habíamos aterrizado en Berlín, y todo lo que mi agotado corazón podía hacer era esperar que August hubiera llegado a las conclusiones erróneas.

—Mi hermano se reunirá con nosotros allí —anunció Holmes—. Tenemos que hablar con mi padre y después nos marcharemos. Nosotros tres. De manera indefinida.

Apartó la vista de él y hundió el rostro en la tela de mi abrigo. August sacó un cuaderno de un bolsillo y le dio vueltas entre las manos. ¿Y yo? Me sentía tan profundamente traicionado, tan abandonado, que apenas sabía qué pensar. Ella se aferraba a mí como si creyera que sería la última vez que se lo permitiría.

«Y si me ha ocultado todo esto, quizá debería serlo», pensé, y miré por la oscura ventanilla a la espera de que aparecieran las primeras luces de Londres.

* * *

Tomamos un taxi hasta el tren, después, este nos llevó hasta Eastbourne, al sur, y un coche negro nos trasladó de la estación a la propiedad de la familia de Holmes. Había nieve en el suelo, y un polvillo blanco que el viento mecía de un lado para otro.

No cruzamos ni una palabra. Ninguno de los tres. Yo no sabía qué decirle a August, sobre todo ahora, así que ni siquiera lo intenté. En cuanto a Holmes, había desaparecido en su baúl de mago y se había tragado la llave, por lo que no habría forma de sacarla, al menos, hasta que llegara la gran revelación final.

Me imaginaba cuál sería, pero esperaba estar equivocado.

La casa se hizo visible al final del camino y, a mi lado, oí a August respirar hondo. No había regresado desde la noche en que le pidió a Lucien que llevara su último cargamento de cocaína. Este era el último sitio en el que había sido August Moriarty.

Sin embargo, Holmes no parecía darse cuenta. Iba sentada entre los dos con las manos entrelazadas sobre el regazo y la mandíbula apretada.

—Tienes que decidir qué hacemos con Hadrian y Phillipa —le recordó a August.

—Pensaba que le habías asignado esa tarea a Milo.

—Greystone los tiene controlados, pero quiero que decidas lo que ocurrirá a continuación.

—¿No podemos pedirle a Milo su opinión?

Sin mirar, Holmes señaló por la ventanilla.

—No está aquí —respondió—. Nuestras huellas son las únicas que hay en el camino. Las cosas están a punto de suceder a gran velocidad. Toma una decisión. De lo contrario, me encargaré yo.

August suspiró.

—Es complicado, Charlotte. Son mis hermanos... No lo sé.

—Maldita sea, August, Milo hará que los maten. Eso es lo que le pasó a Bryony, ¿vale? ¿Qué quieres? ¡Decídete ya!

El coche giró hacia el largo camino de acceso, pero Holmes le pidió al conductor que se detuviera. August, aturdido y sin hablar, permaneció sentado.

Holmes tomó aire.

—Está bien. —De nuevo mantuvo el control y se inclinó sobre mí para tirar del picaporte de la puerta—. Lo haré a mi manera. De la forma que siempre he querido. Qué Dios me ayude...

»Bájate, Watson.

—Pero, ¿qué estás...?

Me empujó y caí a cuatro patas sobre la gravilla. Holmes me siguió y, antes de cerrarle la puerta a August en la cara, oí que decía: «Siempre te quedas quieto y dejas que los demás seamos los monstruos: Hadrian, Lucien, yo en realidad. Pero ya se ha acabado. Vámonos».

Me quedé allí, de rodillas en el suelo, estupefacto. Nunca antes la había visto hacer algo tan cruel. Nunca, al menos, hacia mi persona. En ese momento, incluso pasó por encima de mí, se apretó bien la bufanda alrededor del cuello y, en lugar de descender por la carretera, se dirigió a buen paso hacia el camino con sal que atravesaba el jardín trasero de la casa. A pesar del ritmo, tuvo cuidado de no dejar huellas tras ella en la nieve.

A mi espalda, August se bajó del coche y me tendió una mano para ayudarme a levantarme.

—¿La seguimos? —preguntó.

Yo me estaba sacudiendo la gravilla de las rodillas.

—¿Tú qué crees?

No fuimos tan cuidadosos como ella con lo de no dejar huellas, a pesar de que lo intenté. En ese momento, a las cuatro de la tarde, la luz se desvanecía detrás de nosotros y, al final de los acantilados que daban al mar, el agua rugía contra la orilla pedregosa. Holmes no volvió la vista hacia nosotros ni una sola vez. Se desplazaba rápidamente por los terrenos, con la cabeza gacha, y se mantenía entre los árboles y arbustos desnudos hasta que llegó a la casa. El montón de madera en el que había trabajado con Leander seguía allí, así como el hacha en posición vertical sobre un tronco caído que yo había utilizado.

No le interesaron lo más mínimo. Pero las ventanas del sótano, pegadas al suelo, sí, por lo que sacó una palanca de metal del bolsillo interior de su abrigo. Estudió el lado afilado durante unos segundos antes de introducirlo en la parte superior del marco de la ventana y soltarla de las bisagras. Para entonces, yo ya había llegado a su altura y me la tendió.

—¿No le hablaste a Milo de este punto de acceso? —preguntó August detrás de mí.

—Si vale lo que indica su sueldo, están a punto de saltar doce alarmas en Greystone. —Se sacudió las manos—. Vamos.

Bajamos hasta un trastero repleto de rastrillos, azadas y contenedores de almacenamiento y, al atravesar la puerta, aparecimos en una sala que tenía aspecto de haberse utilizado como lugar de entrenamiento. Para combates, quizá, o puede que para algo más, pero en medio de la estancia había un cuadrilátero sucio y delineado en el suelo con cinta adhesiva. En las paredes había cuchillos y varas de madera, un conjunto de floretes, una pistola con un anillo de plástico naranja alrededor del cañón que significaba que era de juguete. ¿La habría empleado Alistair cuando entrenaba a su hija para que desarmara al enemigo? Unas cintas negras, lo bastante anchas como para taparle a alguien los ojos, colgaban de una tubería, y debajo había bobinas de cuerda y una silla de madera con el asiento recortado. Tampoco quise fijarme demasiado. Después de mi enloquecida curiosidad, los años que había pasado de niño soñando con la formación que la familia Holmes podría darme en el arte del espionaje y la deducción, en cómo me transformaría en un arma a sus manos, aquí estaban las pruebas. Cuando le pedí a mi padre que me instruyera, me dio novelas de espías para que las leyera, pero Alistair y Emma habían entrenado a sus hijos hasta que relucían como el acero.

El sótano olía a astillas de cedro y moho y un tramo de escaleras conducía al piso principal. Holmes ya estaba en la puerta del extremo opuesto de la habitación. Intentó girar el pomo para abrirla un par de veces; después sacó de nuevo la palanca de metal y se arrodilló.

—Esta puerta ni siquiera está cerrada con llave —se dijo a sí misma a modo de confirmación.

La puerta estaba reforzada con barras de acero. La cerradura era del estilo de las antiguas, de las que tienen un largo agujero a través del que podías mirar. Me recordó a las puertas que tanto me gustaron de Praga. ¿Qué había dicho Holmes que había detrás de ellas? ¿Tiendas para turistas? Me fijé en el marco.

—Está cableada —le indiqué, y señalé hacia arriba—. Debe haber un teclado numérico al otro lado, alguna clase de sistema de alarma.

—¿En el otro extremo? —preguntó August—. Conozco esta casa. La única entrada a esa habitación es desde esta puerta.

—¿Qué hay dentro? —pregunté, pero desvió la mirada.

Holmes movió la palanca hacia la izquierda, luego hacia la derecha y se detuvo.

—La alarma silenciosa está a punto de saltar. Si todavía no nos han detectado, ahora lo harán. No quiero escuchar ningún comentario ni juicio sobre lo que vais a ver. Quiero que me sigáis al interior y después nos iremos.

Tenía mala cara. Pálida, demacrada, con ojos fríos como una moneda.

Y con esa última confirmación, me permití pensar en ello y convertir en palabras aquello que había sabido desde que subimos al avión que nos trajo de vuelta a Inglaterra, pero que me había negado a creer. Leander estaba preso en esta casa. En esa habitación. No sabía por qué, aunque tenía mis sospechas, ni qué consecuencias acarrearía liberarlo, pero, mientras Holmes forzaba la cerradura y tarareaba en voz baja aquella extraña y desentonada melodía —incluso en ese momento, era una criatura de costumbres—, traté de no pensar en lo que pasaría a continuación. En lo que ocurriría después.

Si él seguía vivo ahí dentro.

Un clic; un crujido. Holmes entró a buen paso con sus largas piernas, August me adelantó con un empujón para seguirla, y todo lo que yo veía a medida que avanzaba tras ellos eran sus abrigos. Se oía un ligero zumbido en el aire, como la vibración de un teléfono dentro de un bolsillo pero amplificada, algo que colgaba entre las paredes de paneles de cedro; de esta habitación sin luz.

Provenía de un generador que suministraba energía a una serie de máquinas. Algo que pitaba, algo que zumbaba y que tenía tubos de plástico transparentes y cables que partían de la base y reposaban sobre la cama de hospital en la que Leander estaba tumbado, con una bata azul y el pelo lacio y grasiento, como si no se lo hubiera lavado desde que se marchó. Tenía un tubo, que parecía hecho para alimentarlo, pegado a la boca con cinta adhesiva. De un portasueros a su lado, colgaban unas bolsas que no daban la impresión de contener solución salina ni sangre. Yo sabía qué aspecto tenían; había estado en el hospital bastantes veces. En la habitación, dispersas, había unas muletas, una silla de ruedas y lo que parecía una alfombra persa. Era un hospital improvisado.

Aquello bastó para dejarme paralizado. Más incluso que si la estancia hubiera estado diseñada para la tortura o los interrogatorios —aunque, al estudiarla más de cerca, me pareció distinguir el metal de unos ganchos y unas cadenas aún pegados a las paredes y al techo—. Y pensar que Leander había estado aquí, debajo de todo, sedado para quitárselo de en medio y que no interfiriera en cualquiera que fuera el plan que estaba en marcha…

Solo que no estaba sedado, sino despierto. Y Emma Holmes se cernía sobre él con mascarilla y bata de laboratorio, mientras sostenía un escalpelo en una mano enguantada en látex. Alargó el brazo y tiró del cable de la cámara de seguridad en la esquina.

Por instinto, busqué un arma en mis bolsillos; a mi lado, August me imitó, pero solo encontró el cuchillo manchado que sacó en el museo de Praga.

Charlotte Holmes salió corriendo y se lanzó a los brazos de su madre.

—Lottie —dijo la mujer, que rodeó con un brazo a su hija y se retiró la mascarilla con el otro—. Has escogido el momento exacto. Está listo para viajar. Tenemos unos cuatro minutos. Moveos.

Con las rápidas indicaciones de Emma, August la ayudó a retirarle las vías al tío de Holmes. Yo tomé unos calcetines y un jersey de la maleta que había en la esquina —de Leander— y lo ayudé a vestirse con cuidado de no inclinarme lo bastante cerca como para susurrarle al oído:

—¿Te está haciendo daño?

—No —respondió con una voz extrañamente fuerte—. Pero él sí.

¿Alistair? ¿August? Este último colocaba en ese momento un brazo bajo sus piernas para ayudarlo a salir de la cama y llevarlo hasta la silla de ruedas.

—¡Aparta! —le ordenó Leander, y se puso en pie—. Estoy bien.

—¿Dónde está la doctora Michaels? —preguntó Holmes a su madre—. ¿Dónde la retienen?

—En mi habitación —dijo Emma—. Tu hermano instaló una cámara allí... ¿está a salvo? Leander, ¿estás listo? —Me sorprendió ver la dulzura con la que se dirigió a él.

—¿La salida más rápida? —dije—. ¿La ventana por la que hemos entrado?

—Vale. —Emma Holmes sacaba cosas de la maleta (un par de pasaportes, un sobre, bufandas, guantes y un sombrero) y se las introducía en los bolsillos de la bata de laboratorio—. Vamos —dijo—. Os sigo.

Echamos a correr. Leander mantenía el ritmo detrás de nosotros y se movía demasiado deprisa para un hombre con un aspecto tan débil como el suyo. La ventana estaba justo delante, pero ahora se escuchaban pisadas sobre nuestras cabezas, la torpe carrera de alguien que se desplazaba con tanta rapidez que no resultaba grácil.

August se impulsó y salió por la ventana.

—Venga —me dijo—, ayúdalo a subir.

—Oh, por el amor de Dios —se quejó Leander—. Vamos, Charlotte, muévete.

La agarré por la muñeca y la elevé lo suficiente como para que August pudiera tirar de ella y la dejara sobre el suelo nevado. Leander fue el siguiente; entrelacé los dedos de las manos y lo impulsé hacia arriba y hacia fuera.

Había pisadas en la escalera y un conjunto distinto a mi espalda. Emma iba cargada con un montón de ficheros; sin mediar palabra, me tendió la mitad de ellos y se los pasamos a Holmes hasta que los brazos de su madre quedaron libres y pude elevarla hacia la ventana y empujarla para que saliera. Me dolían los brazos, las heridas tiraban de la piel y me provocaban dolor. Justo cuando August me tendió las dos manos para sacarme del sótano, una voz detrás de mí pronunció mi nombre.

No necesitaba girarme para saber que era Alistair Holmes. Repitió mi nombre, en voz más alta esta vez, un grito: «¡James Watson!», como si no hubiera diferencia alguna entre mi padre y yo, como si fuéramos intercambiables, los idiotas de los hombres Watson, a quienes los enemigos apaleaban y superaban en inteligencia, los amigos los secuestraban y metían a la fuerza en coches; hombres que dejaban a sus propias familias para meterse de lleno en mitad de una disputa familiar, que dejaría un rastro de cadáveres para cuando todo ello acabara.

—Jamie —dijo de nuevo Alistair, que se aproximó a mí con las manos extendidas mientras suplicaba—. No sabes lo que haces. Lucien nos amenazó a través de Hadrian. Lo sabrá. Tiene que ver a Leander enfermo en esa cama de hospital y a mi mujer debilitada en su habitación, incapaz de trabajar. Tiene que ver que estamos a su merced.

—¿De qué narices hablas? Eso no es para nada lo que he visto...

—Serás idiota. Las cámaras no son omniscientes. Sedé a la «doctora» que envió, Gretchen Michaels, la vestí como si fuera mi mujer y la coloqué en la cama de Emma. Encerré a Leander, como me exigió, pero hice que Emma se ocupara de él. Y está bien, perfectamente bien. Esto es...

—Jamie —siseó August—. Vamos.

Pero me faltaba tan poco para comprenderlo todo. Alistair se acercaba a mí, con los ojos enloquecidos, y dije:

—Es una locura. Eso es lo que es, una locura. ¿Por qué ha ayudado la señora Holmes a escapar a Leander? ¿Cuánto tiempo iba usted a mantener esta farsa?

—Hadrian y Phillipa están aquí, ¿verdad? —Había frialdad en su voz—. ¿Verdad, chaval?

—¿Qué planea…?

Alistair Holmes se lanzó sobre mí.

—¡Ahora! —dijo August, y me así a sus manos. Mientras me sacaba por la ventana, Alistair Holmes me agarró una pierna.

Le di una patada en la cara y se tambaleó hacia atrás.

No tenía tiempo para procesar lo que acababa de hacer. Ya no había arriba o abajo ni ningún camino correcto. August volvió a colocar la ventana y Holmes estaba allí de pie con un trozo de madera del montón y un martillo. Le sujeté el tablón mientras ella lo golpeaba en su sitio.

La agarré por los hombros.

—Tu padre…

—No importa. —Se zafó de mis manos—. El coche nos espera en la entrada. Ayúdala, no sé nada de los guardias de Greystone, no sé si siguen de nuestro lado…

La madre de Holmes consultaba algo con Leander.

—Estoy a punto de darte algo que te pondrá muy enfermo. Lo digo en serio. Lo entiendes, ¿verdad?

La boca de Leander se torció.

—Lo entiendo.

—Recuerda que no existe ningún antídoto —explicó—. Todo irá a peor antes de mejorar. Hablarás con la policía, les dirás que hagan pruebas en el hospital, implicarás a Hadrian y a Phillipa y después te recuperarás y desaparecerás. Te sugiero que vayas a América; ve a ver a James.

Y levantó una ceja en mi dirección.

—Por supuesto —contesté—. Mi padre puede ayudar, pero ¿no hay nada que… no puede darle nada que lo ayude? ¿A él también lo han envenenado, como a usted?

—No puede tomar nada —respondió ella—. Soy química, Jamie. Hice esta mezcla yo misma y la probé en mi cuerpo hasta que se volvió demasiado peligrosa para continuar. Una tal doctora Gretchen Michaels está en coma en mi dormitorio. Hadrian la envió para que supervisara toda la operación y se quedó tanto tiempo, que tuve que sedar a Leander una noche, claro que, al día siguiente, le suministré a la doctora la cantidad suficiente de este compuesto como para dejarla en coma. Se parece a mí lo bastante como para engañar a las cámaras de Milo o a cualquiera que vigile sus monitores. No quería que se preocupara. Ni que nadie más lo supiera.

—Escucha —dijo Holmes—. Sé que estás cansado, pero...

—Ni se te ocurra hablarme como si fuera un niño, Charlotte —replicó Leander—. Ahora no.

—Sé por lo que has pasado. —Lo tomó del brazo. Era casi como si se suplicara a sí misma—. No pude venir antes. Necesitaba averiguar la forma de culpar a Hadrian y Phillipa. Incluso los he traído aquí conmigo, pero no podía permitir que fuera culpa de mi padre...

Emma miró fijamente a su hija.

—¿Culpa de tu padre?

—Estás enferma, no trabajas —añadió Holmes en voz baja—. Íbamos a perder la casa. Oía las discusiones que manteníais sobre dinero a través de los conductos de ventilación. Os oía gritaros el uno al otro. Asumí que... —Agachó la cabeza—. Asumí que padre tendría atrapado al tío Leander en alguna parte hasta que accediera a darnos el dinero que aseguraría nuestro bienestar. No existía ninguna prueba digital de que Leander hubiera abandonado la casa, ninguna al menos que yo me creyera. Había un ligero eco en su mensaje; esa clase de sonido que solo consigues en una habitación con paredes de hormigón. Conozco cada centímetro de esta casa. Me hicisteis explorarla con los ojos vendados tantas veces que yo... No se había marchado; sabía que estaba aquí. Cuando eliminas las opciones que quedan...

—¡No te atrevas a citar a Sherlock Holmes! Has... has intentado tenderles una trampa —dije de manera atropellada—. A Hadrian y Phillipa. Todo este tiempo... has tratado de involucrarlos lo suficiente como para inculparlos de algo que pensabas que había hecho tu padre.

Holmes se volvió hacia su madre.

—Él no... Yo no...

—Lottie —añadió su madre—. No ha sido tu padre. No tenía nada que ver con el dinero. Era por ti. Siempre ha sido por ti, ¿no lo ves? No tenemos tiempo para esto. Toma.

Sacó un vial del bolsillo y se lo ofreció a Leander. Tras un largo y asfixiante momento, quitó la tapa con los dientes y se tragó el contenido. Emma nos dio la espalda con el teléfono en la oreja.

—¿Hola? Sí, solicito asistencia policial... —Se encaminó hacia la casa y dejamos de escucharla.

Ninguno se movió. Sobre nuestras cabezas, la luna brillaba pesadamente en el cielo. Las nubes pasaban a toda prisa por delante de ella, aceleradas por el viento. ¿Eran gritos lo que provenía del interior de la casa? ¿O solo era el océano que golpeaba los acantilados?

—Alistair me ha obligado a huir del sótano —les confesé—. Tuve que... le di una patada para escapar. Venía a por mí...

A mi lado, August se cubrió la boca con una mano; se estaba riendo. En silencio y de una forma horripilante, cerró los ojos con fuerza.

—Menuda panda de engendros estáis hechos —comentó—. ¡Monstruos! ¡Sois unos monstruos! Intentando endorsarle esto a mi familia, tratando de hacernos parecer peores de lo que somos, y mirad el horror que habéis creado con vuestras propias manos.

—No. —Leander se abrigó bien con la chaqueta—. No finjas que no sabes cómo empezó todo esto. No cuando Lucien Moriarty puede decirle dos palabras a su hermano Hadrian por teléfono para que le plantee a Alistair Holmes la única opción de entregar a Charlotte y todas sus propiedades ilícitas, sus cuadros, sus cuentas en paraísos fiscales, todo a la policía (Lucien tiene la información, así que sería cuestión de minutos cedérsela a las autoridades), o mantenerme en su sótano hasta que sus hermanos finalicen la operación Langenberg, de forma segura, sin que yo no los encierre. Lucien quiere que lleguemos a una guerra nuclear. Quiere acabar con todos nosotros. Cuando habló con Hadrian y descubrió que August seguía con vida, cuando sus espías le informaron de que August trabajaba para Milo...

—¡Madre mía! —dije.

—En fin —continuó Leander—, da lo mismo. Todo el mundo tiene dos caras. ¿Están Hadrian y Phillipa bajo custodia?

Holmes asintió. Su expresión era inescrutable.

—Y yo seré la prueba que los condene. Seré la parte envenenada y agraviada. Veneno… Todo lo que ha hecho falta ha sido una simple dosis en el té de Emma, administrada por el hombre que saca la basura, para que el mundo entero se haya ido al garete. Pues bien, yo conozco mi lugar en ese mundo. Me utilizarán y entonces todo habrá acabado. —Leander se volvió y escupió sobre el suelo nevado—. Y después de esto, renuncio.

Di un paso al frente antes de procesar lo que había dicho.

—¿Renuncia?

Leander extendió un brazo a su alrededor.

—¿De qué sirve nada de esto? ¿No has oído al joven Moriarty? ¡Monstruos! Tenía que venir el hijo de unos sádicos profesionales para decirnos lo que somos. Y tú la sigues en su esclavitud. Pensaba que… Creía que, de alguna forma, Charlotte encontraría la manera de sobrepasarla. Pero incluso ahora, está poniendo el linaje por delante de la justicia. Tanto ella como su madre. Me veo en la necesidad de darte las gracias, Emma, por cuidar de mí en vez de encerrarme en una jaula. Pero bueno, ¿es esto el síndrome de Estocolmo? —Se pasó una mano temblorosa por el pelo—. Solo Dios lo sabe. Yo abandono.

—Espera… —August se interpuso entre nosotros y me dio la espalda. Desde este ángulo, era idéntico a su hermano: el pelo rubio rapado, la ropa oscura, los hombros ligeramente encorvados, como los de un hombre que mira siempre a la guillotina—. Lo siento… Siento lo que he dicho. No tiene por qué ser la realidad y esto no tiene por qué ser nuestro fin. Yo tenía el mismo plan, ¿sabes? Huir… Pero, ¿y si los dos nos quedáramos? ¿Y si construyéramos un puente entre nuestras familias? Al principio esa era mi idea y fallé, pero podríamos encontrar la manera de hacerla funcionar. Hay hombres sensatos en los dos bandos. Entre todos daremos con la forma de… —Extendió una mano hacia Leander y le tocó el pecho.

Un sonido apenas audible. Como el de una lata al abrirse o el chasquido de una puerta al cerrarse. Como el de tu madre cuando apaga la luz porque estás listo para dormir. No logré situarlo y no sabía de dónde provenía. No lo identifiqué con la forma en la que August se desplomó, de repente, sobre sus rodillas, y después cayó lentamente de cara sobre el suelo.

Mientras Leander y yo mirábamos anonadados a August sobre la nieve —incluso entonces, un halo oscuro se arremolinaba alrededor de su pelo—, Holmes rastreó al tirador.

—¡Allí! —rugió, señalando un conjunto de árboles al otro lado del terreno, y salió corriendo infaliblemente, como una flecha recién disparada del arco.

La seguí. No sabía qué más hacer. ¿Acababa de presenciar cómo mataban a August? ¿Se habían escapado Hadrian o Phillipa y lo habían hecho ellos? ¿O había sido otra persona? ¿Había sido Alistair? Se había quedado tendido en el suelo cuando le di la patada, pero había dispuesto de tiempo suficiente para recuperarse. ¿Había decidido cortar por lo sano y matar a cualquier Moriarty que se pusiera a tiro? «Dinero», pensé, «y mantener este monolito de casa, y todo a lo que estés dispuesto a renunciar para seguir siendo su dueño...».

August. El gran error de Holmes. Nuestro salvador con un cuchillo en el cuello. Hamlet, príncipe de la puñetera Dinamarca. Asesinado de un disparo en el jardín trasero de los Holmes.

La arboleda estaba justo delante de nosotros.

—¡Te veo! —gritó Holmes, y su abrigo planeó tras ella cuando se detuvo en seco—. ¡Baja! ¡Baja de ahí! —Su voz se quebró con la última palabra—. ¡Baja de ahí y mírame!

Con un crujido de ramas, un hombre se dejó caer sobre la nieve. Tenía un rifle en la mano, con una mira en la parte superior y llevaba el cuello subido para protegerse del frío.

—Lottie —dijo Milo temblando—. ¿Sigue Hadrian con vida?

—Tú... ¿qué has hecho?

—He acabado con Hadrian —respondió con los ojos abiertos como platos—. Vine lo más rápido que pude, Lottie, tengo que contarte algo... algo que...

—Milo, pero ¿qué has hecho?

Su hermano sacudió la cabeza, como si intentara despejarse.

—Mi equipo me contó que había escapado de su celda en el avión. Vi que amenazaba a nuestro tío y lo derribé. Lottie, tienes que saber una cosa sobre Lucien...

Con tanta delicadeza como me lo permitía el martilleo de mi corazón, dije:

—Has cometido un error.

Frunció el ceño, como si jamás le hubieran dicho esas palabras.

—¿Qué error? ¿Leander se encuentra bien? Admito que era un tiro arriesgado, pero estoy bastante seguro de que vi...

Charlotte Holmes se llevó las manos a la cara. Estaba llorando.

—Milo —pronunció—. Milo. Milo, no. Dime que no.

A lo lejos, un coche arrancó el motor. Se escucharon gritos y alguien que vociferaba: «¡No me toques, no me toques!», y después unas ruedas sobre la gravilla. Cuando me volví para mirar, una figura solitaria, un hombre, estaba de pie frente a la oscura propiedad de los Holmes. Era como si lo hubieran echado de su casa o como si fuera un vagabundo que buscaba un lugar en el que pasar la noche.

Emma se había marchado. Hadrian y Phillipa, ¿dónde estarían?

—Yo... —Milo temblaba y sostenía el arma delante de su cuerpo—. ¿Está August...? ¿Y Hadrian...? Dios mío, Lottie, no puedo seguir con esto. Lucien ha desaparecido, se ha esfumado. No hay imágenes, ni datos, ni... No puedo seguir. ¿Cómo podría hacerlo y encima salir victorioso?

El maestro del universo nos hacía esa pregunta.

Holmes le arrancó el rifle de las manos y, sin bajar la vista, le quitó el cartucho al arma y la tiró al suelo.

—Leander está harto —anunció—. August está muerto. ¿Tú también te has cansado? ¿Vas a dejarnos a los dos solos para que resolvamos este desastre?

—Es tu desastre —señaló Milo—. ¿No va siendo hora de que te encargues tú de ellos?

Solo escuché lo que decían a medias. En la distancia, el océano rugía con más intensidad que antes y el frío me roía las manos. August Moriarty estaba tumbado en el suelo totalmente despatarrado, y no era un sueño. Veía el contorno de su abrigo sobre la nieve. No podía mirarlos, a ninguno de los dos, Holmes o Holmes, dos rostros del mismo dios terrible que miraba en dos direcciones opuestas. Juzgando, disparando armas. Y la figura que estaba delante de la casa se había marchado. Ahora, el terreno estaba desierto y el océano era ensordecedor.

Solo que no era el océano. Eran unas sirenas, una cacofonía de sirenas, y para cuando las luces rojas y azules alcanzaron lo alto del camino, Charlotte y yo estábamos solos.

Epílogo

DE: Felix M <fm.18.96@dmail.com>
PARA: James Watson Jr. <j.watson2@dmail.com>
ASUNTO: Siento fastidiarte las vacaciones

Querido Jamie:

Bueno, allá voy. La estoy probando. Una de esas herramientas de los correos electrónicos que retrasan su envío. Este debería llegarte alrededor de Año Nuevo, cuando ya estés sano y salvo en casa. Como no quiero discutir y no quiero hablar de esto en persona, me decanto por la opción de los cobardes.

Es muy probable que no volvamos a vernos. Y no te juzgo por ello, así que, por favor, no te lo tomes a mal (sé que lo estás haciendo; ¡para!). Pero me doy cuenta de que mi forma de juzgar la vida no es la mejor manera de vivirla, ni siquiera para un cadáver como yo. Estar sentado en esta diminuta habitación de Praga tampoco ayuda, estoy seguro, pero es más que eso. Necesito dejar esto atrás. La subasta se celebrará esta noche, y la locura que Charlotte haya estado maquinando (sea cual sea) sucederá, y tú te convertirás en el daño colateral de una forma u otra.

¿Cómo puedes mirar a una chica como ella y confiarle nada menos que tu vida?

No trato de ser frívolo, entiéndeme. Imagino que haría lo que hiciera falta para mantenerte vivo, pero darle tu corazón es como tenderle una figura de cristal a un niño. Le dará la vuelta y mirará a través de él como si fuera una lupa. Lo agitará para ver si hace ruido. Al final, se le escapará de las manos y se hará pedazos. Al final, será culpa tuya. Tú fuiste el que se lo dio.

Supongo que estarás pensando «August y sus absurdas metáforas». Sé que se te dan mejor las palabras que a mí. Te he visto garabatear en tu diario, tratando de crear una versión de ti y de ella que tenga algo de sentido. Una historia que puedas contar con confianza. Sé lo que se siente al intentar convertir tu vida en un mito mientras la vives, pero esto no es un relato. No es una historia. No es nada más que un juego horripilante, y Jamie, conozco a mi hermano mayor, y entrometerte en los asuntos de otra persona no te reportara nada salvo la muerte.

Si mientras lees esto, te descubres pensando: «Este Moriarty es terriblemente condescendiente, no eres mi padre, etc.», entonces piensa que esto es la carta que debería haberme escrito a mí mismo hace años. Considérate otra versión de mí. Y si eso también te hace enfadar… piensa en ti mismo y en nadie más.

Y si no consigues hacerlo, huye.

Feliz Año Nuevo, Jamie.

August

Agradecimientos

Muchas, muchas, muchísimas gracias a mi increíble editor Alex Arnold, en cuyas manos Jamie y Charlotte siempre mejoran. Gracias también a Katherine Tegen y a todos en Katherine Tegen Books, sobre todo a Rosanne Romanello y a Alana Whitman. Todos sois tan maravillosos que sobrepasáis mis mejores sueños: fiestas con gorros con orejeras, apoyo y ánimo sin límites ¿y barras de labios a juego el día de la publicación? Sí, hacedme un contrato para siempre.

Gracias infinitas a Lana Popovic, mi agente y amiga, que siempre, siempre, está ahí para mí, para ofrecerme su ingenio, sentido del humor y ayuda. Gracias también a Terra Chalberg y a todo el equipo de Charberg and Sussman por su trabajo con Charlotte Holmes tanto a nivel nacional como internacional.

Le doy las gracias a Kit Williamson por todo el tiempo, esfuerzo y cariño que le ha dedicado a este proyecto, desde el tráiler del libro a las llamadas telefónicas a altas horas de la noche, y a cada detallada e inteligente lectura. Te quiero, vieja amiga.

Gracias a Emily Temple, por Berlín, Praga y la lectura y crítica de cien páginas más rápida del mundo que jamás se haya visto. Hermana mía, busquemos un cajero y vayamos a tomar una *pizza* de masa *naan*.

También quiero darle las gracias a Emily Henry y a Kathy MacMillan, mis alucinantes lectoras y amigas sin las que este misterio sería una gigantesca maraña de tramas. Gracias a Rebecca Dunham, mi mentora. Mi cariño y emoticonos para Chloe Benjamin, Becky Hazelton, Corey Van Landingham y, de nuevo, Emily Temple. Algún día tendremos nombre para nuestra banda de chicas, pero, por el momento, llamadnos simplemente Chat de grupo.

Todo mi cariño para mi familia, en especial a mis padres. Espero que sepáis lo maravillosos que sois. Gracias por vuestra ilusión.

Gracias, y mis disculpas, a *sir* Arthur Conan Doyle.

Y gracias a mi marido, Chase. Ojalá dispongamos de muchos más años de amor y charlas ridículas. Elmira Davenport, evidentemente, es para ti.

Sigue a Wonderbooks
en www.wonderbooks.es
en nuestras redes sociales
y suscríbete a nuestra *newsletter*.

Acerca tu teléfono móvil a los códigos QR
y empieza a disfrutar de información anti-
cipada sobre nuestras novedades y conte-
nidos y ofertas exclusivas.